HÔTEL ROYAL
ROYAL PARC EVIAN
RIVE SUD DU LAC DE GENÈVE
BP 8 - 74501 EVIAN CEDEX - FRANCE
TÉL. 33 (0)4 50 26 85 00

LE DIEU NU

ŒUVRES DE ROBERT MARGERIT

ROBERT MARGERIT

Le dieu nu

ROMAN

GALLIMARD

L'amour fut la première divinité, le *Dieu nu* des Phéniciens : incarnation du principe de vie. Il personnifia la force attractive qui porte les éléments à s'agréger et à se combiner.

RICHEPIN
Mythologie grecque.

Lorsque rien n'existait, l'amour existait; et lorsqu'il ne restera plus rien, l'amour restera. Il est le premier et le dernier.

Il est le pont de la vérité; il est au-dessus de tout ce que l'on peut dire. Il est le compagnon dans l'angle du tombeau.

Les mille Nuits et une Nuit.

à JEAN BLANZAT,
son vieil ami
R. M.

JAMAIS on ne vit ici plus bel automne, plus somptueux. Quel concert de séductions dans ces journées poudrées de bleu, qui sentent le miel et le fruit trop mûr! Une tiédeur bourdonnante envahit le verger où reflue soudain, comme évadée d'une mystérieuse alcôve, on ne sait quelle touffeur sursaturée de parfums.

Blonds après-midi plus capiteux que la Sulamite, avec sa myrrhe et ses aromates : après-midi redoutablement féminins. L'été se perd dans leur opulence, s'y englue, se dissout tandis que déjà, matin et soir, l'hiver s'avance à pas de feuilles mortes, poussé par de majestueux et tristes souffles du vent. C'est alors que l'on respire enfin un air refroidi, d'une pureté lustrale. La fièvre est abolie, et bientôt, toute verdure, toute ardeur consumées, il ne restera plus que les flammes des sycomores brûlant, jaunes, sous le ciel fané, pâle comme une soie ancienne.

Magnificence et mélancolie. Elles me pénètrent; elles ressuscitent irrésistiblement dans mon âme endeuillée la tristesse de tout ce qui finissait, par une saison semblable, à Lignère, dans le jardin plein de l'odeur des prunes blettes. Le parc sentait la feuille sèche et le marc que l'on « bouillait » sur la place du village. Dans les pelouses, les nappes de colchiques s'étendaient un peu plus chaque jour, mauves comme les grandes nuées qui se ressemblaient, le soir, au-dessus du vallon. Et Jacqueline mourait lentement en moi au milieu de ce faste accablant.

Triste et redoutable charme d'un rêve non réalisé qui renaît de soi-même; il lasse mon refus : il trouve toutes les complicités dans cette campagne trop semblable à celle de mon enfance. J'avais besoin de fuir les hommes, les villes, mais ce n'est pas ici que j'aurais dû m'exiler. Tout m'y oppresse à présent et ce trop bel automne m'investit de ses odeurs pourrissantes. La face solennelle de cette saison me harcèle. Cette somptueuse agonie réveille tout ce que je porte en moi de souvenirs et de regrets. Ces collines, au loin, devenues si pâles, si légères, ces vols de feuilles sur les étangs où le jour se lève au fond des eaux, les arbres qui agitent leurs ramures éclaircies des morceaux de ciel, et ces senteurs froides montant des creux embués : tout ce qui rendait si belles nos chevauchées dans la forêt jaunie...

Une tombe mal close, une blessure que rien ne cicatrisera, se sont rouvertes. A tout instant je retrouve malgré moi en toute chose ce que j'ai le plus aimé.

Cette senteur de fleurs sèches qui perce l'odeur miellée du jardin, j'y reconnais ton parfum, Marité, et le clignement des asters à travers les branches, c'est le regard de Jacqueline, bleu violet entre ses cils. Partout votre présence à toutes deux m'assiège. Je ne peux plus écarter votre double fantôme.

Mais si je l'accueille enfin, m'apporterez-vous une certitude capable de vous effacer?...

Novembre. Une bande jaune, livide, sur laquelle se dessinent en noir les ramilles du noyer, nu maintenant jusqu'au squelette, coupe en deux le ciel couleur d'ardoise, et contre cette dernière clarté du paysage naufrageant dans la brume, la fenêtre dresse sa croix. Elle me paraît symbolique.

C'est le moment où ma faiblesse rencontre les pires connivences dans la fatigue d'une longue journée de labeur, dans la pénombre, dans cette insidieuse approche de la nuit. Cette marge incertaine entre les ténèbres et le jour, réunit les plus redoutables de mes souvenirs. C'est l'instant où Marité s'armait de tous ses sortilèges, c'était l'heure qui ramenait Jacqueline.

Comme je me rappelle cette saison exsangue, dans la ville salie par les fumées rabattues sous un ciel qui pesait sur les toits! Les nuages se déchiraient aux flèches, aux campaniles; il en tombait une lumière de vitre embuée. L'asphalte ruisselait, le crachin détrempait les façades : nous habitions une cité engloutie, peuplée d'ombres glissant entre des reflets noirs et les nacrures livides de la pluie.

J'aimais pourtant cette ville inondée, cette poudre d'eau qui prenait parfois, avec le goût lointain de la mer, une saveur d'inconnu, d'aventure. Des coups de vent brassaient brusquement la brume comme de vieilles voiles, découvrant sous un soleil sans couleur le bassin où les remorqueurs interrompaient leurs barrissements de monstres du brouillard. Les dernières feuilles rousses tournoyaient avec les mouettes. Déjà, le matin, les grues couvertes de givre mettaient des silhouettes arctiques sur les quais tout brillants de gelée blanche, et dans ce

monde qui invitait à l'hivernage avec des provisions de
désir ou de rêve, je me resserrais sur une chaleur confuse
née de ma rencontre avec Jacqueline. Elle avait suscité
en moi une singulière perplexité.

Elle m'était apparue tellement différente — non pas
tant de ce que j'imaginais d'elle d'après ce que m'en
avait dit ma sœur — mais différente des autres, de celles
qui m'attiraient. Jusqu'à ce moment, ce que j'aimais chez
les femmes, c'était un éclat, une certaine ostentation, et
même une insolence. Il me fallait leur félinité, leurs
artifices, le contraste entre les provocations de leur chair
et leurs fausses défenses, toute cette agressivité des corps
autour desquels semble perpétuellement sonner quelque
fanfare de combat. Je me plaisais à cette parade; l'amour,
pour moi, c'était ces duels équivoques. Les roses du tour-
nois, j'aimais, sans me faire illusion, les moissonner pour
prix de ma victoire — ou de ma défaite.

Jacqueline n'offrait apparemment aucun aliment à cet
instinct. Elle ne cherchait ni à troubler ni à plaire et
paraissait même peu soucieuse de se parer. Pourtant elle
m'avait ému — d'une manière bizarre mais dès l'abord,
dès l'instant où Marité nous avait présentés l'un à l'autre
dans le hall du Rex.

« Mon frère, madame Beaufort. »

Un manteau de fourrure noir et vague l'ensevelissait;
son chapeau, banal, ne lui allait pas; cependant, il y
avait en elle une mystérieuse élégance. Son regard posé
sur moi était doux mais pâle et comme fané.

Je n'avais tenu sa main qu'une seconde; pourtant sa
forme menue dans le gant persistait entre mes doigts
tandis que nous gagnions les fauteuils de balcon. Quand
nous fûmes installés là-haut (les femmes devant, les
hommes derrière, car les parents de Mme Beaufort étaient
là aussi et nous n'avions pu trouver six places dans la
même rangée) je gardais dans mes yeux l'image de cette
figure fine et blanche; je lui trouvais un charme triste,
je ne savais quelle étrange grâce exténuée.

La jeune femme était assise devant moi; elle causait
avec ma sœur. Son chapeau me masquait son profil : je

ne voyais que ses cheveux somptueux, tordus bas sur la nuque, et ses lèvres. Elles avaient un modelé charmant, une coupe encore presque enfantine.

Pendant l'entracte, elle se retourna pour m'adresser quelques mots de courtoisie. Son visage un peu renversé parut se tendre vers moi. Pourquoi cette humilité? Elle me serrait le cœur. Dans les regards de Mme Beaufort, dans la forme de sa bouche, il y avait quelque chose de meurtri, une candeur, une hésitation déchirantes comme la détresse d'une enfant qui ne peut plus croire aux mains tendues, aux gages de gentillesse. Elle faisait effort pour sauver une apparence; je le sentais; je devinais sa volonté de n'attrister personne avec son chagrin. Il me semblait discerner là plus que cette ombrageuse pudeur à laquelle Marité faisait allusion lorsqu'elle me parlait de son amie. Elles s'étaient connues, l'année d'avant, à G..., précédent poste de mon beau-frère, et il y avait eu entre elles plus que de simples relations mondaines, à en juger d'après les paroles de Marité.

Oh! elle ne m'avait fait aucune confidence! Ce n'était pas dans ses usages. Elle avait seulement, à diverses occasions, prononcé quelques mots — de cette manière inattendue, déroutante et brève qu'elle affectait, peut-être. Je dis *peut-être*, parce qu'il ne m'est pas aisé de savoir quelle part elle a faite au jeu dans son existence, et quelle part à la plus impérieuse sincérité. Toi-même, Marité, tu ne le savais pas, car ce mariage intime, incessant, cruel d'abord pour toi, c'était toute ta vie.

Je sentais qu'elle cherchait souvent à se donner le change par son cynisme — sans croire qu'elle pût le prendre. Elle était trop lucide, et terriblement perspicace.

« Jacqueline, m'avait-elle déclaré, c'est un verre de lait glacé. »

Elle m'avait dit aussi : « Sa bonté, sa naïveté sont désarmantes, mais exaspérantes à la fin. On en arrive à ne plus très bien savoir si on veut la protéger ou la battre. »

« Vous ne vous êtes pas revues depuis que tu as quitté G...?

— Non.

— Mais vous vous écrivez?

— Pour quoi faire?

— Pour rester en relations! Vous vous retrouverez certainement, un jour, puisque ses parents habitent ici. Elle doit bien y venir de temps en temps. »

Marité avait souri. « — Mon petit Bruno! Tu aimes les fantômes. »

Quand je lui voyais ces lèvres sinueuses, je doutais de sa franchise.

Elle était mon aînée, je subissais son ascendant; je la savais plus intelligente, ou du moins plus subtile que moi — dangereusement subtile. C'est pourquoi je me méfiais toujours un peu de ses propos inattendus. J'y sentais en quelque sorte bouger mystérieusement des choses sourdes et inquiétantes (ainsi le jour où elle m'avait dit de Mme Re... « A son âge, elle a encore les plus beaux seins que j'aie vus. » La sournoiserie était un peu grosse. Elle l'était volontairement).

Mais en ce qui concernait ses relations avec Jacqueline, ma sœur disait la vérité. Une fois partie de G..., elle n'avait rien fait pour revoir son amie. Il fallut le hasard de cette rencontre à l'entrée du Rex.

Depuis ce soir-là, je n'avais plus approché Mme Beaufort. Elle venait pourtant presque tous les jours à la maison, vers cinq heures. Parfois, en rentrant de la faculté ou de la bibliothèque, je trouvais son parfum dans le hall où elle laissait son manteau sur le divan. En traversant le petit salon, je la devinais de loin, entre les rideaux qui fermaient la baie.

Je n'avais pas, consciemment, le besoin d'aller auprès d'elle. Cependant, je pensais à elle. Je la revoyais, comme je la revois maintenant, telle qu'elle s'était tournée vers moi au cinéma, pour me parler : ce visage qui se lève de l'ombre, avec cette douceur navrée et cet éclat bleuté de l'œil autour de l'iris assombri. Parmi tous les souvenirs qui reviennent bouleverser cette fausse paix où s'était établie mon âme, il y en a de plus vifs, mais il n'est pas de plus obsédants, de plus constamment cruels que la poignante douceur de cette figure nue et pourtant si pudique. Déjà, en ce temps-là, elle me hantait à mon insu tandis que je poursuivais mes conquêtes. Elles ne m'attachaient plus. Chaque soir, je rentrais un peu plus tôt, espérant vaguement que ma sœur m'appellerait au passage. D'instinct, je me hâtais au milieu du brouillard, entre les éventails que les lanternes des autos projetaient sur le pavé gras, parmi les grincements des trams, des freins. Puis, quand je rejoignais le silence et les lumières immobiles dans nos quartiers aérés de jardins, mon pas se ralentissait. Je pensais confusément : à quoi bon?

A tout prendre, cette déception vague et fidèle, l'acidité douce-amère qui imprégnait mon attente incertaine, toujours trompée, c'était le sel de ces heures. Un révélateur. Il a développé les images de ces jours flottants. Son acide léger les fixe : photographies un peu sombres — illustration d'un keepsake immatériel encore que trop vrai. J'y vois Marie-Thérèse et son amie assises très près l'une de l'autre, peu distinctes dans la pénombre du salon où seuls leurs visages, leurs mains se détachent. Ma sœur, comme moi, aimait la profondeur des crépuscules prolongés dans une demi-nuit et un silence où tout se propose, se rêve et se suspend. Sur la table à thé — grisaille mouvementée de reflets et d'ombres — un point brille : la dernière étoile de jour accrochée au versoir d'argent.

Ça pourrait être un tableau de petit maître flamand — *Intérieur à la nuit tombante,* par Gonzalès Coques ou Terborg — avec ces grands plans calmes, cette simplification des détails fondus dans le clair-obscur. Mais pour moi cette vision s'intitulait *Domaine interdit.* J'avais juste, en somme, le droit d'y jeter un coup d'œil en traversant le petit salon pour gagner ma chambre. Là, accoudé sur mes livres, je contemplais l'instantané, toujours le même, que j'avais emporté sous mes paupières.

Mon goût n'en est pas encore assouvi. Echouée à la frange livide des ténèbres, cette image conserve son pouvoir pétrifiant, son mystère. Jacqueline et Marité, silhouettes obscures, presque mêlées, m'aimantent. A quelle inconcevable aspiration de mon être répondait leur rapprochement, pour que ce tableau continue de remuer en moi je ne sais quelle sensibilité sombre et incertaine comme ces deux femmes prises dans cet enveloppement de silence, dans ces draperies d'ombre où elles se confondent peu à peu!...

Si je rentrais plus tard, la lampe sur le piano était allumée. Sa pourpre opulente rosissait les étendues glacées du Pleyel. Le cercle de sa lueur formait une fleur chaude, soyeuse et tendre, au cœur de laquelle je voyais luire luxueusement les cheveux de Mme Beaufort. On eût dit une torsade d'un de ces bronzes anciens où brille un reste de dorure. C'était d'une discrète somptuosité : une matière compacte et légère qui faisait rêver à la fois d'une patine lisse, dure et de tiédeur duveteuse. Cette chevelure entière, tordue en catogan sur la nuque, ajoutait à la grâce de la jeune femme un charme d'élégance désuète. Et il y avait aussi dans son cou long et flexible une noblesse qui n'était plus de ce temps, une qualité princière. J'entrevoyais son profil fin, baissé, sa pose — d'une souplesse végétale — dans la bergère dont la vieille soie pompadour s'accordait si bien avec la distinction de Mme Beaufort. En face d'elle, Marité se penchait en avant et parfois de ses fortes mains lui caressait le genou.

Certains soirs, il y avait grand éclairage dans le salon. C'est que Mme Delignère avait accompagné sa fille. On ne m'invitait pas davantage.

Je ne comprenais pas.

D'ordinaire, quand ma sœur recevait des amies, elle m'appelait presque toujours. Elle connaissait mon goût pour ces sociétés féminines. J'aimais leur luxe, ce faux abandon des femmes entre elles, et l'acuité qui veille, en fait, dans le babil de toutes ces bouches bien fardées, sous ces lueurs d'yeux et de dents. Mais même faux — ou parce que faux — leur nonchaloir avait bien des charmes : subtiles perfidies, jolies mains volantes, gonflements de gorge sous des étoffes légères, éclairs des jambes — et toujours la coquetterie, l'automatique et gratuite concurrence dès qu'apparaît un mâle, ne fût-ce qu'un étudiant de vingt-cinq ans : ce que j'étais alors.

Marité avait toujours flatté ce goût; je puis même dire qu'elle me l'avait donné. Alors! pourquoi me tenir à l'écart de Mme Beaufort? Pourquoi Marité ne m'en parlait-elle plus, jamais?...

Je négligeais mes propres amies. Brusquement les plus belles me paraissaient vulgaires et cette ostentation que j'avais aimée, me choquait. En vérité je ne supportais plus la compagnie des femmes, ne fussent-elles que des camarades. Même Hélène, la seule jeune fille pour laquelle j'avais un véritable sentiment d'amitié, quand je la rencontrais, sa gentillesse, sa beauté, m'étaient importunes.

J'entrai alors dans une période qui me paraît aujourd'hui pleine de douceur et de singularité. Ce fut une plongée dans un monde devenu soudain irréel, compliqué comme un labyrinthe — un monde inconcevable.

C'était bien le nôtre, pourtant, non pas tel qu'il était, mais tel que je le sentais. Et c'est là que s'enracinent sans doute les souvenirs à travers lesquels B... m'apparaît toujours maintenant avec un aspect bizarrement à la fois englouti et boréal.

L'hiver était venu. La neige tombée se confondait avec le ciel, supprimant les toits. Les rues semblaient bordées de falaises grises percées de mille trous. Le soir, au lieu de retourner vite chez ma sœur où je n'approcherais pas Mme Beaufort, je m'étais mis à errer par la ville. J'explorais ses brouillards, ses espaces luisants comme si quelque part, dans des profondeurs rayonnantes, m'attendait je ne sais quel Graal.

Des grottes de féerie m'appelaient çà et là : passages couverts où les étalages chatoyaient d'une lumière qui métamorphosait les essaims de passants nageant dans son irréalité sous-marine. J'ignorais ce qui me tenait là immobile devant un magasin, ou ce qui me poussait brusquement, me lançait... Je me précipitais dans la grand-rue. Tout à coup je courais vers la place d'Espagne, pour **la**

trouver triste, vide et mal éclairée, dominée par les gibets
noirs que dressaient sur le ciel jaunâtre les arbres du
jardin d'acclimatation. Je sautais dans un tram. Mécon-
tent d'y être, je le quittais en hâte sur la place
Alexandre-III où il me paraissait essentiel de contempler
indéfiniment le lampadaire du refuge. Etait-ce à seule
fin de découvrir que sa grappe de globes ressemblait,
dans la brume irradiée, à un soleil de minuit multiplié
par la réfraction?

Ne savais-je donc pas ce que je cherchais dans les rues
remuantes, dans ces cascades de têtes à la porte des autobus, dans le flot qui roulait mille figures entre les clous,
dans ce manège infini des lumières et des ombres et dans
la clarté glaciaire des vitrines découpées géométriquement
au milieu du noir mouillé, comme des icebergs?

Et pourquoi allais-je parfois chez *Rocher*, le salon de
thé à la mode, inventorier de l'œil en prenant un porto,
ses alcôves de peluche rouge creusées dans les murs
blancs. Je ne pouvais rencontrer ici que des amies de
Marie-Thérèse. Les miennes — celles qui l'avaient été et
celles qui pouvaient l'être — fréquentaient uniquement
le Café de France où je n'allais plus.

Un soir, en pénétrant dans le passage Doré, j'aperçus
un manteau de loutre, noir. Mon cœur se mit à battre.
Cette femme n'était pas Mme Beaufort. Mais j'avais enfin
compris : je la cherchais. C'était absurde.

Dès lors, mettant fin à ces vagabondages puérils, je rentrai directement chez nous. Il ne me fallut pas longtemps
pour m'apercevoir que Mme Beaufort n'y venait plus.

Rien ne subit d'érosion en moi : toutes les images de ma vie gardent leurs contours et leurs couleurs. Il n'y a pas de perspective dans mes souvenirs : aujourd'hui, hier, jadis, s'y « présentent » ensemble. C'est un peu comme ces tableaux anciens où l'on voit saint Antoine, par exemple, naître dans un angle, jouer au milieu de la toile avec d'autres enfants, recevoir, à gauche, la visite de saint Paul et mourir dans l'autre coin où deux lions creusent sa tombe tandis qu'en haut il entre au paradis. Pour moi aussi, tout a la même actualité.

J'entends le vent dans la nuit campagnarde : elle bruit comme un rideau de soie; mais j'entends aussi le morceau que ma sœur jouait ce soir-là. C'est du Grieg. Cette chose voletante. On l'appelle « Les Papillons », je crois.

Albert était sorti tout de suite après le dîner. La lampe posée sur le piano faisait briller le bois doré de la bergère. Mon souvenir y replaçait Mme Beaufort, cheveux et profil ourlés de lumière. Adossé à la cheminée, je cherchais vaguement son parfum en écoutant vaguement la musique. Les mains de Marité volaient dans la clarté. J'admirais, comme toujours, leur force agile; et, par contraste avec leur rapidité présente, je les revoyais avec ce même éclat, mais immobiles ou lentes, sur les genoux de Mme Beaufort. J'imaginais la fragilité de la petite main que j'avais sentie si menue dans son gant, abandonnée à ces robustes doigts de musicienne. Cette confiance m'agaçait sourdement.

Marité s'arrêta, pivota sur son tabouret... et reçut en plein visage cette question jaillie malgré moi de mes lèvres :

« Pourquoi ton amie ne vient-elle plus ici? »

Marie-Thérèse me jeta un regard dont je vis luire l'éclair blanc au coin de l'œil. Sans me demander de quelle amie il s'agissait :

« Jacqueline est repartie pour G... il y a quelques jours », répondit-elle nonchalamment.

Puis elle s'assit dans la bergère, croisa ses jambes riches et pures et me considéra tandis que, par contenance, j'allumais une cigarette.

« Ça t'intéresse?

— Non, dis-je. Ça m'étonnait de ne plus apercevoir Mme Beaufort. C'est tout. »

Elle n'en crut rien, naturellement. Mon impassibilité ne pouvait compenser l'imprudence de ma question. Depuis longtemps Marité et moi nous avions percé mutuellement nos masques. Nous continuions de les mettre, par tradition, mais ma sœur savait bien quel visage se dissimulait sous mon aspect flegmatique ou insolent, et je croyais n'ignorer rien de ce que cachait sa nonchalance à elle.

Jusqu'à ce soir, j'en suis sûr, elle n'avait pas songé que Mme Beaufort m'intéressât. Si elle m'avait tenu à l'écart, ce n'était pas un effet concerté mais simple hasard. Ou peut-être ne voulait-elle pas compliquer, en m'y introduisant, une situation déjà trop complexe où elle ne voyait point que je pusse jouer un rôle. Ma question dut la faire changer d'avis.

Autrement, pourquoi se serait-elle mise à me parler de Mme Beaufort, après s'en être tenue précédemment à un silence si strict? Elle voulait voir mes réactions, je présume, et jusqu'où allait cet intérêt dont elle venait d'avoir le soupçon. Il la surprenait, sans doute : elle pensait, comme moi, que Jacquelline n'était guère faite pour m'attirer.

Puis-je croire que le besoin d'un confident ait poussé Marité, ce soir-là? Mais elle avait son mari. Il est vrai qu'Albert!...

Qu'importent, à tout prendre, ses mobiles. Ce qui compte, c'est qu'elle me parla avec — il me semble — un entier abandon, et même une certaine passion partisane, me racontant toute l'histoire de Jacqueline. Ce qu'elle en savait, du moins.

« Son mari, me dit-elle, avait été le collègue puis l'un des subordonnés d'Albert à G...

« Un garçon non dépourvu d'intelligence, mais terriblement indolent, qui végétera toute sa vie. On l'a casé à la préfecture par complaisance, en souvenir de son père, politicien à barbe radicale, dont tu as pu admirer le buste au jardin public. Beaufort n'a que deux talents : le bridge et la gravelure. Fort appréciés à G... Aussi le voyait-on partout, même aux mercredis de la préfète — où il ne déployait d'ailleurs qu'un de ses dons. Il prenait la peine de me faire la cour, à sa façon. Ce que j'ai pu entendre! tu imagines. De sa part, c'était de la politesse!... Quand il s'est marié, il nous a présenté sa femme au retour de leur voyage de noces. Déjà il était visible qu'ils ne collaient pas. Tu comprends? »

Je répondis d'un signe maussade. Ce n'était donc que ça!

Marité poursuivait :

« En fait, ils ne se sont jamais entendus. Il ne peut y avoir rien de commun entre eux. Au reste, Beaufort a le célibat dans le sang. Mais sa mère — une veuve redoutable — s'était juré de le marier. Il a marché à cause de la dot — une grosse dot. Quant à Jacqueline, elle m'a avoué qu'il lui avait déplu dès leur première rencontre. Elle ne voulait absolument pas de lui. Elle est allée à la mairie comme un mouton à l'abattoir.

— Allons donc! C'est invraisemblable. On n'a jamais vu une jeune fille se marier dans ces conditions. Autrefois, peut-être; mais aujourd'hui!... »

Marie-Thérèse haussa les épaules.

« Pauvre Bruno!... Tu croiras toujours au Père Noël. Il y avait des femmes libres au XVIIᵉ siècle, et il y a des femmes esclaves aujourd'hui. Ce n'est pas une question de lois et d'époque; c'est une question de caractère. Tu comprends pourquoi je t'ai dit de Jacqueline que l'on avait parfois envie de la battre? Et pourtant on ne peut s'empêcher de la prendre en pitié : elle est si naïve, si...

Mon cher, elle a cru sincèrement que son sacrifice était nécessaire à la tranquillité de ses parents, qu'elle devait se mortifier, qu'elle vaincrait sa répugnance... etc. Tu vois le genre de sottise!... Elle a reçu une drôle d'éducation : institution religieuse, devoir, *Honneur et Patrie*. Son père n'était pas pour rien colonel — au Service Cartographique — mais les faux militaires sont les plus intransigeants. Et tu sais que les « filles d'officiers supérieurs », n'est-ce pas!... »

Tout à coup, quittant ce ton que j'allais ne plus pouvoir supporter, les yeux baissés, examinant ses mains, elle dit d'une voix fluide :

« Ça paraît extravagant, mais Jacqueline, j'en suis sûre, n'avait jusqu'au soir de son mariage aucune idée de ce qu'elle découvrit dramatiquement cette nuit-là. »

Nous nous tûmes tous les deux. Ces propos me mettaient extrêmement mal à l'aise. Marie-Thérèse releva ses cils, me dévisagea d'un coup d'œil et reprit d'un ton léger, avec volubilité, comme si elle voulait noyer sa dernière phrase :

« Figure-toi qu'elle sortait à peine sans sa mère, elle ne lisait que les livres autorisés, n'allait au cinéma ou au théâtre que pour les pièces ou les films moraux. C'est fantastique, n'est-ce pas! Puis brusquement on la jette à Beaufort. Faites-en ce qui vous plaira. Il n'était pas homme à savoir s'y prendre avec une jeune fille élevée de cette façon. Son genre, c'étaient les professionnelles. Gros succès auprès des dames de la rue Torte qui le traitaient en amant de cœur, paraît-il. Et ça se comprend : il n'est pas mal. Un peu mou de traits, le cheveu déjà rare. Pas trop raffiné, non plus : le choix de ses cravates ni le pli de son pantalon n'ont jamais dû le tracasser. Mais *portant beau*, comme on dit à G..., grand, un peu fort, déjà empâté par la grosse nourriture. Moi pour qui il n'avait pas d'importance, il m'amusait un peu avec sa façon paterne de débiter des grivoiseries plus que naïves. Mais tu te rends compte comme tout cela convient à Jacqueline! Elle ne pouvait tomber sur un homme mieux fait pour lui déplaire de toutes les façons. »

Ce fut à mon tour de hausser les épaules. J'étais écœuré. Je ne sais ce que pensait exactement Marité; quant à moi, ce Beaufort me paraissait ignoble. J'y retrouvais un de ces êtres douteux à tous égards — de vêtements, de corps et d'âme — comme j'en avais trop connu parmi mes camarades de pension et au régiment : des gens marqués pour toutes les bassesses.

Et c'était ça la clef de cette tristesse qui m'avait ému! Mystère non seulement banal mais de la pire vulgarité. Outré, je ne voyais dans cette union que la sottise d'une femme dépourvue de jugement et de volonté. Enfin, cette souffrance que je trouvais médiocre et la vilenie de l'homme auquel Mme Beaufort s'était unie, l'avilissaient elle-même. Elle perdait pour moi toute espèce de prestige. Ni sa soumission à un prétendu devoir ni son malheur bourgeois n'étaient susceptibles de me toucher. Au contraire.

« Bien sûr, dit tout à coup Marité. Cependant on ne peut s'empêcher de la plaindre.

— Parce qu'elle est jolie! » ripostai-je sarcastiquement.

Ma sœur avait suivi la marche de mes pensées, mais une partie de mes sentiments lui échappait : elle ne devinait pas que j'étais irrité aussi contre elle. Je lui en voulais obscurément de m'avoir fait ces révélations et de ne me les avoir pas faites plus tôt : je ne me serais pas laissé envahir par cet étrange charme amer et doux que Mme Beaufort avait communiqué à ma vie. Je regrettais de m'y être laissé prendre. Je croyais, du moins, le regretter. Je me croyais vexé d'avoir gaspillé de l'émotion, des rêves, pour un objet qui n'en valait pas la peine. En réalité j'étais inconsciemment déçu et triste de sentir ce charme surprenant s'évanouir.

Marie-Thérèse jouait distraitement du bout du pied avec sa mule, tordant une cheville souple qui, la première, m'avait fait connaître la beauté nerveuse et ciselée des chevilles. Un silence aisé s'était installé entre nous. Parfois des pas sonnaient sur le trottoir en contrebas du jardin.

« Et que fais-tu pour elle? » dis-je enfin, non sans une intention sarcastique.

Cette ironie ne mordit pas sur Marité. Elle me répondit d'une voix sérieuse, lasse :

« Pas grand-chose. Il n'y a pas grand-chose à faire. »

Elle me raconta qu'au début de leurs relations elle avait essayé de faire comprendre à Jacqueline sa naïveté et ses erreurs. N'y parvenant pas, elle s'était détachée d'elle en quittant G...

Envers qui se refusait à subir son influence, Marité pouvait faire preuve d'une singulière faculté d'abandon et d'oubli. (C'est pourquoi jusqu'à la soirée du Rex elle n'avait ni correspondu avec Mme Beaufort ni cherché à la revoir.) Mais elle était aussi prodigieusement patiente lorsqu'un dessein lui donnait quelque espoir de le réaliser un jour. Certainement, une espérance de cette sorte s'était révélée à elle lors de cette rencontre inattendue avec son ancienne amie. Cela, elle ne me le dit point, ni à quoi depuis lors, dans ces conciliabules crépusculaires à l'écart desquels on m'avait tenu, elle exhortait Jacqueline. Elle ne m'en dit rien, du moins ce soir-là.

Nous parlâmes encore un peu, nonchalamment. Marité devait sentir que je ne l'écoutais guère. Je n'avais aucune peine à paraître peu intéressé par ce sujet. Elle se demandait sans doute si elle ne s'était pas trop pressée de conclure : ma question pouvait, après tout, provenir d'une simple curiosité.

Trop adroite pour appuyer, elle glissa vers d'autres propos. Nous bavardâmes. Puis je lui dis bonsoir, l'embrassai et retournai à ma chambre retrouver mes chers livres.

J'étais guéri, exorcisé. Je n'étais pas heureux.

La nuit tombe. De la table où j'écris, je la vois rassembler ses brumes bleuâtres puis grises et bientôt obscures. Elle remplit les profondeurs du paysage, déborde lourdement comme une fumée, s'accroche aux bouquets d'arbres dont les silhouettes passent du squelette au fantôme. La terre se nivelle sous ce grand manteau noir que boutonne au ras des collines un disque rouge. Le ciel est encore éclairé, mais vitreux — l'œil d'une bête morte. Autour de la fente où disparaît le soleil, il s'envenime de couleurs tragiques.

C'est toujours à cette heure que je reprends ce cahier. Je me détache de mon travail comme, jadis, à ce même moment j'abandonnais mes jeux. Fasciné par la solennité du couchant, je rêvais en écoutant les sabotements sourds dans les écuries, ou le cri d'une poulinière appelant du fond de l'ombre mouillée. Je me sentais au bord d'un mystère. Quel espoir, quelle peur, venus de loin sur une aile nocturne et froide, me caressaient au passage?...

Plus tard, à la fin du jour, j'ai aimé tenir contre moi, dans une chambre sombre, une femme complaisante à des songes qui n'avaient ni forme ni nom. Crépuscules citadins, tourmentés de reflets, de tumultes : fausse nuit jaunâtre dont les vagues caressent un corps long et doux comme une île de lait. Accosté à ce beau récif, j'étais ému d'entendre battre si près de moi un cœur où il m'importait peu d'occuper peu de place. Je ne demandais que ce faible bruit vivant et cette tendresse de la chair.

Quand Mme Beaufort eut disparu de mes pensées, je retrouvai avec une faim nouvelle ces compagnes de ma

liberté — ou peut-être, plus exactement, de mon égoïsme.
Elles ne me disputaient point à mes livres, à des travaux
qui m'étaient encore plus chers qu'elles. Entre les reprises
de nos duels faciles où le vaincu n'était pas le moins
triomphant, je me plongeais dans mes études. Je m'atta-
quais, cette année, à l'agrégation. En attendant que je
l'eusse, l'influence d'Albert m'avait valu de petites fonc-
tions à la faculté. En outre, je rendais compte des livres
d'art dans la page que R... dirigeait à *La République*.
La besogne ne me manquait pas. J'étais heureux. Ce n'est
pas ce bonheur que je regrette. Ce temps est mort. Ses
limites elles-mêmes s'effacent. Sont-ce des semaines ou
des mois qui se sont perdus corps et biens? Je ne saurais
le dire. Ni une date ni un nom ni le titre d'un livre ni
un détail d'un corps ne remontent de cet Averne bru-
meux où toute une période de ma vie, avec ses plaisirs
et ses tâches, a sombré. Il n'en ressort que le visage
d'Hélène, fidèle à tous mes souvenirs. Il règne sur ces
espaces, pur et ruisselant de clarté. C'est celle des bals,
des soirées, où nous nous rencontrions, la vive lumière
du néon qui ressuscitait le soleil à la piscine. Dans la
mobilité nerveuse d'une société que les menaces à l'Est,
et peut-être le mystérieux pressentiment de sa fin, enfié-
vraient, Hélène était une merveille de calme. Son instinct
puisait dans je ne savais quelle fondamentale certitude
de dominer toujours le temps, les circonstances et les
faiblesses, la nourriture de sa beauté. Elle venait d'avoir
vingt ans. Tant de jeunesse, et cette force éternelle de la
femme! Cette force originelle, départie cependant à si
peu!... Hélène m'intimidait. Mon admiration pour elle
ne cessait de s'approfondir.

Mais vraiment se peut-il que, durant toute cette période,
je n'aie pas pensé une seule fois à Mme Beaufort?

Il me semble que non. Pourtant, n'y avait-il pas au
fond de moi sans que je m'en rendisse compte un regret
sourd? Pouvais-je oublier si vite la hâte qui m'avait tant
de fois ramené à la maison! Ne restait-il rien en moi de
cette quête incertaine par les rues où son visage blanc
pouvait à tout instant fleurir la brume comme les ma-

gnolias la grisaille des squares sortant tout à coup de l'hiver?

Peut-être. Je ne sais plus. Mais qu'importe! Qu'importe ce qui est englouti dans le naufrage de ces jours! Cela au moins est consommé. Dans ces étendues vides je respire — comme à présent par les chemins où décembre progresse — cet air enfin glacé, cette froide fécondité de la mort.

Qu'elle détruise le reste de ce passé! Qu'elle pourrisse enfin ce luxuriant cadavre! Que le grain meure!...

Durant ce temps Marité ne m'avait pas dit un mot de Mme Beaufort. Elle semblait ne plus penser à la jeune femme. Puis un soir — non : c'était une fin d'après-midi; il faisait encore gris clair dans ma chambre — elle entra, tenant une lettre.

« Jacqueline m'a écrit, dit-elle de sa façon abrupte. Ça va de plus en plus mal avec son mari. »

Elles correspondaient maintenant. J'ai su ensuite que ma sœur avait écrit régulièrement à Jacqueline depuis son retour à G...

Marie-Thérèse prit une cigarette dans le coffret, sur la commode, s'approcha pour que je lui donne du feu, me remercia d'un battement des cils. J'étais à mon bureau. Elle s'assit sur le divan puis s'adossa aux coussins, un bras sous sa tête, fumant en silence. Je la vois comme si cela se passait à l'instant. Une espèce de roideur qui figeait ses traits m'avertissait que sa nonchalance était feinte. Marité m'avait exercé sans le savoir à reconnaître sur son visage les signes — pour tout autre indiscernables — de cette paralysie, et j'en connaissais la nature. C'était l'effet d'un resserrement intérieur, d'un « qui-vive » de toutes ses facultés. Je le savais parce que moi aussi je sens parfois cette même parésie engourdir ma face, et c'est alors que de mes lèvres tombent, avec la voix la plus froide, les mots les plus apparemment détachés. Ainsi lorsque, autrefois, Marie-Thérèse m'appelait dans sa chambre où je la trouvais cambrée devant la glace, essayant de se voir de dos, et qu'elle me disait : « Veux-

tu regarder si la couture de mes bas est droite? Fais-les
tourner un peu si ça ne va pas », sa voix avait ce ton
mat, sa figure cet air sévère ou absent. Et moi, mes
mains ne frémissaient pas en touchant ces formes d'une
féminité si agaçante pour un adolescent, mais je me
faisais glacial · pour masquer mon trouble. C'est tout ce
que ma sœur cherchait. Elle n'avait besoin que de me
troubler : je n'étais qu'un enfant.

Voulait-elle à présent jouer le même jeu? Elle tenait
la lettre sur ses genoux mais ne m'en lirait pas une ligne,
je m'en doutais. D'ailleurs, je ne le souhaitais nullement.
An contraire. J'avais eu du déplaisir à entendre le nom
de Mme Beaufort. J'aurais presque autant aimé que
Marie-Thérèse ne fût pas là, à demi allongée sur mon
divan, un pied battant le tapis.

Je dis *presque*, parce que, malgré tout, une part de
moi-même était furtivement d'accord avec elle, avec
des intentions dont la nature évidemment clandestine
trouvait en moi de vieilles inclinations, avec sa pose
négligente et sculptée, avec ses longues jambes, son
élégance ostentatrice et la netteté de ce casque de cheveux noirs qui lui serraient les tempes. Elle s'estompait
peu à peu dans le crépuscule bleu par la fumée de nos
cigarettes. Nos regards se rencontrèrent. Elle sourit lentement et rompit le silence.

« Je vois que tu n'as guère de sympathie pour Jacqueline.

— Des déboires matrimoniaux sont peu susceptibles de
me captiver.

— Oh! je sais, répliqua-t-elle. Un drame bourgeois, pour
un intellectuel!... Néanmoins, j'avais cru remarquer que
tu ne manquais pas d'une certaine curiosité à l'égard de
Jacqueline. Ou si c'était le hasard qui te ramenait ici
de si bonne heure pendant la période où elle venait
presque tous les jours?

— C'était bien la curiosité, dis-je franchement. Mais
elle a été plus que satisfaite par ce que tu m'as révélé.
J'imaginais je ne sais quel mystère, et je me suis trouvé
très sot d'y avoir cru. »

Marité ne répondit que par un petit rire ironique. Elle
alluma le lampadaire, à la tête de mon lit, et déplia la
lettre qu'elle se mit à relire.

Je la regardais. L'ombre sous ses lèvres les faisait
paraître plus charnues, plus sinueuses. Le blanc du papier
entre ses mains me « tirait l'œil ». Elle m'exhibait habilement ce feuillet depuis un quart d'heure, d'abord dans
la pénombre, sur ses genoux, et maintenant en pleine
clarté, pâle comme le visage de Mme Beaufort. Il devait
porter un peu de cette odeur de trèfle que j'avais respi-
rée au cinéma, derrière la jeune femme, et dont son
manteau parfumait le hall. Je revoyais luire ses cheveux.
Une sorte de mutation symbolique se faisait en moi entre
cette lettre affichée mais tenue hors de mon atteinte, et
Mme Beaufort, elle aussi approchée un instant puis
retirée, défendue, contemplée de loin. Un charme était
prêt à renaître.

« Je regrette, dis-je sèchement en reprenant ma plume.
Je ne voudrais pas te chasser, mais j'ai beaucoup de travail.

— Bien sûr, Bruno. »

Marité se leva. Elle vint à moi, m'effleura gentiment
les cheveux.

« Tu es très intelligent, mon chou, et déjà trop savant
mais... »

Elle fit une pose en me regardant au fond des yeux,
puis continua avec un sourire sans gaieté :

« ... tu ne comprends pas grand-chose si tu crois qu'une
femme n'ait plus de secret quand on sait qu'elle ne s'en-
tend pas avec son mari. Jacqueline *est* un mystère. »

Sur ces mots, elle s'éloigna. Comme elle allait passer
la porte, elle se retourna et me dit :

« Tu pourras peut-être t'en apercevoir. Elle revient
lundi prochain. »

Ce qui me frappa, ce ne fut pas cette nouvelle, mais
le ton de Marité, cette amertume quand elle m'avait
dit : *Jacqueline est un mystère*, en appuyant sur le *est*.
Il me semblait sentir dans cette déclaration bien autre
chose qu'un « mot ». C'était certainement pour Marie-

Thérèse une vérité : une vérité tout ensemble désagréable
et excitante.

Son amie l'avait-elle déçue? Je songeais à ces conciliabules ouatés d'ombre, autour de la table à thé. Elle avait
dû y déployer toutes ses subtilités; mais même fortifiée
de ce clair-obscur et de ce silence, son adresse avait-elle
échoué? Et dans quel dessein?...

J'étais bizarrement remué par la communauté de sentiments, ou plutôt de sensations, qui avait fait percevoir
à ma sœur, en Jacqueline, ce même *mystère* dont j'avais
eu la prescience. Laissant revenir à moi mes souvenirs de
Mme Beaufort, j'interrogeais — avec une ardeur peut-
être plus vive en l'imaginant partagée par Marité — sa
grâce triste et tout son grand air de douceur, de réserve.
Que recouvraient-ils?

Je m'étais hâté de la mépriser. Mais l'avais-je comprise?
Etais-je capable de la comprendre?

Elle me semblait de nouveau inaccessible : à la fois
enfantine dans la fragilité de son charme, et ancienne
comme la Femme avec son trésor d'expérience douloureuse et légère à son éternelle beauté. Elle m'apparaissait dans un rayonnement qui n'était pas seulement le
nimbe de sa chevelure de métal et de soie. Un peu plus
âgée que moi — un peu plus jeune que Marité — elle
était peut-être riche d'une expérience de la souffrance
qui me manquait. Dans sa faiblesse apparente, dans sa
noblesse, il y avait sans doute plus que de la pudeur,
plus qu'un instinct ombrageux, plus même que de l'orgueil : une capacité de résistance passive et souple, une
force essentiellement féminine — et j'ai toujours tellement aimé chez les femmes tout ce qui caractérise leur
sexe.

L'image de Mme Beaufort n'avait été éclipsée en moi
que par le portrait de son mari. Cette inconcevable union
continuait de faire tache sur elle. Mais ce que Marité
m'avait appris était assez superficiel. Savait-elle tout? Des
raisons ignorées d'elle avaient pu imposer ce mariage à
une jeune fille qui s'était rendue sans se soumettre. Peut-
être Mme Beaufort ne jugeait-elle pas son mari et souf-

frait uniquement d'avoir dû l'accepter?... Au fond, pensais-je, tout cela n'offrait peut-être pas autant d'importance que je l'avais cru. Ce qui comptait, c'était qu'elle n'aimait pas cet homme. Sans me l'avouer, j'étais heureux de savoir qu'elle ne l'avait même jamais aimé.

Le lundi, Marité me demanda de la conduire en voiture à la gare.

« Et Albert? Il ne peut pas t'y mener?

— Comme tu es aimable! Albert remplace le préfet au conseil général. »

Etait-ce vrai?

Nous passâmes aux Quinconces prendre Mme Delignère. Elle et Marité descendirent sur les quais. J'attendis dans l'auto.

C'était un après-midi de pastel : une de ces fragiles journées insérées au cœur de l'hiver comme des illustrations aux couleurs délicates dans le noir et le blanc monotone d'un livre. Tout sortait d'une poudre blonde : les édifices immobiles, les voitures, les autobus qui venaient vers moi, et tous ces gens dont je suivais du regard, un instant, le passage. Mes rêves s'accrochaient successivement à eux, au but vers lequel ils couraient sous les arcades de la gare — et je ne les imaginais lancés dans le voyage que pour rejoindre une personne aimée — ou bien à ce qu'ils attendaient, massés à la sortie — et ce ne pouvait être qu'une silhouette chère mais mystérieuse.

Brusquement, je vis ma sœur. Elle s'avançait déjà vers la voiture. Derrière elle, venait Mme Delignère avec une jeune femme en qui je reconnus à peine Mme Beaufort. Dans son manteau de voyage, en tweed clair, coiffée d'un petit feutre d'où s'échappait une mousse de cheveux bouffants, c'était une autre femme. Je ne l'avais jamais vue marcher. Une fois de plus, sa distinction me frappa : il y avait quelque chose de musical dans sa démarche.

Elle me sourit de cette façon lente, un peu hésitante, qui m'avait ému au cinéma. De nouveau je touchai sa main étroite dans son gant. Ce contact augmenta mon

trouble et, par suite, la froideur de mes manières.
Mme Beaufort me crut ennuyé d'avoir été dérangé à cause
d'elle. Elle s'en excusa.

« Je vous en prie, dis-je, je suis trop heureux. »

C'était, en un sens, la vérité, mais exprimée sur un ton
à ne point laisser douter du contraire.

Tandis que nous roulions vers les Quinconces, je respirais le parfum de la jeune femme, j'écoutais sa voix —
trop rare : c'était surtout Marité et Mme Delignère qui
parlaient. Je guettais cette voix. Sa fluidité descendait en
moi en ondes lentes.

« Où vas-tu? » s'écria Marité.

J'avais sans m'en rendre compte dépassé la maison.

« Je voulais tourner. »

Ce que je fis.

Mme Delignère insista pour que nous entrions. Ma
sœur n'y consentit pas.

« Laissons cette enfant se reposer, dit-elle. Je viendrai
vous demander une tasse de thé demain. »

J'étais engourdi. Je le restai toute la soirée. A table
Marité et Albert discutèrent longuement à propos de
Mme Beaufort, de ce qu'elle devrait faire. Je n'écoutais
pas. J'entendis pourtant Albert dire :

« Elle ne peut pas continuer comme ça.

— Et toi, Bruno, qu'en penses-tu? » me demanda
Marité.

Je ne sais ce que je répondis.

Ce fut dans la nuit que j'eus pour la première fois
cette étrange impression : le besoin d'une certaine présence. Je ne l'avais jamais encore éprouvé qu'au sujet
de ma sœur, quand elle nous avait quittés pour suivre
Albert à G... Je ne sus pas pourquoi soudain ainsi
quelque chose me manquait, un vide inconcevable se creusait en moi, ni d'où me venait ce brusque sentiment de
détresse. Mais ce n'était encore qu'un nuage. Le sommeil
l'emporta.

En m'éveillant, j'avais, il m'en souvient, une violente
envie de m'en aller au Buys. Il me fallait la main de mon
père sur mon épaule, l'odeur des chevaux, l'air de la

vieille maison avec ses profondeurs tranquilles au parfum
de pommes, et, de l'autre côté de la cour, la majesté du
château, sa façade où, enfant, j'avais accroché tant de
rêves.

Cette impulsion ne dura qu'un instant. Je n'en devinai
pas le sens. D'ailleurs, si je l'avais compris je n'y eusse
pas cédé. Au contraire.

Je m'habillai rapidement pour aller à la faculté. Puis
je m'aperçus que c'était mardi : j'étais libre jusqu'à
onze heures. Je m'assis à mon bureau et me mis à chercher un moyen de revoir Mme Beaufort. Je songeais avec
amertume à Marité qui allait la retrouver cet après-midi.
Cette pensée et cette irritation me poursuivirent jusqu'au
soir. Je rentrai de mauvaise humeur. Marité était dans
le petit salon, assise au bureau de son mari. Elle faisait
des comptes. La lampe éclairait ses belles mains.

« Albert et moi, me dit-elle, nous allons chez les Delignère demain après le dîner. Si tu veux venir, tu es
invité aussi. »

J'étais singulièrement ému en pénétrant dans cette
demeure dont les êtres assistaient à la vie de Mme Beaufort. Ils constituaient les limites extérieures de sa réalité;
ils allaient m'en livrer une part nouvelle, m'apprendre
l'histoire quotidienne de ses gestes et de ses pas.

Mais je ne vis qu'une entrée banale, peinte en faux
marbre, trois marches de pierre, un petit palier fermé
par une porte à vitraux. La femme de chambre nous
introduisit directement dans le salon : une pièce rouge,
satinée, surchargée, à la mode 1900, de beaux meubles,
de glaces et de tableaux dont les vieux ors brillaient.

Assis sur l'aubusson, je repris ma respiration comme
dans un bain un peu trop chaud. Le colonel, sa femme,
Albert et Marité échangeaient en mezzo des phrases non
moins encombrées que ce salon où l'on n'osait élever la
voix. Au moindre éclat, ces saxes dans les vitrines, les
bibelots sur tant de tables volantes, les japonaiseries éta-
gées sur la cheminée, cet arbre en verre de Venise avec
tous ses oiseaux, qui avait poussé sur une admirable

commode Louis XV, n'allaient-ils pas se mettre à vibrer?
D'instinct, on retenait son souffle. Et cette conversation à
voix mesurée me laissait percevoir un faible bruit de pas
juste au-dessus de nous. Le lustre tintait légèrement. Une
porte fut refermée. Au bout d'un instant, j'entendis des
pas descendre un escalier. Un tapis amortissait leur son,
mais je sentais le coup sourd des hauts talons sur chaque
degré. Ce rythme résonnait en moi. Il me peignait la
démarche mélodieuse de Mme Beaufort. A travers le mur,
je la voyais s'avancer vers nous. La porte s'ouvrit, et, une
fois encore, la jeune femme m'étonna.

Elle était extraordinairement douce à voir. Elle avait
toujours cet air incertain, confusément blessé, mais non
plus ce visage exsangue. Un peu de rose faisait fleurir sa
bouche. Ses joues également rosies paraissaient plus pleines.
Elle portait une grande robe qui mettait autour de ses
jambes, à chaque pas, un mouvement d'ailes. Le décolleté
laissait jaillir librement son cou de princesse enfant.

Quelle éclosion!... Quelle délicatesse sortie de la chrysa-
lide en vieux manteau de loutre et chapeau chaudron,
que j'avais vue au Rex!... Ma sœur et mon beau-frère
connaissaient le véritable aspect de Mme Beaufort, et
cependant Albert se récriait d'enthousiasme en lui baisant
la main.

« Chère petite madame! Mais elle est délicieuse! Un
vrai bouquet de fleurs! »

Mme Delignère buvait ces louanges. Elles me crispaient.
Ce que disait Albert, au fond c'était exactement ce que
je sentais; il me déplaisait de l'entendre exprimer par
lui : son ton mielleux me portait sur les nerfs.

Mme Beaufort, en arrivant à moi, vit une figure certainement sévère. Elle me tendit timidement sa main.
Pour la première fois, je touchai ses doigts nus. Je m'in-
terdis de les baiser pour ne point faire comme Albert,
mais à ce contact tout sentiment autre que celui d'un
attendrissement et d'une suavité inconnus disparut de
moi. Pendant un moment je demeurai plongé dans une
espèce de rêve éveillé, plein de douceur mais aussi de
tristesse. Cette main, en se retirant, m'avait laissé la

semence d'une nostalgie qui m'envahissait. Je regardais Mme Beaufort assise à côté de ma sœur. Mon esprit, mon cœur et sans doute mes sens, bâtissaient autour d'elle de ces songes où tout un monde imprécis — un monde de tendresse, de désir et de regrets, se construit et s'écroule en quelques secondes.

Quand je revins au réel, on discutait de la situation de Mme Beaufort. Comment avait-on pu aborder une telle question? Je l'ignore, cependant je suis sûr que Marité était venue avec l'intention d'en parler.

« Ma petite Jacqueline, disait-elle, vous êtes allée aussi loin que vos forces vous le permettent. Continuer ainsi, ce serait vouloir vous suicider. Vous n'en avez pas le droit. Pensez à vos parents. Que deviendraient-ils sans vous?

— Oui, oui, bien sûr! s'écria Mme Delignère. Je ne veux pas qu'on me la fasse mourir de chagrin! »

Le colonel murmurait « Evidemment, évidemment », en mordillant sa grosse moustache. Il se demandait, ce n'est pas douteux, comment nous mettre tous, poliment, à la porte; mais il se trouvait pris au piège. Marité l'y tenait bien.

Mme Beaufort ne disait rien. Elle serrait fébrilement ses mains entre ses genoux. Le cou ployé, elle penchait sa tête, et l'on eût cru que le poids de sa chevelure la faisait fléchir. J'aurais voulu qu'elle se redressât violemment, que toute sa fierté protestât contre l'inconvenance de ma sœur, contre l'étalage de cette intimité devant Albert et moi. Je souffrais pour elle. Je souffrais aussi par elle en la voyant accepter cette humiliation.

« Je ne peux pas, dit-elle enfin. Je ne peux rien faire. »

Elle porta à ses yeux le mouchoir qu'elle pétrissait. Puis tout à coup, elle s'enfuit vers la pénombre de la salle à manger. Sa mère et ma sœur se levèrent ensemble.

« Laissez-moi lui parler », dit Marie-Thérèse en s'élançant.

Le colonel tambourinait sur le marbre de la table bouillotte et rongeait plus nerveusement sa moustache.

« Non vraiment, vous savez, ça ne peut plus durer comme ça! se lamentait Mme Delignère. Elle tombera malade. »

Albert renchérit.

« C'est à craindre. On voit bien que le chagrin la mine. Il faut absolument qu'elle se décide à en finir avec Beaufort.

— Mais enfin, dit le colonel, nous n'avons pas de véritables griefs contre lui.

— Vous peut-être, riposta Albert. Mais elle! »

Ils discutèrent en baissant la voix. Mme Delignère se tourna vers moi.

« Je ne pensais pas que cette soirée... Elle n'est guère agréable pour vous!

— Mon agrément n'est pas en cause, Madame, mais c'est une soirée bien triste, en effet », répondis-je brièvement.

Dans l'ombre de la salle à manger il y avait des soupirs, un murmure. Une odeur de mandarine qui me revient brusquement arrivait par la porte restée ouverte. J'étais furieux contre Marité. J'aurais voulu être à sa place. J'avais envie de partir.

Au bout d'un long moment, après être montée avec Marie-Thérèse, sans doute se rafraîchir les yeux, Mme Beaufort rentra. Elle s'assit près de moi sur le canapé et me dit humblement :

« Excusez-moi. Je vous accueille bien mal pour la première fois que vous venez nous voir. »

Je lui répondis que si j'avais à adresser des reproches à quelqu'un, ce ne serait pas à elle mais à Marité.

« Je ne comprends pas, ajoutai-je, qu'elle ait pu se permettre...

— Oh! si, c'est parce qu'elle voudrait me tirer d'affaire. Elle est très bonne.

— Je n'en suis pas tellement sûr », me laissai-je aller à dire.

Et tout cela d'un ton peu susceptible, une fois encore, de faire deviner à Mme Beaufort la sympathie que je ressentais pour elle.

Ma sœur considérait d'un air bienveillant notre aparté.
Albert nous surveillait aussi en conversant à mi-voix
avec M. et Mme Delignère. Mais son regard, à lui, était
rien moins qu'approbateur.

Au retour, dans la voiture, Marité fut seule à parler.
Albert et moi, chacun pour des raisons différentes, nous
nous enveloppions d'un silence acrimonieux. En moi,
l'aigreur luttait avec le plaisir d'avoir trouvé Mme Beaufort si jolie. Marité sentit qu'il lui fallait se justifier. Elle
se tut jusqu'à la maison. Là, laissant Albert s'aller
mettre au lit pour lire son journal, elle s'arrêta dans ma
chambre.

« Qu'est-ce qui te fait faire cette tête? » me demanda-
t-elle.

Elle avait encore son manteau, son chapeau. Appuyée
à la commode, son sac sous le bras, en se dégantant posément elle me considérait d'un air mi-railleur mi-tendre.
Elle était tellement sûre d'elle!

« Ce que tu peux m'agacer! dis-je. Tu ne te trompes
jamais, n'est-ce pas! Tu ne fais jamais de gaffe!

— Si, hélas! Mais pas ce soir. Je n'ai commis ni gaffe
ni sacrilège.

— C'est ton sentiment. »

Elle se mit à rire.

« Tu es impitoyable, mon chéri. Je sais parfaitement
que ce pauvre colonel aurait payé cher pour pouvoir
nous envoyer au diable. Eh bien maintenant tu as une
idée de son caractère. D'autre part, poursuivit-elle en
posant son sac, le châtiment que je lui ai infligé est bien
peu de chose comparé au mal que cet homme a fait à
sa fille. »

Elle se retourna vers moi. Ses traits avaient pris cette
densité qui m'effrayait quand j'étais plus jeune.

« Je le méprise et je le déteste, dit-elle avec calme. C'est
un homme qu'une femme doit mépriser et détester. Tout
le malheur de Jacqueline vient de lui seul. D'abord de
l'éducation stupide qu'il lui a donnée : cette façon d'élever les jeunes filles de manière à étouffer en elles toute

personnalité. Et la façon dont il lui a imposé ce mariage!
Si c'était par la force, encore! Mais il en est bien incapable. Il a recouru, naturellement, au moyen le plus
vil : le chantage à l'affection filiale — tu nous fais beaucoup de peine, tu n'as en tête que des romans, tu ne te
soucies pas de nous... etc. — tu vois le genre de jérémiades?
Et l'éternelle formule : marie-toi, l'amour viendra après.
Elle s'est mariée; c'est la répugnance, l'insurmontable
répugnance physique qui est venue, comme toujours en
pareil cas. Et la mère, aussi sotte. Incapable de soutenir
sa fille. Elle a une cervelle de bergeronnette. Ces gens
mériteraient... »

Marité s'interrompit, tambourina du bout des ongles
sur le bois de la commode et reprit son sang-froid qui
allait lui échapper.

« Tu n'as jamais pensé, me demanda-t-elle, que l'on
puisse être à la fois un savant et un imbécile? Le colonel
s'est laissé grossièrement duper par la mère Charron, une
veuve de général. Pour un M. Delignère, la veuve d'un
général ne peut être que tout ce qu'il y a de bien, tu
penses! En réalité, cette Charron, c'est une sorte de ma-
querelle. A G..., on prétend qu'elle se fait payer ses
mariages. C'est sans doute aller un peu loin. En tout cas,
elle en tire d'appréciables cadeaux, et comme elle est très
avare!... Son mari avait commandé la place, ici. La générale y a conservé des relations, notamment avec les Estarac
— premier président, tu sais? — qui sont de vieux amis
des Delignère. Le colonel et M. d'Estarac ont fait leurs
études ensemble à Saint-Louis. La mère Charron, elle,
est une amie de la vieille Beaufort. Elles font bien la
paire! Les Estarac sont très comme il faut, excessivement
bigots, mais honnêtes : ils n'ont aucune idée du véritable
caractère de la générale. Or, depuis longtemps celle-ci
s'employait à essayer de caser le fils Beaufort. Sans y par-
venir. Ça claquait toujours à un moment ou à un autre.
Tout le monde n'est pas idiot, tu comprends! Sur ce, les
Delignère, à la retraite, reviennent vivre ici. La générale
Charron qui passait quelques jours chez ses amis Estarac,
y voit Jacqueline, comprend que son père est homme à

avaler toutes les couleuvres, le cajole, le submerge de compliments, lui et sa femme — tous deux sont très vani-teux — leur parle d'un jeune homme charmant, promis au plus bel avenir, bientôt préfet et certainement secré-taire d'Etat ou ministre un jour — pourquoi pas!... Elle télégraphie « Expédiez Lucien ». Il arrive, repassé de frais, tellement chapitré par sa mère, qu'il réussit à paraître pas mal au cours de la classique présentation autour d'une tasse de thé. Pas mal pour le colonel et sa femme. Mais pas pour Jacqueline. Elle dit non, rien à faire. Elle a tenu bon pendant un an. Puis, que veux-tu!... Son père pleurait, ne mangeait plus... Voilà. Tu comprends pourquoi je n'ai aucune espèce d'égards pour M. Delignère?

— Sans doute, mais tu pourrais en avoir pour sa fille.

— Que tu es naïf, mon petit! La pudeur des hommes n'est pas la même que la nôtre, faut-il encore te l'ap-prendre? Jacqueline rougirait de te laisser voir son genou, mais le déballage de ce soir ne la gênait nullement, je t'assure. Si elle a pleuré, ce n'est point de honte; c'est seulement de désespoir. Elle ne peut plus supporter cette vie et n'a pas la force de s'en délivrer. »

Nous demeurâmes silencieux un instant, moi plongé dans des pensées très contradictoires. Il y avait toujours au fond de ce drame bourgeois une pauvreté, une peti-tesse qui contrastaient péniblement pour mon cœur avec la noblesse qu'il trouvait à Mme Beaufort et le doux éclat dont elle m'avait ébloui.

Marité allait ajouter quelque chose, mais on entendit Albert arriver, pieds nus. Il parut en pyjama à la porte de la salle de bain.

« Est-ce que vous avez, tous les deux, l'intention de passer la nuit debout? Il est une heure moins vingt. »

Le lendemain, Marité me dit que Mme Beaufort viendrait vers quatre heures.

« Tu pourras peut-être la voir? » poursuivit-elle interrogativement.

Je le pouvais, en effet. Néanmoins je répondis que je ne savais pas, que je craignais d'être retenu assez tard. Il me parut habile d'ajouter :

« Tu tiens à ce que je la voie?

— Je pense que tu pourrais m'aider à la convaincre.

— De quoi?

— D'oser faire ce dont elle a envie.

— Mais encore?

— De quitter G... et de s'installer définitivement ici.

— En d'autres termes : de divorcer.

— Non, répondit posément Marité comme quelqu'un qui a bien approfondi un problème. Avec elle, il ne peut être question de divorce. Une séparation de fait, c'est tout ce dont elle serait capable : elle restera Mme Beaufort, mais elle vivra ici et son mari là-bas; il ne faut pas espérer davantage.

— Ce n'est pas une existence pour elle. Mariée sans l'être.

— Sans doute. Mais elle a trop sacrifié à son père, pour pouvoir aujourd'hui se révolter complètement contre lui et ses principes. Au demeurant, il est moins pénible de vivre seule que de subir un homme dont on a le dégoût. Ce n'est déjà pas tellement drôle d'être mariée avec quelqu'un que l'on aime — ou que l'on a aimé... Et puis, ajouta Marité, une fois qu'elle aura

quitté son mari, il pourra se passer bien des choses.
Sait-on! »

Je la regardai. Mettait-elle un sous-entendu, une allusion dans ces paroles? Son visage était aussi impassible
que le mien.

« Tu comprends, dit-elle, Jacqueline peut faire pas
mal de choses, à condition qu'elles soient ou qu'elles
deviennent faciles. Voilà son genre.

— Si tu la méprisais, remarquai-je d'un ton qui dut
être malgré moi assez sec, tu n'en parlerais pas autrement. »

Marité se fit plus posée encore s'il était possible, pour
me répondre :

« J'aime beaucoup Jacqueline, mais cela ne m'empêche
pas de la voir telle qu'elle est. Si elle était moins faible,
peut-être l'aimerais-je moins. »

Cette discussion ne me plaisait pas. Je n'admettais pas
cette prétention de Marie-Thérèse à intervenir dans le
destin de Mme Beaufort. Je le dis carrément.

« Je ne doute pas que tu ne veuilles le bien de ton
amie. Ses parents le voulaient aussi, ou croyaient le vouloir. A mon sens, tu n'as pas plus le droit de la pousser
à la séparation, que ses parents n'en avaient de la
contraindre au mariage. Chacun de nous est libre.

— D'accord. Nous sommes libres, dans la mesure où
nous nous donnons la possibilité de l'être et où nous en
avons le courage. Jacqueline n'a pas su se défendre; elle
ne saura pas davantage se libérer si on ne l'y aide pas.
Elle ne voulait pas de ce mariage; l'intervention de ses
parents allait contre sa volonté. Elle désire cette séparation sans oser la réaliser : en l'y aidant, c'est sa volonté
que nous l'aiderons à accomplir. Réfléchis à la différence,
et reviens de bonne heure, ce soir. »

Je revins de bonne heure. Mais pas de bonne humeur.
A mon désir de revoir Mme Beaufort se mêlait une incertitude, un profond déplaisir, un refus.

Marité et elle se trouvaient au salon, dans l'ombre.
Marité m'appela et alluma la lampe. Mme Beaufort se

repoudrait hâtivement. Elle avait pleuré. Je compatissais
à son chagrin, mais la cause de ses larmes m'agaçait. Elle
essaya de me sourire, et n'y parvint pas. Je la saluai
sans chaleur : j'étais extrêmement gêné — pour elle
plus encore que par mon sot personnage.

« Jacqueline sait que je t'ai raconté toute son histoire », dit Marité.

Cette révélation devant la jeune femme qui baissait
les yeux et faisait effort pour ne pas détourner la tête,
acheva de m'irriter contre ma sœur. Avec sa manie de
tripoter le destin des autres, elle nous avait mis, Mme Beaufort et moi, dans une situation insoutenable!

Comme elle ajoutait : « Bruno, ma chère, est encore
plus impartial que moi en l'occurrence », je lui coupai
la parole et, me penchant vers Mme Beaufort :

« Madame, je vous exprime toute ma sympathie, mais
je pense que ce n'est ni à Marité ni à moi ni à quiconque
à vous dicter une conduite. Si vous estimez qu'une question se pose, vous devez la trancher sans hésitations. Ne
prenez que votre propre conseil : ceux d'autrui sont toujours partisans. »

Il me sembla voir vaciller le regard qu'elle levait vers
moi. Je n'aimais pas cette humilité. Elle me blessait.

« Bruno, dit Marité étrangement calme, est un modèle
de sagesse. »

Elle souriait, son visage était paisible.

« Si votre père, poursuivit-elle, respectait autant votre
libre arbitre, vous auriez depuis longtemps, de vous-
même, résolu la question. D'ailleurs, elle ne se serait
jamais posée. »

La jeune femme me cacha ses yeux d'enfant triste, où
il me semblait lire une sorte de déception, un chagrin
alourdi. Peut-être pour se décider n'avait-elle attendu
qu'un mot. Je ne l'avais pas prononcé. Je m'en voulus.
Trop tard! Elle se retourna vers Marité qui disait :

« Bruno a parfaitement raison. Vous ne devez laisser
personne, pas plus votre père que n'importe qui, vous
imposer une conduite. »

Mais Mme Beaufort n'écoutait que vaguement et

Marité manquait d'ardeur. Toutes deux songeaient à autre chose, à quelqu'un d'autre, à moi qui avais déçu le désir secret de l'une et la volonté de l'autre. Je m'étais retranché d'elles. Je le savais.

Le sentiment de ma culpabilité m'empêcha de chercher à revoir Mme Beaufort. Le surlendemain, elle était au salon quand je rentrai; mais, bien entendu, on ne m'appela pas. A la fin de la semaine, elle partit. Quelques mots échappés à Albert m'apprirent que c'était lui qui l'avait conduite, avec sa mère et ma sœur, à la gare.

Marie-Thérèse ne m'avait rien dit. Elle ne me reparla pas de Jacqueline. Pourtant elle ne semblait pas me tenir rigueur de ma trahison. Devinait-elle que je me la reprochais? L'absence de Mme Beaufort me pesait autant qu'elle pesait peut-être à Marité. J'étais morose. Une lassitude m'avait pris. Un sentiment vague et général d'inutilité me donnait le dégoût de tout — même de mon amitié pour Hélène, qui s'en apercevait. Elle faisait de vains efforts pour — croyais-je — me distraire. Elle finit par me demander gentiment ce que j'avais.

« Je ne sais pas. Le plaisir de vivre se détache de moi, il me semble. Ce n'est pas drôle, l'existence, vous ne trouvez pas?

— Pas drôle, certainement, dit-elle, mais captivant.

— Oui, je le pensais autrefois.

— C'est la situation qui vous préoccupe? Vous subissez la contagion.

— Pas tellement. Je ne crois pas beaucoup à l'éventualité de la guerre. Et puis, si elle venait, ça m'amuserait sans doute de la faire, de jouer pour de bon ce personnage d'officier, qui ne prend sa réalité que dans la guerre. Ce jeu en vaut bien d'autres.

— Voilà ce qui est affreux, justement : que ça puisse être un jeu.

— Si ce n'était qu'un jeu, et qui plaît quoi qu'on en dise, la guerre n'existerait plus depuis longtemps.

— Et vous aimez terriblement jouer, dit Hélène. Si j'avais un reproche à vous faire, Bruno, ce serait celui-là.

« — Pourquoi donc? demandai-je, un peu surpris par sa gravité. Tout le monde joue.

— Non. Pas moi. Je ne joue jamais. »

Ce mot me fit songer. Cependant il n'arrêta pas mon esprit comme il le méritait. C'est que rien ne pouvait me fixer, à ce moment. Pas même mon travail. La joie d'apprendre et même le plaisir sensuel de manier des livres, des notes, me fuyaient. Je me trouvais une sorte de bien-être que dans la compagnie de ma sœur. Il n'était jamais question de Jacqueline entre nous; mais, consciemment ou non, nous pensions tous deux à elle, et cet accord silencieux était encore plus profond, peut-être, que je ne l'ai cru. Quelle singulière transmutation s'opérait-elle, ou s'essayait-elle, mystérieusement entre nous trois?... Je pense à ce dimanche...

Albert était allé à un match de rugby, Marité chez les Rolland. Seul dans la maison, incapable de me résoudre à sortir, accablé d'ennui je m'étais traîné au salon. A demi allongé sur le canapé, je fumais et je revoyais avec nostalgie à travers les volutes qui montaient de ma cigarette les images de Mme Beaufort et de ma sœur prises ici dans ce même enveloppement silencieux et sombre.

J'entendis des pas sur le perron puis dans le hall. C'était Marité. En traversant le petit salon, elle sentit l'odeur du tabac, et entra.

« C'est toi! dit-elle. Qu'est-ce que tu fais?

— Rien. »

Elle ôta son manteau, son chapeau, s'assit à mon côté. Elle ne me demanda pas à quoi, à qui, je pouvais bien rêver dans cette inaction. Sans rien dire, elle se rapprocha et se mit à me caresser les cheveux. Sa main chaleureuse passait lentement sur mon front. Une douceur, une paix physique descendaient en moi.

Je me débarrassai de ma cigarette. Marité m'attira contre elle, tendant à ma tête le creux de son épaule. Appuyé là, je sentais cette veine qui se gonflait à son cou lorsqu'elle chantait, battre paisiblement au coin de mes lèvres, et, comme autrefois quand elle jouait avec moi à la maman — ou peut-être alors essayait-elle son futur personnage d'amoureuse — sa hanche, sa poitrine se modelaient pour me faire ma place.

Autour de nous, la lumière se retirait comme je l'avais souvent vue ici s'éteindre autour de Mme Beaufort et de ma sœur. Il ne manquait pas même à cette similitude la dernière étoile de jour scintillant dans ce souvenir : elle étincelait non plus sur le versoir d'argent, mais sur un genou de Marité, sur ce dôme luisant qui s'était découvert.

Le parfum de Marité restait trop à elle, trop puissant, sa taille trop fringante, pour que mon imagination pût substituer dans cette étreinte quelqu'un d'autre à ma sœur. L'étrange impression que j'avais, ce n'était pas de tenir contre moi Mme Beaufort, mais d'être moi-même Jacqueline abandonnée aux bras de Marie-Thérèse.

Sensation très étrange! Elle m'emplit encore d'une sorte de comblante langueur. Etait-elle provoquée par ce qu'il y avait de berceur, de consolant dans cet enlacement si bien fait pour endormir le chagrin dont souffrait Jacqueline? En tout cas, cette impression, ce n'est pas douteux, fit pénétrer encore plus intimement en moi la réalité de Mme Beaufort.

Jusqu'à ce moment, depuis son départ, mon esprit ne l'avait pas suivie; je ne l'imaginais pas dans sa vie à G... que je ne souhaitais point connaître. Brusquement, cette autre part d'elle-même s'imposa à moi. Il me fallut la voir.

Jacqueline m'apparaissait bizarrement en peignoir, au balcon d'une maison grise ornée de lourdes sculptures, au-dessus d'une boutique de primeurs (devanture peinte en crème et rehaussée de filets verts). De ce balcon, elle dominait la place, le débouché de la rue centrale et son croisement avec celle de la préfecture. Je voyais comme elle devait les voir les laitières avec leurs voitures à âne s'arrêter de porte en porte. Dans l'air frais et sec elle entendait les tintements des bidons et le ferraillement des balances dites romaines. Des piétons, des cyclistes se hâtaient vers les usines au bord de l'eau. Par-dessus les toits bruns, les collines qui enserrent la petite ville faisaient le gros dos.

Quelle extravagante précision! Ce tableau était composé d'images recueillies à G... lors d'un de mes rares et brefs séjours chez Marité. Sans doute avais-je aperçu, un matin, cette maison avec cette boutique et une femme en peignoir au balcon. Mme Beaufort n'habitait pas de ce côté mais près du jardin public.

Ce que je m'imaginais de son existence à G... ne pouvait être moins faux que cette représentation, je le savais. Cependant, quelle que fût la vérité, cette existence était celle d'une femme « en puissance de mari », comme dit brutalement la loi. Ce mari l'écœurait; elle lui appartenait néanmoins. Quand ma pensée atteignait ce domaine, un vif dégoût éclipsait tous mes autres sentiments. Pour garder Mme Beaufort de s'y noyer — pour me maintenir prisonnier — il fallait le charme si pur des souvenirs que je conservais d'elle. Ils étaient réels; ils avaient la puissance des vérités ressenties. Ils l'emportaient sur des choses simplement sues. Oui, je savais, mais je ne croyais pas intimement que cette femme soumise à un homme dont elle éprouvait la répugnance fût celle qui m'avait ébloui dans le salon rouge.

PENDANT trois jours. je me suis interdit d'ouvrir ce cahier. Hier et aujourd'hui, j'ai écrit tout un chapitre de mon livre en cours. Mais je suis obligé de revenir à ces notes. Il me semble qu'elles me délivrent. A force de serrer de plus près ces souvenirs, à éprouver plus minutieusement — et plus intellectuellement — mes sensations, je finirai peut-être par y découvrir je ne sais quelle formule, quel « mot » qui. trouvé et dit, fera aussitôt tomber le charme — une formule magique contre l'enchantement dont je suis captif.

Ce qui me hante, en ce moment, c'est la silhouette de Jacqueline dans la grande robe qui la vêtait lorsqu'elle m'était apparue chez ses parents — rêve baudelairien de luxe discret. d'harmonie et de volupté pure.

Elle la portait aussi le soir où je fus de nouveau invité avec ma sœur et mon beau-frère chez les Delignère. Elle était venue « passer les fêtes de Pâques ». On ne parla pas de son mari. Ce fut une soirée pleine de la plus amicale hypocrisie, d'une gaieté volontaire et tendue. Nous nous appliquions à nier la réalité dans laquelle nous baignions, à la démentir par la légèreté de nos propos, par nos rires. Mais, celui de Jacqueline risquait à tout instant de se briser. Il me faisait mal tandis que je me forçais à bavarder. Seule, Marie-Thérèse restait naturelle, nonchalante. Elle paraissait heureuse.

Le lendemain, nous allâmes tous les trois chercher Mme Beaufort pour une promenade en voiture. Ma présence n'enchantait pas plus Albert, que moi la sienne.

« Bruno conduira, n'est-ce pas », dit Marité.

Elle s'installa près de moi, Albert derrière avec Jacqueline.

A quoi tendait une si criante singularité? Je ne comprenais pas, car enfin, ma sœur ne pouvait pas vouloir jeter Mme Beaufort dans les bras d'Albert. Marité savait bien ce qu'il était!

Je me consumais d'irritation. C'est ce que souhaitait Marie-Thérèse, je présume.

Au retour, Mme Delignère nous offrit le thé et la « cornue » traditionnelle, puis le colonel nous fit visiter le petit salon où il avait réuni ses collections d'objets orientaux. Nous admirâmes de vieilles soies chinoises, des foutas arabes, des glaces treillissées, des coffres mauresques, des ambres et des jades dans des vitrines. Le colonel prit sur une étagère, pour nous en faire remarquer le travail, deux cercles d'argent plats et ouverts, délicatement ciselés.

« Ce sont des bracelets de cheville, dit-il.

— Fichtre! s'exclama Albert. Je voudrais voir des chevilles qui tiendraient là-dedans! On n'y passerait même pas le poignet.

— Vous croyez! répliqua Mme Delignère d'un air triomphant, en tendant un des anneaux à Mme Beaufort. Tiens, princesse, mets-le. »

Jacqueline nous sourit comme pour s'excuser de cette exhibition, puis avec une simplicité extrême, elle plia sa jambe et referma le bracelet sur sa cheville. Ce n'était rien, ce geste, et pourtant c'était un chef-d'œuvre — un chef-d'œuvre de grâce, de décence, de style.

Si, comme je le soupçonnais, Albert s'était cru sur le point d'assister à quelque galant retroussement, il en fut pour ses frais. Mme Beaufort n'avait même pas dévoilé son genou — sans paraître, d'ailleurs, songer le moins du monde à y prendre garde. Une gratitude s'ajoutait à mon admiration.

Albert s'extasia sur la finesse de la cheville. Il se répandit en louanges sirupeuses qui m'eussent indigné en d'autres circonstances. En ce moment, j'étais trop heureux. Mme Delignère, mère glorieuse, dégustait ces compliments relevés d'un grain d'épice. Marité souriait d'une

lèvre figée. Bien qu'elle connût depuis longtemps la qualité de Jacqueline, elle avait comme moi senti profondément l'élégance de son geste et elle n'aimait pas la vulgarité des exclamations d'Albert. Cette similitude de nos
sentiments se confirma quand nos regards se croisèrent.
Marité ne put ignorer que cette fois j'étais pris.

M. Delignère replaça les bracelets. Il arborait un
sourire niais : pavillon de circonstance, qui couvrait mal
sa pensée. La courtoisie lui faisait une obligation d'avoir
l'air content, mais la scène et les propos ne lui plaisaient
pas. Ce sourire constipé était assez laid. Cependant il me
rendait le colonel presque sympathique. Il n'aimait pas
Albert. Moi non plus. Ou plutôt, je ne l'avais jamais si
mal supporté.

De retour au salon, je manœuvrai pour me rapprocher
de Mme Beaufort. Elle ne semblait pas s'y attendre. Je
m'assis à côté d'elle. Que lui dis-je? Je ne m'en souviens
plus; mais rien que de très banal. Je ne voulais absolument pas lui adresser, à mon tour. des louanges. Elle
parut surprise de m'entendre. C'est que le ton de ma voix
avait changé. Sa chaleur étonnait Jacqueline qui me
croyait indifférent et froid vis-à-vis d'elle. L'élégance par
laquelle elle venait d'achever ma conquête lui était tellement naturelle! Ses propres mérites lui échappaient; elle
ne voyait pas pourquoi j'apparaissais maintenant si différent. Elle ne se départit point de son amabilité, mais je
sentis se lever en elle une défiance. Sans rien me retirer
de sa gentillesse habituelle, elle ne se laissait plus aller
comme au début de nos relations. A ce moment, je
n'avais pas répondu à sa sympathie, je lui avais refusé
mon conseil. Et soudain!...

On l'avait habituée à se méfier, par-dessus tout, de
l'inattendu.

Mais pourquoi cette sympathie offerte dès le premier
jour? En fait, elle n'était pas si spontanée. Jacqueline me
connaissait sous mes meilleurs aspects, avant de me voir.
A G..., Marité lui avait parlé de moi, comme, ensuite,
elle m'avait parlé d'elle. C'est une chose à laquelle je
n'ai pas prêté assez d'attention, autrefois; maintenant,

elle me semble très importante. Avant même de nous connaître, Jacqueline et moi nous nous touchions par l'intermédiaire de ma sœur. Le lieu de notre première rencontre, ce fut avant tout ce foyer de passion, cette âme exigeante et tourmentée que tu portais sous le manteau de ta beauté nonchalante, ma *Rose noire*.

C'était malgré elle qu'elle m'avait parlé de Jacqueline, au début. Parce que même une créature comme elle ne peut échapper au besoin de faire parfois des confidences — à sa façon. Pour la même raison, elle avait parlé de moi à son amie. Et elle lui en avait dit davantage — parce que c'était moi qu'elle aimait le plus.

Mais revenons à Jacqueline. Quel désordre dans ces souvenirs!...

Cette défiance, cette résistance de Mme Beaufort m'attachèrent encore plus à elle. Mon vieux goût de vaincre!... Et puis cela convenait si bien à son style! Cette réserve ajoutait la dernière touche à sa distinction.

Quand il me fallut la quitter, je ressentis profondément cette détresse qui m'avait effleuré, une nuit. Cette fois, ce n'était plus un poids passager; c'était l'étouffement d'une angoisse, une chute, le vertige du vide. Après n'avoir eu longtemps pour l'amour que des complaisances, je me trouvais pris au piège le plus banal et le plus cruel : ce besoin lancinant d'une présence, cette asphyxie loin d'elle, cette intolérable privation. Mon habitude des femmes ne me servait à rien. D'ailleurs ce passé était aboli : je commençais seulement à vivre.

Et voilà ce que je regrette : la puissance de cette obsession. Que m'importe qu'avant Jacqueline l'amour ait été un plaisir et qu'il le soit de nouveau! Le bonheur, ce n'est pas d'être heureux; c'est de pouvoir souffrir par une créature dont le besoin vous fait sentir violemment que vous vivez. Ma nostalgie s'attache aux Quinconces obscurs où, ce soir-là, je revins errer absurdement. Mais cette absurdité était merveilleuse. Tout était merveilleux — ou du moins me le paraît maintenant. En vérité, le temps qui a passé sur ces souvenirs les a peut-être embellis. Je ne ressentais pas sans doute les choses comme à

présent. Je revois l'avenue sombre et tranquille, les arbres
qui commençaient à feuiller et se silhouettaient finement
sur le ciel pâle, les orbes de lumière déserte des lampa-
daires, les façades des vieux hôtels aux balcons ventrus,
leurs fenêtres à petits carreaux. Il est certain toutefois
que je sentais la majesté de ce décor nacré de lune. Il
s'accordait avec le genre de prestige que Mme Beaufort
exerçait sur moi. Les volets de sa maison étaient fermés.
Je pouvais situer sa chambre, au-dessus du salon. On n'y
apercevait aucun reflet de lumière. Elle dormait, sans
doute. Je ne cherchais pas à me la figurer; elle demeurait pour moi trop loin de toute sensualité : je n'étais
point tenté de l'évoquer dans son sommeil. Au reste, je ne
pensais pas. Tout en moi n'était qu'un lent flottement où
passaient comme au fil d'un rêve les images de sa tristesse,
de sa décence et de sa grâce.

« Tu as mauvaise mine », remarqua Marie-Thérèse,
le lendemain, quand j'allai la trouver dans sa chambre.
Elle lisait au lit. Il y avait une dentelle de soleil neuf
et acide sur la dentelle du drap. Ce n'était plus la saison
des brouillards ni, entre nous, me semblait-il, le temps
des feintes. J'avouai franchement à Marité que le pitoyable
courage de son amie me faisait mal, et j'ajoutai :
« Tu avais raison quand tu lui conseillais d'en finir.
J'ai eu tort de ne pas t'aider. Je n'avais pas compris. »
Marité m'écoutait en touchant distraitement son menton
d'un doigt courbe. Ses cheveux tombaient en cascade sur
son cou. C'était son seul relâchement. Un large décolleté
laissait à découvert ses épaules, et la courtepointe dessinait le bas de son corps, comme une robe à la fois vague
et qui sculpte. Mais malgré ces révélations, malgré la
légèreté de la soie dont les fronces voilaient à peine les
formes de sa gorge, il n'y avait en elle aucun laisser-aller.
On eût dit une mondaine prête pour le bal, non pas une
femme dans son négligé du matin. Je ne l'ai jamais vue
dépouillée de cette espèce d'apprêt. Cet aspect toujours
lisse, pur aux yeux, avec le contraste entre cette chevelure si noire et cette peau d'un blanc compact, c'était

ça Marité. Ma *Rose noire,* disait notre père, autrefois.

« Je suis content que tu sois de mon avis, mon petit
Bruno, me répondit-elle. Mais, tu as pu t'en rendre
compte, mes conseils n'ont servi à rien.

— C'est peut-être de ma faute.

— Peut-être, fit-elle en levant vers moi des yeux indifférents.

— Si j'avais l'occasion de lui parler maintenant...

— A quoi bon? Elle a choisi, n'est-ce pas! »

Je fus dupe. Le trouble de mon cœur me rendait stupide. Un enfant eût compris à quoi tendait cette indifférence et combien elle était affectée. Je ne le soupçonnai
même pas. Le détachement de ma sœur me paraissait plein
de naturel. Il m'irritait — comme son parfum poivré.
Penché vers elle, je le respirais avec un vieil agrément
mêlé de colère.

Machinalement, j'allai jusqu'à la fenêtre, soulevai le
rideau. Le jardin, où le soleil jouait dans un reste de
brume, ressemblait à un Monet blond et bleu.

« Elle n'a pas *choisi,* dis-je en me retournant tout
d'un coup. Tu sais bien qu'elle n'ose pas choisir. »

Et je resservis un à un à Marité les arguments que
j'avais combattus quand elle les employait elle-même.

Elle se garda de sourire. Après m'avoir écouté un
moment :

« Eh bien, fit-elle avec indulgence, si tu y tiens, quand
Jacqueline viendra, nous pourrons essayer de remettre
tout cela sur le tapis. Mais...

— Quand viendra-t-elle?

— Je n'en sais rien.

— Si tu lui téléphonais de passer, cet après-midi?

— Qu'est-ce que tu crois, mon chou! Le téléphone chez
les Delignère! Pourquoi pas la radio, aussi! Voyons, ce
ne sont pas des gens de notre époque. Tu vois le colonel
au téléphone? Quant à Mme Delignère, elle aimerait
mieux mourir que de prendre un autobus — *ces assassins,*
comme elle dit. Cependant autrefois elle montait à cheval.
La seule de nos nouveautés qui lui plaise, c'est le
cinéma. »

Marité continua sur ce ton, m'expliquant comment le colonel et sa femme, sans doute pour avoir passé une grande partie de leur vie outre-mer, au milieu de civilisations différentes de la nôtre, témoignaient d'une inadaptation qui constituait tout ensemble leur vice et leur intérêt. Puis elle ajouta, avec sa soudaineté coutumière :
« Je ferai porter un mot à Jacqueline, tout à l'heure. »

Je m'offris à déposer moi-même ce message chez les Delignère, en allant à *La République* donner à R... mon article. Peut-être aurais-je la chance d'apercevoir Mme Beaufort.

Le hasard me servit mieux encore que je n'osais l'espérer. Elle sortait avec sa mère au moment où j'arrivai devant leur porte. Et elle avait décidément retrouvé l'instinct de la coquetterie. Ce matin, elle portait un tailleur gris tourterelle, piqué, au revers, d'une fleur d'étoffe pourprée. Une même fleur ornait son petit chapeau de crin. Ses gants, son sac, ses bas et ses souliers étaient gris également. Elle avait un aspect neuf et tendre comme le printemps même, le velouté des bourgeons dans leur duvet.

Elle me parut en quelque sorte plus miraculeuse. Je découvrais en elle de nouvelles beautés, des nuances exquises. C'est qu'elle était de ces femmes dont le charme inusable, après vingt ans de vie commune, vous réserve toujours des révélations. Jamais, me semblait-il, je n'avais si bien conçu toute sa finesse. Je trouvai au détail de ses traits, de ses couleurs, des délicatesses inconnues : cette ciselure, si nette et pourtant si douce, de l'aile du nez, cette limpidité violette que la lumière de ce beau jour ajoutait au bleu de ses yeux, la fraîcheur de son sourire dans la grande clarté...

Ces découvertes m'enivraient. Mais alors que Mme Beaufort me ravissait davantage, j'étais un peu plus meurtri, car je sentais plus tristement la précarité de sa présence et de ma joie.

Incroyable ingénuité! D'où me venait tant d'innocence! Comment ai-je pu, après toutes mes aventures, moi qui passais pour un roué!... Un gamin éperdu devant sa pre-

mière femme, n'est pas plus candide que je le fus. Je
ne me le reproche pas. Loin de là. Si je regrette une
chose, c'est que cette simplicité n'ait pas duré assez longtemps.

Tandis que j'accompagnais Mme Beaufort et sa mère
vers la place Delphine, l'appréhension du moment où je
devrais la quitter grandissait en moi. Pourtant j'allais la
revoir l'après-midi même. Quelle serait donc ma peine, le
jour où elle retournerait à G...!

La peur de ce départ me domina complètement pendant
cet après-midi. La présence de Jacqueline me semblait
tellement fragile! Je tremblais de revoir, pendant des
jours et des jours, ce salon déserté par elle.

D'abord, Marité m'ayant fourni adroitement une entrée
en matière, j'abordai le sujet avec assez de précaution.
Mais bientôt, devant la jeune femme qui m'écoutait en
baissant ses yeux, les lèvres serrées, je perdis la tête.

Je ne voulais pas qu'elle repartît : tout m'était bon
pour l'en empêcher. Pourvu qu'elle restât, les sophismes
m'importaient peu, et j'en alignais qui m'eussent fait
dresser les cheveux si j'avais eu ma raison. Je sentais
Jacqueline résister sourdement. C'était son tour de
paraître froide. Cette frange de cils sous laquelle elle me
dérobait son regard, l'immobilité de son visage, son
attitude rétractée déchaînaient en moi une panique.

Naturellement, plus je m'affolais, plus mes arguments
s'affaiblissaient. Cela ne m'échappait pas. Je cherchais
désespérément l'idée décisive, le mot, le seul mot qui
trancherait tout. Il devait y en avoir un qui frapperait
Jacqueline et la convaincrait. Mais chaque phrase passait
plus loin du but. Je perdais pied. Je me noyais. Cependant je ne parvenais pas à me taire. C'était un cauchemar
inverse de ceux où l'on voudrait crier et où l'on ne peut
pas.

Marité ne faisait rien pour m'interrompre. Peut-être
estimait-elle ma déraison plus éloquente qu'une dialec-
tique bien sensée. Et peut-être employais-je sans le vouloir
le seul bon moyen de persuader Jacqueline.

Son regard en se levant sur moi m'arrêta enfin.

« Vous avez sans doute raison, fit-elle poliment. Mais pourquoi me dites-vous cela aujourd'hui? »

Elle ne remarquait pas mon trouble. C'est qu'il se trahissait à peine. Si elle m'avait mieux connu, l'animation de ma voix, de mes yeux, l'eût avertie. C'étaient — avec quelques gestes inhabituels — les seuls signes de ma fièvre. La présence de Marité m'interdisait tout laisser-aller. Et même si nous avions été seuls, Jacqueline et moi!... Il faut plus que quelques jours et qu'un amour naissant, pour rompre une longue habitude. Marité a fait de moi un homme verrouillé.

« Il y a quelque temps, poursuivait Mme Beaufort, vous pensiez le contraire de ce que vous me conseillez à présent.

— Parce qu'il vous connaît mieux, répondit vivement Marie-Thérèse. Vous savez combien j'avais été étonnée de son opinion. Mais, je vous assure, je ne lui ai absolument rien dit pour l'en faire changer. N'est-ce pas, Bruno?

— Oh! ne croyez pas que je doute...

— Bien sûr. D'ailleurs, vous pensez exactement comme nous. Il vous manque seulement le courage de réaliser ce que vous souhaitez.

— Puisque vous le souhaitez, vous devez le faire », dis-je.

Jacqueline hochait la tête.

« Et ensuite, qu'arrivera-t-il? »

Marité, vers laquelle elle s'était tournée en posant cette question hésitante, lui répondit à peu près ce que j'aurais dit moi-même.

« Vous serez très heureuse, Jacqueline. Que pourrait-il arriver d'autre, ici? Vous n'y trouverez qu'affection et tendresse. »

Elle se rejeta en arrière dans son fauteuil et demanda, avec un sourire qui me gêna bizarrement : « Avez-vous peur d'être trop aimée?

— Peut-être », répondit gravement Mme Beaufort en baissant de nouveau ses yeux. Ses joues se teintèrent d'une nuance plus rose.

Un instant, nous demeurâmes tous les trois plongés

dans le silence. Puis Jacqueline se retourna vers moi et me dit :

« En tout cas, je vous remercie d'avoir voulu me donner votre nouvelle opinion. »

Que ce ton était réservé! Quelle réticence dans cette réponse courtoise! Se défiait-elle de ma volte-face?

Je fus soudain frappé par l'idée qu'elle me prenait pour un homme de l'espèce d'Albert.

MME BEAUFORT n'avait pas pris de décision. Mais elle ne partait pas. Marie-Thérèse et moi, nous pensions que cette façon d'agir convenait à son caractère. C'était une solution négative, mais une solution. Pouvait-on la considérer comme définitive? Je le croyais. Marité non, je pense. Autrement, la deuxième phase de cette histoire eût commencé plus tôt.

Parfois une inquiétude m'effleurait. Elle ne durait guère : je ne pensais pas, je n'avais pas besoin de penser. Je voyais Mme Beaufort. Elle venait régulièrement chez nous. J'étais heureux. Nous prenions le thé tous les trois. Quelquefois nous allions chez ses parents, avec Albert. Mais rarement. Marité ne semblait pas plus désireuse que moi de multiplier ces soirées.

Mes souvenirs de cette période sont très découpés. Je veux dire qu'ils ressemblent plus que tous autres à des photographies dans un album. Ce sont des « vues ». Chacune fixe un instant éminent. La suite des instants qu'il faudrait ajouter à ceux-ci pour reconstituer ces jours, n'a pas été retenue. Au reste, ces instantanés sont toujours à peu près les mêmes. C'est Jacqueline, Marité et moi en train de bavarder dans le salon où le jour maintenant s'attarde. Ou bien nous écoutons Marité jouer du Chopin, que Jacqueline aimait. Ou bien Jacqueline joue, ma sœur chante.

Oui, il me semble que j'étais très heureux, mais en même temps plein de nervosité. Devinais-je une menace diffuse dans l'air où le parfum violent de Marité étouffait le frais parfum de Jacqueline? Non, je ne crois pas que j'aie rien pressenti. Souhaitais-je me rapprocher davantage de Jacqueline? M'était-il pénible de n'en point trouver l'occasion? Ce désir eût été bien normal. Mais non, et c'est probablement ce qui me troublait, je n'éprouvais pas de désir, je ne savais pas ce que je voulais en plus de cette présence partagée. Il y avait en moi, en nous tous, quelque chose d'indécis, une sorte de confusion, de double-jeu plus ou moins conscient, qui faussait nos personnages. Mme Beaufort était souvent gaie, toujours gentille, mais elle ne se laissait pas aller. Marie-Thérèse se montrait affectueuse; mais jusque dans ses élans et ses rires, veillait une prudence. Dans nos cinq-à-sept, sur lesquels pesaient parfois des silences dont, tous les trois, nous avions visiblement peur, elle perdait ce naturel qu'elle avait avec moi, même au milieu de ses affectations. Malgré toute son adresse, elle ne parvenait pas à cacher qu'elle se surveillait. Du moins, ce me semble à présent. Mais n'y parvenait-elle pas? Et, à tout prendre, se surveillait-elle réellement? Jouait-elle un rôle? Qu'est-ce qui m'en assure? Rien de certain. En vérité, il existait bien entre nous trois une confusion. Provenait-elle de Marité, ou simplement de Jacqueline qui se trompait sur mon compte? Sa défiance sous-jacente, obstinée, était assez susceptible d'entretenir cette équivoque. Oui, et pourtant je ne peux pas croire non plus tout à fait à cette explication. Elle est trop simple. Ce qu'il y avait entre nous ne l'était pas.

A cette époque, dans mon keepsake imaginaire je retrouve, aussi isolées, d'autres photographies bien différentes : une salle de conférences à la Faculté. J'y pérore à propos d'Augustin Thierry et de ses *Récits d'Histoire Mérovingienne;* l'amphithéâtre où le père K..., lèvre purpurine et prunelle céleste dans une blancheur de poils fluviatiles, nous distille avec des voluptés de vocabulaire, les secrets de la vie monastique au XIIᵉ; un matin à la B. M. : par les vertigineuses fenêtres Louis XIV tout le grand ciel ouvert au-dessus du quai entre dans les salles studieuses; les murs de livres semblent bouger, voguer, s'enfuir, sur un fond de fines nuées immobiles.

Et puis encore une autre catégorie d'instantanés : Hélène, son frère et moi, à cheval, descendant d'Arnin à travers les landes. Lui et moi face à face sur la planche à la finale des poules d'épée. Elle et moi au tennis. Le printemps commençait à repeupler les courts du boulevard Dalou. J'y allais le jeudi matin, de très bonne heure, et chaque fois j'y rencontrais Hélène. Elle venait aussi aux soirées ou aux réunions féminines de Marité. Mme Beaufort, elle, n'y assistait jamais, ne voulant « voir personne ». Maintenant, je me serais bien abstenu, moi aussi, d'y paraître. Je ne le pouvais pas, et j'étais content d'y trouver Hélène. Dans le flottement qui me faisait perdre le sens de mes impulsions, de mes désirs, elle apportait la certitude de notre amitié. C'était la seule évidence nette. Car même un sentiment aussi vieux et aussi bien fixé que mon affection pour Marie-Thérèse, se noyait dans la confusion. Cette agressivité que ma sœur me communiquait autrefois avait disparu. Elle sombrait dans une mollesse lourde, trop tendre, épaisse comme un rêve où l'on s'enlise en se débattant vainement pour s'éveiller.

Je me souviens d'un soir... Il y avait eu à la maison une réception « officielle », avec apparition du préfet, du général et autres « huiles » comme disait Hélène. Dans les salons enfin vides, des fumées âcres, droites, montaient encore des cendriers. Les extra rassemblaient les coupes éparses et les restes des petits fours. Hélène était partie la dernière. Albert ramenait chez eux les Rolland privés momentanément de leur voiture. Marité et moi nous nous empressâmes d'ouvrir toutes les fenêtres, puis elle se retira dans sa chambre en s'appuyant sur mon bras, moitié par jeu, moitié par vraie lassitude. Ces grandes réunions étaient indispensables à la carrière d'Albert, mais épuisantes. Elles imposaient à Marité un rôle écrasant. Elle y excellait, d'ailleurs. J'admirais sa virtuosité, son allure, son air toujours souverainement détaché. Auprès d'elle, la préfète « faisait » petite-bourgeoise. Ma sœur me rendait fier de nous. Qui eût cru qu'elle fût la fille d'un simple régisseur !

« Je suis morte! soupira-t-elle. Aide-moi, mon chou. »
Je tirai sur la fermeture de sa robe d'hôtesse et la fis
couler à ses pieds. Marité se laissa tomber sur son lit.
Elle s'allongea, moulée dans sa longue combinaison
souple et luisante.

« Tous ces gens! dit-elle. Ces pantins!

— Oui, mais tu te plais au milieu d'eux. Cette vie,
c'est exactement celle qu'il te fallait.

— Je le sais bien. Sans ça, crois-tu que je resterais avec
Albert! Naturellement, j'aime cette existence. Je l'ai
choisie et je la préfère à toute autre. Parce que je n'en
connais pas qui soit tissue de plus d'hypocrisie.

— Tu es singulière, soupirai-je à mon tour. Ces hypocrisies, moi, je voudrais les voir disparaître.

— Tu le crois. Tu finiras par te rendre compte que
la société est parfaite.

— Pour toi.

— Pour tous ceux qui savent s'en servir. Après tout,
papa et maman sont des paysans et Albert sera préfet de
la Seine. Que veux-tu de mieux!

— Des satisfactions bien différentes.

— On peut aussi les avoir. Tu es naïf », dit-elle en
posant sa main un peu fiévreuse sur la mienne.

Elle ne m'avait jamais fait de telles confidences. S'y
laissait-elle aller par bravade ou par nervosité? Que sa
main me paraissait chaude! Je retirai mes doigts et ne
répliquai point. Elle se tut. La chambre était sombre. Le
lampadaire de la rue diffusait dans cette obscurité une
sorte de demi-lumière. Les fauteuils, la commode peints
en clair, la retenaient. Elle miroitait sur la glace, sur les
petits carreaux des placards entre lesquels s'encastrait la
tête du lit large et bas. Noire, mais illuminée çà et là
de reflets brillants que son souffle soulevait, Marité me
faisait songer confusément au satin nocturne des bassins,
agité par ces lentes et, en somme, mystérieuses ondulations
qui remuent les reflets des fanaux. Près de cette noirceur
luisante, la matité, la blondeur de ses bras et de ses
épaules, se chargeaient de sensualité. Soudain déperson-
nalisées, purement charnelles, elles rejoignaient des sou-

venirs de ces femmes embusquées sur le port, ombres
errantes. Brusquement, sous un réverbère ou une lanterne, ouvrant à deux mains leur corsage, elles font jaillir
de la nuit leur chair plus tendre et plus convoitable dans
sa fragile clarté.

Marité respirait fort. Les yeux fermés, je me penchai
vers elle et, me laissant aller, je posai mon front au creux
de son épaule. Je mordis doucement sa peau, fine et
souple autour de l'aisselle. Doucement puis plus fort.

« Tu es fou! protesta-t-elle enfin en se dérobant. Tu
vas me faire une marque. Et que dira mon mari!

— Je l'emm... »

Elle me ferma la bouche.

« Bruno! Ces mots ne sont pas pour toi. Je t'ai toujours considéré comme un homme réellement distingué.

— Merci. Pour ce que ça me sert!

— Mon Dieu, ça ne t'a pas mal réussi. Au fait, as-tu
remarqué qu'Hélène est en admiration devant toi?

— Ah! tais-toi. Si tu veux faire quelque chose, chante-
moi ma chanson. »

Je m'allongeai, la figure enfouie. Marité se souleva sur
un coude. Elle se mit à fredonner en me caressant les
cheveux cette mélodie qui a bercé mon adolescence.

> *Dans ton cœur dort un clair de lune,*
> *Un doux clair de lune d'été...*

Extraordinaire pouvoir de certains sons!... Les mots,
je les connaissais tellement! Ils ne comptaient presque
plus. Mais leur ruban mélancolique s'enroulait toujours
aussi doucement autour de moi. Et surtout il y avait le
timbre, la prononciation particulière de ma sœur : tout
ce qui est une voix, tout ce qui n'appartient qu'à une
voix, à un seul être, ce qui le rend unique. Cette façon
de chanter ce « doux », flûté grave comme par un haut-
bois, puis ce « clair », du fond de la gorge, guttural mais
en même temps mouillé, provoquait dans ma poitrine une
angoisse délicieuse. Et pourtant, ce soir, à ce moment,

les yeux fermés, plein de cette délectation et de ce tourment fidèles, je ne pensais plus à Marie-Thérèse. C'était Jacqueline qui revenait à moi à travers la triste et belle chanson.

Il y avait entre elle et la jeune femme de telles similitudes! Même distinction désuète, mélancolie, noblesse...

Il me semble que je commence à comprendre quelque chose.

Cette noblesse de Jacqueline, c'est cela qui avait tant d'importance pour moi — et pour Marité aussi, assurément. Jacqueline était noble, de corps, de cœur et d'esprit. Sa naissance faisait d'elle une femme qui eût habité le château mystérieux, prestigieux, furtivement visité, auprès duquel nous avions grandi. Elle incarnait idéalement tout ce que nous imaginions autrefois de ces créatures venues d'un monde inconnu, qui, l'été, réveillaient le château soudain vivant, étincelant, la nuit, animé de musique, d'un tourbillonnement de robes, de voitures, des habits rouges des chasses. Une de ces créatures dont une simple cour avec ses barrières blanches, mais plus large qu'un monde, nous séparait. Voilà pourquoi il y eut en moi tant d'hésitations, de précautions, de respect pour Jacqueline, et chez Marité — avec le désir de s'imposer à elle — un besoin inconscient de revanche, peut-être même le souhait secret de l'humilier.

Ceci expliquerait, sans doute, en quelque mesure, ce que Marité me répondit, ce soir-là, lorsque je parlai pour me libérer un peu de mon oppression.

« Pure, Jacqueline! dit-elle. Qu'est-ce que tu entends par là? Il n'y a pas de femmes pures. Il n'y a pas de femme aussi pure que toi. »

Mais peut-être ces mots provenaient-ils simplement d'une expérience, d'une sagesse...

Le lendemain, je crois, au moment où j'allais partir, vers deux heures, Marité me chargea d'une commission. Il était entendu depuis plusieurs jours que les parents de Jacqueline passeraient avec elle la soirée chez nous. La préfète venait de bouleverser ce projet en demandant à ma sœur et mon beau-frère de l'accompagner à un gala d'Opéra.

Marité n'avait pas, me dit-elle, le temps d'aller s'excuser auprès des Delignère. Possible. Mais pourquoi n'y envoyait-elle pas Albert? plus désigné que moi. Parce qu'elle n'entendait point lui fournir une occasion de voir, éventuellement, Jacqueline seule. Je ne songeai pas à cela. Marité me réservait cette occasion, pensai-je. J'en fus touché. Peut-être troublé. Résolu à ne point perdre cette occasion d'un tête-à-tête avec Mme Beaufort, j'allais la demander, elle, et non sa mère. L'attente et une sorte de crainte confuse me tenaient à la gorge.

« Ces dames viennent de sortir », me répondit la femme de chambre.

L'idée d'une chose si possible ne m'avait même pas effleuré. Cette fois, le hasard n'était plus pour moi. Il fallait me contenter — difficilement — de voir M. Delignère.

La jeune servante, avec une désinvolture peu flatteuse pour le maître de maison, me déclara que je n'avais qu'à monter. Monsieur était dans son bureau. Elle me fit entrer dans le hall tapissé de panoplies et, me croyant habitué aux êtres, m'abandonna au pied de l'escalier.

Je montai sans plus penser à elle ni à ce pauvre colonel, ému de connaître, avec cet étage que je n'avais encore jamais vu, un peu plus de l'intimité de Mme Beaufort. Quand, du salon, je l'écoutais descendre, c'étaient ces marches qui résonnaient sous ses talons. Sa main touchait cette rampe. Avant de se poser sur moi, son regard passait sur ces vieilles armes, sur les céramiques orientales accrochées aux murs, sur cette tenture où se convulsaient des dragons éructant des flammes. A tous ces objets mon cœur demandait un reflet d'elle.

Je parvins à un palier assez sombre. Les glaces d'une vitrine, les dorures, une lame d'acier, luisaient faiblement. Il y avait quatre portes, dont une entrouverte. Aucun bruit pour me guider.

Pensant que la porte entrebâillée était celle du bureau, je m'avançai pour y frapper. Ma main demeura en suspens. Je venais de couper un ruban de parfum stagnant, et me trouvais soudain enveloppé par l'odeur, par l'intimité vivante de Mme Beaufort.

Je fis en avant un pas quelque peu ivre, mais une crainte me figea sur le seuil de ce qui m'apparaissait vraiment comme un sanctuaire. La complexité et l'exaltation de mes sentiments avaient métamorphosé Jacqueline. Elles la transfiguraient. Elle était devenue plus qu'une femme. On n'imagine pas pire inconséquence! Car si Mme Beaufort me touchait tant, c'est justement parce qu'elle était on ne peut plus femme. Les grâces de son âme ne m'eussent guère troublé si cette âme n'avait habité un corps aussi délicieux. Je la désincarnais absurdement, je la divinisais. Ce n'était pas tout à fait de ma faute : quelqu'un d'autre aidait involontairement à cette « cristallisation ». Si ma sœur n'avait point paru attacher tant d'importance à Jacqueline, sans doute ne m'eût-elle pas semblé si précieuse.

Je ne comprenais pas — et ne me demandais point — pourquoi j'éprouvais ce respect. Quelque chose de plus fort que mon esprit me l'imposait. Je n'aurais pu violer le seuil de cette chambre où je n'osais même pas plonger mes regards. J'apercevais seulement un peu du lit, la clarté liquide d'un miroir, le tapis rouge, foncé, sur lequel s'allongeaient les ombres de meubles invisibles. La pièce baignait dans un incarnat diffus qui imprégnait la demi-obscurité et semblait en colorer le parfum. Je respirais cette odeur, tiède comme celle d'un champ de trèfle au soleil. Jamais Mme Beaufort n'avait été aussi réelle ni aussi essentiellement présente. Je ne me l'imaginais point, mais je la sentais. De cette quiétude silencieuse et pourprée, entrouverte devant moi, venaient des effluves qui m'enivraient. Je contemplais un fauteuil où reposait, souple et doux aux yeux, *son* peignoir. Un pan de l'étoffe touchait sur le tapis deux petites mules aussi candides que des souliers d'enfant. J'étais terrassé de tendresse.

Combien de temps demeurai-je devant cette porte? Pas plus de quelques secondes assurément. Mais pour moi la durée de ce coup d'œil est immense. Maintenant, c'est comme si j'avais vécu dans cette chambre toute une existence avec Jacqueline. J'en pourrais écrire l'histoire, imaginaire et pourtant authentique au plus profond de moi-même : une histoire de sa présence, de ses absences, de nos habitudes et des intimes douceurs d'une vie si différente de celle que nous avons eue.

Quand je frappai enfin à son bureau, le colonel ne parut nullement content de me voir. Je lui fis ma commission. Il l'accueillit sans prendre la peine de sourire. J'essayai de nouer une conversation, espérant que « ces dames » rentreraient pendant ce temps. M. Delignère avait fait des travaux sur les langues orientales, et, assez souvent, nous pouvions discuter philologie ou sémantique. Mais aujourd'hui le colonel regardait obstinément ses mains en m'écoutant. Je le quittai.

Ses sentiments m'étaient indifférents. Je ne me demandais même pas ce qu'il pouvait avoir contre moi — ou contre nous. Peu m'importait. Sa froideur ne me touchait pas plus que ne l'eût fait sa sympathie. Entre lui et moi, il y avait une telle distance que, même plus tard, la colère, le ressentiment ne sont jamais parvenus à la franchir. Mépriser quelqu'un, c'est encore avoir un contact avec lui. Il a fallu le recul de douze ans pour que je ressente enfin à l'égard de cet homme misérable un peu de pitié.

Cet après-midi-là, ce n'était pas lui, mais moi, que je maudissais. Au lieu de demander sottement à le voir, quand la femme de chambre m'avait appris l'absence de Mme Beaufort j'aurais dû dire : « Alors je reviendrai vers cinq heures. » Une fois de plus, je m'étais conduit en véritable innocent. Et pourtant j'étais beaucoup moins courroucé que tendrement remué en constatant la puissance de Mme Beaufort sur moi, son importance croissante. Avec gratitude, je me sentais devenir « son esclave ». Grande joie, jusqu'alors inconnue — ou que peut-être mes liens avec Marie-Thérèse m'avaient parfois laissé vaguement soupçonner. Avant l'apparition de

Jacqueline, je me croyais libre. Avais-je atteint le moment où la fatigue de la liberté se glisse en vous? En
tout cas, j'apprenais maintenant le bonheur de dépendre.

Oui, c'est une joie. Il existe une ivresse du pouvoir,
mais il n'y a pas moins de volupté dans le sentiment de
la sujétion; l'exemple des peuples le prouve. Cependant
l'amour satisfait mieux encore cette double aspiration. Il
donne aux faibles la conscience — et souvent l'orgueil —
de régner; aux forts, il permet de connaître sans humiliation la griserie de l'esclavage. La merveilleuse faiblesse
que j'avais éprouvée devant la chambre de Mme Beaufort,
dans cet instant de communion mystique, persistait au
plus pur de ma candeur miraculeusement préservée. Tout
le reste de l'après-midi je fus illuminé par cette sensation, comme — oui, après tout — comme une chapelle
par des cierges.

Quand je rentrai à la maison, ma sœur était déjà prête.
Sa robe de satin rouge montait en flammes vers les blancheurs de son décolleté. Dans ses grandes toilettes, Marité
m'étonnait toujours. Elle n'était pas seulement somptueuse, mais encore d'une netteté, d'une densité singulières. Un peintre eût dit qu'elle « sortait de la toile ».
Elle prenait ce relief troublant qui, dans les tableaux
peints en trompe-l'œil, fait jaillir les objets hors du
cadre; ils viennent inquiéter notre conscience alertée par
cette acuité surnaturelle, mais l'esprit reste impuissant
devant leur énigme.

En ce qui concerne Marité, il me semble pourtant...
Si, dans ses grandes robes ou ses beaux déshabillés, elle
me produisait une telle impression d'exactitude et de
réalité, et si c'est presque toujours ainsi vêtue qu'elle
chante mes souvenirs, ne serait-ce pas parce qu'un essentiel accord existait entre elle et ce luxe à la fois insidieux
et hautain? Maintenant j'y crois trouver le symbole — le
seul vrai symbole — de son être. N'était-elle pas la passion incarnée du Luxe? — de tous les luxes, sentimen-
taux, sensuels et intellectuels. Et c'est probablement pour
cela que je l'aimais tant.

En attendant Albert occupé à sa toilette, elle me tint

compagnie pendant que je commençais à dîner. Elle me
demanda si j'avais vu Jacqueline.

« Non. Pas elle. Sa chambre », dis-je impulsivement,
et je racontai toute mon aventure.

Alors, en faisant ce récit à Marité qui m'écoutait en
silence, éblouissante et attentive, je sentis naître en moi
une chaleur qui ressemblait à celle du désir. Pour la première fois, ce n'était plus seulement de la présence de
Mme Beaufort que j'avais besoin, mais de son contact.
Je pensais à elle comme à une femme. Oh! ce désir restait
infiniment pur : ce n'était qu'une envie de la tenir dans
mes bras, une chaleur tendre, une chaleur confuse. Elle
flotta puis s'évanouit après le départ de Marité, et
Mme Beaufort redevint ce qu'elle avait été jusqu'alors :
une créature bien trop merveilleuse pour l'homme que
j'étais.

Il me paraît maintenant incroyable que mon amour ait
été si long à éclater. Dans des conditions normales,
aurait-il flotté ainsi dans cette interminable enfance?
Assurément pas. C'était la confusion qui le paralysait,
l'émasculait si j'ose dire. Une interdiction naturelle se
reportait sur le désir qui, autrement, aurait jailli vivement de moi à Jacqueline — à moins qu'au contraire,
sans ce catalyseur équivoque, incertain et lent, ce désir
n'eût pas existé.

Le plus étrange, sans doute, c'est que tant de lenteur
ne me pesait pas. Je ne me trouvais pas mal dans cette
incertitude où la seule chose sûre et qui m'importât
était de voir le plus possible Mme Beaufort. Je ne pensais à aucun avenir. Il n'y avait pour moi que les instants
de sa présence, leur souvenir et leur attente.

En vérité, c'est de cet état qu'à présent j'ai le plus la
nostalgie.

Il ne devait plus guère durer. Peu de temps après, en
rentrant, un soir où je ne savais pas que Mme Beaufort
pût venir, je l'aperçus au salon. La lumière du soleil
couchant empourprait les meubles, incendiait les glaces,
diaprait le cristal des lustres, éblouissait. Cependant, en
traversant le petit salon, au passage, entre les rideaux, je

vis deux formes sur le canapé, dévorées de lumière. Je reconnus Jacqueline assise tout contre ma sœur, la tête sur son épaule, le visage enfoui. Marité lui tenait les mains. J'entrai. Mme Beaufort se leva vivement, me montrant une figure défaite. Marité m'annonça aussitôt :

« Jacqueline s'en va. »

Ce ton, comme ce regard, ne laissaient pas de doute. Ils me figèrent sur place, le souffle coupé.

« Ce n'est pas possible! » dis-je péniblement.

Je devais être si visiblement bouleversé qu'enfin Jacqueline dut comprendre.

« Pourquoi ne serait-ce pas possible? demanda-t-elle.

— Parce que!... Parce que, Madame, vous n'avez aucune raison de vous en aller. Rien ne vous appelle là-bas. Tandis qu'ici!... Tout devrait vous retenir. Vous ne savez pas le mal que votre absence...

— ... va nous faire à tous », acheva Marité.

Je crois que je l'avais oubliée. Sans cette intervention, peut-être allais-je dire à Jacqueline...

Ma sœur reprenait :

« Vous savez que tous, ici, nous vous aimons beaucoup. C'est un vrai chagrin de vous voir partir. »

Elle continua un instant. Mais ce n'était plus vers elle que Jacqueline se tournait. Elle me regardait. Nous étions tout proches. Je sentais son parfum. Elle baissa les yeux et dit lentement :

« Eh bien, je reviendrai peut-être bientôt... et peut-être... définitivement.

— Alors, pourquoi partir! m'écriai-je avec une intonation certainement suppliante. Pourquoi retourner là-bas? Vous allez vous faire, à vous aussi, bien du mal.

— Il le faut. De toute façon il faut que je parle à... à mon mari. J'ai plus de torts que lui. Je lui dois une explication.

— Plus de torts! Cet homme qui a pu ne pas vous aimer passionnément! Il a juste ce qu'il mérite en vous perdant. Et, comprenez donc : même si vous ne restiez là-bas que deux jours, ce serait terrible. »

Elle me regardait de nouveau. Une rougeur montait à

ses joues, une clarté semblait s'allumer dans ses yeux. Et moi, je la contemplais désespérément. Elle était déjà partie. Je me sentais tomber dans le vide de son absence.

Il me parut qu'elle allait me dire quelque chose. Marité l'en empêcha en se mettant à rire.

« Terrible? fit-elle. N'exagérons pas, tout de même. Quel impulsif, ce Bruno! Ne le prenez pas trop au pied de la lettre, ma chérie. »

Ces mots m'atteignirent comme un coup de dague. Je me retournai violemment vers Marité. Elle me considérait d'un air indulgent et amusé.

Terrible. Je n'avais nullement exagéré. Cet ultime séjour de Jacqueline à G... — qui fut court et me semble avoir duré des semaines — me laisse un souvenir épouvanté... Cette absence! Ce dénuement obsédant!... Je n'ai connu qu'une seule privation presque aussi rongeante et une même impuissance à m'en distraire : ce fut à Weinsberg, à l'oflag, dans le temps où nous ne recevions pas de tabac. L'amour aussi est une intoxication. Il me fallait ma dose quotidienne de Jacqueline. Et tandis que mon besoin d'elle allait en augmentant, elle m'était brusquement supprimée tout entière. Je suffoquais. Je me sentais mutilé.

Quels jours horribles! J'ouvrais un livre, et je ne pouvais lire. Je fumais, et ne sentais pas le goût du tabac. Je marchais dans les rues, j'allais retrouver mes amis, on me parlait, je répondais; mais ces actes restaient irréels, lourds, comme enveloppés de coton. Mes paroles me résonnaient dans la tête, cependant je ne les entendais point. Et quelque part dans tout ce vague, ce vide, il y avait ce perpétuel lancinement, l'unique lucidité d'une inquiétude qui m'enfiévrait. Jacqueline reviendrait-elle?... N'allait-elle pas faiblir au dernier moment? En butte aux efforts que son mari, sa belle-mère et leurs amis ne ménageaient certainement pas pour la conserver. réussirait-elle à tenir cette espèce de promesse qu'elle m'avait presque faite?

J'imaginais sa détresse, ses doutes. Elle devait connaître d'avance des remords. Ici, elle avait pu vaincre ses scrupules; mais là-bas, confrontée à ce qui avait été ses espoirs de jeune femme, à ses sacrifices, à des souvenirs exaltés par l'imminence de la rupture et le sentiment de la fin (on ne se sépare pas, même de ce que l'on déteste, sans mesurer le pas plus grand, un pas soudain sensible, que l'on fait vers la mort) trouverait-elle la force de se libérer?... J'avais peur.

Marité, cette fois, ne m'était d'aucun secours. Je l'évitais. Je gardais de l'humeur contre elle. Son air amusé dans un instant pathétique pour moi, me restait amer. Après tout, c'était elle la grande responsable de mon intoxication. La façon dont elle me parlait de Jacqueline quand je ne la connaissais pas encore, n'était probablement pas étrangère à mon brusque intérêt pour Mme Beaufort dès notre première rencontre. Ensuite, Marité n'avait-elle pas agi absolument comme pour me rendre amoureux de son amie! Et maintenant elle souriait en déclarant : *Quel impulsif! N'exagérons pas!*

C'était elle qui exagérait! Sa légèreté me faisait mal. Elle ne me comprenait pas, pensais-je. Evidemment, l'absence de Jacqueline ne la tourmentait pas, elle!

Pouvais-je me douter, comme je l'ai cru ensuite, que ce sourire, cette remarque railleuse, étaient voulus, qu'ils entraient dans un plan, qu'au moment où Marité avait eu la certitude de voir Jacqueline revenir définitivement à B..., grâce à moi, elle s'était mise aussitôt à « renverser la vapeur »?

Dès cet instant — et cela du moins n'est pas une hypothèse mais un fait — une nouvelle phase de nos relations à tous les trois, commençait.

Une phase bien différente. J'en cherche encore le sens. A force de rêver et d'écrire, je suis parvenu à dégager de cette confusion l'idée suivante : il me semble que, dans la première partie de cette histoire, j'étais, sans le savoir, l'allié de Marité pour agir sur Jacqueline. Dans la seconde, je fus l'allié de Jacqueline. Marité agissant contre nous. Mais pourquoi?

On peut donner tant de réponses à cette question! Parviendrai-je à reconnaître la vraie? Ou les vraies? Car il y en eut peut-être plusieurs, et peut-être contradictoires

Marité m'aimait plus que son jeu perpétuel, que ses désirs, et même, je crois, que son orgueil.

Je ne l'ai pas méconnue. Et elle a pu penser — à juste titre, sans doute. après tout — qu'elle m'avait fait le meilleur don. Cependant nous ne sommes pas quittes!...

Mais me voici égaré. Où en étais-je des faits? Fermons les yeux.

Je me revois, évadé de la Faculté, rôdant autour de la petite maison des Quinconces. Le printemps la caressait d'une lumière qui me semblait attendrie. La vigne vierge remontait à l'assaut de la façade, lui rendant une jeunesse saisonnière. Pourtant cette demeure était morte : elle ne contenait plus Jacqueline.

Réellement, il ne manquait à mon état aucun des symptômes classiques de ce que l'on appelle un grand amour. Pas même la jalousie.

Si Mme Beaufort eût aimé son mari, je l'aurais envié seulement. Je le haïssais de l'avoir avilie. Je ne voulais absolument pas penser à cet individu, à leur communauté. Le fait de ne le point connaître aurait dû me servir. Mais, malgré moi, je me le représentais trop bien. Une ressemblance s'imposait insidieusement à mes songes tourmentés; une figure familière se substituait aux traits ébauchés par ma sœur.

Oui : il y avait une étrange équivoque dans mon horreur. Je ne m'en rendais pas compte. Mais bien avant de connaître Mme Beaufort, j'avais sourdement détesté un autre mari. Mon aigreur pour lui était d'autant plus vindicative qu'il m'obligeait à envier certaines de ses vertus, et que mes sentiments contradictoires envers lui se soldaient au total par une rageuse affection. Car si, lorsque Marité et Albert étaient venus s'installer à B..., j'avais abandonné ma chambre d'étudiant pour habiter avec eux, ce n'était pas seulement pour le plaisir de vivre de nouveau avec ma sœur, mais parce qu'il existait malgré tout une sympathie entre mon beau-frère et moi. Une sympathie curieusement hérissée. Apparemment dissemblables en tout, nous nous trouvions liés néanmoins par l'unique similitude d'un goût essentiel : celui qui avait fait d'Albert le mari de la créature que j'aimais et admirais le plus au monde. Peut-être ne lui ai-je jamais pardonné de l'être. Et peut-être le sentait-il. Mais nous nous estimions. Il appréciait en moi, je pense, des qualités analogues à celles de sa femme et qui lui manquaient : la fidélité à un idéal, une certaine rigueur, notre secrète puissance de passion. Moi, j'enviais sa souplesse, sa confiance en lui et en un monde créé exclusivement pour le servir, l'aisance de ses contacts avec les êtres les plus différents, sa compréhension immédiate de leurs problèmes : tout ce qui lui valait sa rapide ascension. Seulement il venait de G..., lui aussi. Son brillant, son intelligence, sa verve, dissimulaient cette vulgarité qui constitue la marque fondamentale des indigènes de G... Il n'en portait pas moins cette semence en lui. J'étais prompt à en retenir chaque preuve. Et il avait aussi, comme ses compatriotes, une propension à la salacité la plus hypocrite, une singulière sensibilité au vertige des choses immondes.

Il offrait par là à mon horreur pour un mari vil et inconnu un change facile. Ce ton sirupeux, mêlant le miel à la gravelure, ces galanteries sournoises que mon imagination prêtait à M. Beaufort, c'était ce qui me révulsait habituellement chez Albert. Et ce que je détestais, c'était peut-être aussi, transportés de l'un à l'autre, les mêmes droits, les mêmes *privilegia conjugis*.

Voilà ce que je comprends à présent. Autrefois, je n'allais pas si loin : je souffrais et n'analysais pas. Simplement, l'idée de ce que Jacqueline pouvait faire à G... m'était douloureuse, était à vif en moi, si j'ose dire, comme une dent malade.

Ce fut dans cette partie hypersensible de mon être, que Marité me poignarda.

Passant dans ma chambre en allant se coucher, elle me souhaita une bonne nuit, m'embrassa, puis, à l'improviste comme toujours, elle fit d'un air amusé cette remarque :

« Pittoresque, n'est-ce pas, de penser que ce soir Jacqueline couche encore avec son mari; puis demain elle lui dira : eh bien maintenant, c'est fini, je m'en vais! »

Quelle diabolique connaissance tu avais de moi-même! Et comment me suis-je retenu de hurler?...

« Qu'est-ce que tu as? me demanda-t-elle. Ça ne va pas?

— Pourquoi donc? Tout va très bien. Bonsoir. »

Il neige depuis hier. Par ma fenêtre, j'aperçois la campagne non point sombre comme les autres soirs, mais pâle dans la nuit, sous un ciel immensément noir. Les branchages du noyer se dessinent tout blancs. On dirait une de ces feuilles mortes décharnées par les insectes, il n'en reste que les nervures. Et à travers ces transparences, je vois, là-bas, derrière les deux sapins ouatés, très loin, la rencontre du ciel avec la terre. Tout est pur. Tout est d'une acuité, d'une précision!... Ah! je voudrais mettre en moi ce même ordre, chaque chose immobile à sa vraie place, et sur le tout établir cette sérénité qui s'étend d'un horizon à l'autre sous le ciel obscur.

C'est bien ce besoin — du moins je le crois — qui m'a poussé à écrire ces notes. Mais c'est une ambition insensée. Nous ne sommes que désordre, inconscience et incertitude. Ai-je cru qu'en revivant plume en main ces souvenirs je parviendrais à immobiliser des images si turbulentes, à fixer Jacqueline et Marité dans leur vraie nature et dans la réalité de leurs rapports avec moi, à démêler ce qu'il y eut d'embrouillé, d'inexprimé entre nous!...

Je m'y perds. Les mots n'ont pas ce pouvoir de conjuration magique qu'on leur prête. La page écrite est un crible à travers lequel la vie passe; il ne reste qu'une boue noire.

Je me déchire et je ne comprends pas. J'ai renoncé. Voilà des semaines que j'ai abandonné ce cahier. Je le reprends ce soir, pour noter mon désarroi.

Cette blancheur dehors, cette blancheur plus pure que ma page, m'appelle. J'y inscrirai mes pas moins sots que mes pensées. Je vais marcher dans la neige, dans la nuit phosphorescente. Et peut-être après pourrai-je dormir.

Mes relations avec Jacqueline dépendaient entièrement de ma sœur. Je ne connaissais pas assez directement Mme Beaufort ni ses parents, pour pouvoir l'approcher si Marité ne m'en fournissait l'occasion, comme elle l'avait fait jusqu'au dernier départ de son amie pour G... Mais lorsque Jacqueline fut rentrée dans sa famille et définitivement réinstallée aux Quinconces, tout à coup je ne la vis plus.

Je n'avais rien gagné à son retour. Seul son parfum hantait de nouveau notre logis. Elle ne venait qu'aux heures où je n'étais pas là; et ni Albert ni moi nous n'étions invités chez elle.

Je ne comprenais plus. De toute évidence, elle me fuyait. Mais pourquoi?... Par tous les moyens, je cherchai à la voir. En vain. J'eus beau rentrer plusieurs fois à l'improviste à la maison : je ne l'y découvris pas — ni Marité, d'ailleurs.

C'est par hasard qu'un soir, rencontrant le docteur Rolland et invité par lui à monter chez *Rocher* où il avait rendez-vous avec sa femme, j'y trouvai Jacqueline et ma sœur. Elles étaient assises côte à côte au creux d'une des niches pourpres. Mme Rolland, en face d'elles, se penchait sur le guéridon et leur parlait en riant. Elle semblait, tout ensemble et indistinctement, moqueuse, complice et gourmande.

Je me rendis compte ensuite que Mme Rolland était tombée, par hasard elle aussi, sur Marité et Mme Beaufort déjà installées.

Je n'aimais pas beaucoup Mme Rolland. Cette grande femme charnue et cependant très chatte recelait dans

toute sa personne je ne sais quoi de glouton qui m'offusquait secrètement. Sa maturité laiteuse m'eût tenté. Parfois la richesse de sa forme, son éclat, ses longues jambes
opulentes, peut-être aussi ce que Marité s'était plu à me
dire de sa poitrine — *à son âge, elle a les plus beaux
seins que j'aie vus* — avaient fait flamber en moi une
curiosité très chaude. Mais vite retombée. Parce que sa
manière d'être et les gestes de l'amour n'allaient pas
ensemble, à mon sens. Je ne me la représentais qu'occu-
pée à manger — à engloutir des petits enfants dans sa
bouche gourmande. Pour tout dire, je la soupçonnais de
se passionner à déflorer goulûment les petits garçons.

Marité riait à ses propos. Trop haut d'un ton. Elle
jouait à Mme Rolland la comédie de l'amusement et du
plaisir. Peut-être réussissait-elle à lui donner le change.
Mais pas à moi. Je la voyais mécontente en réalité. Pourquoi? Et pourquoi aussi Mme Rolland avait-elle cet air
malicieux et excité? Quelle était la source de toutes ces
équivoques?...

Je n'eus pas le loisir d'y réfléchir. D'ailleurs qu'importait! J'avais retrouvé Jacqueline. Rien d'autre ne comptait. Je vivais de nouveau. Un bien-être merveilleux se
répandait en moi. Elle m'apaisait, elle me comblait rien
que par sa vue.

Incrédule encore, je la contemplais. J'avais besoin de
me persuader qu'elle était bien là, qu'elle était réellement
si jolie. La pureté dont je la trouvais pétrie me semblait
rénovée. L'absence avait perfectionné pour moi des détails
qui me paraissaient nouveaux. Connaissais-je auparavant
la suavité de la commissure de ses lèvres, la perfection de
cette ligne qui rattachait le cou à l'oreille, la longueur,
la blondeur de ces cils, cette ombre délicate et battante
qu'ils faisaient mouvoir sur sa joue? Le blanc de ses yeux
se teintait de bleu ainsi que chez les très jeunes enfants.
Que je lui étais reconnaissant d'être aussi adorable!...

Elle m'avait accueilli gentiment, comme toujours, mais
sous cette courtoisie, elle restait absente. Mes paroles ne
l'atteignaient pas dans son éloignement.

Soudain, je la sentis arriver. Vivement. Je venais de lui

dire que chaque jour, depuis son retour, j'espérais **en** vain la voir.

« Mais, fit-elle d'un ton presque agressif, je suis allée chez vous régulièrement. Si vous aviez vraiment voulu me rencontrer!... Vous dites toujours des choses que vous ne pensez pas.

— Moi! Par exemple! Je vous cherche partout, je vous attends à toute heure, je passe dix fois par jour devant votre porte. C'est vous qui me fuyez.

— Je vous fuis! » se récria-t-elle à mi-voix. Ses yeux brillaient. Elle était tout à coup rose d'animation. Puis elle baissa ses cils et, considérant fixement sa tasse, reprit : « Vous êtes habile. C'est adroit de me retourner le reproche.

— Je vous assure... »

Elle m'interrompit d'un de ses tristes sourires.

« A quoi bon! Vous savez très bien que je n'ai aucune raison de vous fuir, et il n'en existe aucune pour que vous me cherchiez. Oui, je sais, ajouta-t-elle comme je voulais protester, vous êtes un conquérant. Marité m'a parlé de vos succès. »

Je me retournai vers ma sœur. Prisonnière du docteur et de Mme Rolland, elle nous surveillait en souriant avec peine. Elle devinait bien quels éclaircissements nous étions en train de nous donner.

« Est-ce que Marité, demandai-je, n'insisterait pas pour vous emmener dès que vous arrivez à la maison?

— Non. Elle n'insiste certainement pas.

— Mais vous ne restez pas chez nous.

— Oui. Nous sortons. Elle s'efforce de me distraire. Elle est très bonne.

— Bien sûr. Et très attentive à ce que vous ne me rencontriez pas! »

Les yeux de Jacqueline vacillèrent et je lui vis sa bouche de petite fille grondée.

« Ah! je comprends, murmura-t-elle.

— Je vous ai attendue tous les jours, je vous le jure. J'aurais fait n'importe quoi pour vous voir. »

Elle ne me répondit pas tout d'abord. Elle baissait la

tête. Je contemplais ses mains décloses sur ses genoux, chaudes sans doute et lasses comme ces oiseaux qui traînent dans le sable leurs ailes ouvertes. J'avais tellement envie de les prendre, ces mains! Rien que de les prendre et les tenir doucement.

« Je comprends, répéta-t-elle. Pardonnez-moi, mais Marité a raison : c'est probablement mieux ainsi. »

Peut-être, en effet, Marité a-t-elle raison, pensai-je, le soir, dans ma chambre. D'un mot, Mme Beaufort m'avait suggéré bien des choses. Elles pouvaient expliquer l'incompréhensible conduite de ma sœur, sa volte-face, ses manœuvres pour m'empêcher de voir Jacqueline depuis son retour. Même cet horrible coup de couteau... Il se justifiait après tout si c'était pour notre bien, à Jacqueline et à moi, qu'elle m'avait frappé. Rien de bon, en effet, pour son amie ni pour moi, ne semblait devoir résulter de nos relations. Tout de même, quel coup diabolique et cruel! A une bonne intention, s'ajoutait sans doute cet étrange instinct qui nous portait à nous déchirer l'un l'autre en nous caressant. Comme nous nous aimions d'être capables de nous faire l'un à l'autre — surtout elle à moi — tant de mal! Comme nous aimions ce mal!...

L'honnêteté de Mme Beaufort me touchait et me décevait à la fois. Evidemment, je n'avais pas beaucoup d'importance pour elle. Sans quoi, elle n'eût pas renoncé si aisément à me rencontrer. Quelle que pût être l'excellence des intentions de ma sœur, je ne me sentais nullement disposé à m'y soumettre. Mais je n'eus point le temps de m'insurger : Marité elle-même nous réunit.

Cette nouvelle contradiction n'était pas incompréhensible. Il se pouvait que ma sœur, ayant échoué à nous tenir à l'écart l'un de l'autre, voulût nous séparer en mettant du monde entre nous. Sans doute aussi avait-elle de nouveau besoin de mon aide, comme il la lui avait fallu pour fixer Jacqueline à B... Maintenant, il s'agissait de contrecarrer à tout le moins une manœuvre d'Albert.

Il venait de monter une entreprise extrêmement adroite en persuadant les Delignère qu'il leur fallait une

voiture. Comment y réussit-il? Je n'en sais rien : cela
se passa pendant le temps où Marité m'isolait. Au
demeurant, l'idée était juste. Pour aller à leur maison de
campagne, les Delignère prenaient le tram départemental,
qui les laissait à quatre kilomètres de leur propriété. Ils
devaient faire ce chemin à pied. Tout individu sensé — et
à l'aise comme eux — aurait eu depuis longtemps une
auto. Mais le colonel ne voulait pas s'embarrasser d'un
chauffeur ni entendre parler de conduire lui-même.
Albert avait proposé d'apprendre à Mme Beaufort. Il la
convainquit, elle et sa mère.

Marité ne s'opposa pas à ces leçons. Seulement, quand
Albert alla chercher Mme Beaufort pour lui donner la
première, ma sœur et moi nous étions au fond de la
voiture.

Il en fut ainsi chaque fois. Ces leçons se transformaient
en une sorte de divertissement familial. Albert ne pouvait rien dire : Marité ne venait pas pour le surveiller,
mais parce que c'était un « plaisir » pour nous trois.

Sitôt après le dîner, nous montions en auto. Aux Quinconces, Jacqueline nous attendait, prête, ravissante dans
un raglan écossais qui donnait à sa silhouette encore plus
de jeunesse. Au coup de klaxon, elle sortait, escortée jusqu'à la voiture par les tremblantes recommandations de
sa mère, et, quand elle avait pris place à côté d'Albert,
Mme Delignère s'accrochait encore à la portière en sup-
pliant mon beau-frère de faire très attention. Chaque
soir elle égrenait les mêmes litanies.

Ces tremolos m'agaçaient. J'aimais bien Mme Delignère, parce qu'elle idolâtrait Jacqueline. Mais son effroi
pour des dangers imaginaires me rappelait qu'elle n'avait
pas su en craindre de plus réels. Avait-elle eu peur en
laissant marier sa fille à un homme qui lui répugnait!

Mme Delignère portait une responsabilité encore plus
lourde. Je ne le savais pas.

Nous gagnions la banlieue. Au terminus des trams et
des autobus, Albert cédait sa place à Mme Beaufort. Je
la contemplais dans le rétroviseur. Les mains sur le
volant, elle fronçait un peu ses sourcils : élève appliquée,

consciencieuse, dont le sérieux faisait ressortir la grâce.
« Vous aurez votre tableau d'honneur! » disait Marité
en riant.

On était dans le plein du printemps. Sous un ciel jaune
et vert, le jour n'en finissait plus de caresser la campagne
blonde où traînaient des brumes molles comme des soupirs. Beaux soirs ouverts, immenses, riches d'odeurs eni-
vrantes. Après la leçon, nous nous promenions sous bois
dans la senteur sucrée des jeunes pousses et des violettes.
Ou bien nous marchions vers le fleuve, à travers les
landes parfumées de thym. La nuit tombait. Une lampe
qui faisait luire des boiseries dans la cabine d'une péniche,
ou, parfois, un bateau illuminé descendant à la mer, me
poignaient d'un rêve...

Comme j'aurais voulu partir avec Jacqueline, l'enlever
à tous ceux avec qui je devais la partager! Albert, Marité
me disputaient sa présence, ils ne m'en laissaient que des
miettes. Je souffrais.

Je détestais le plaisir que Jacqueline semblait prendre
à conduire, et plus encore la gratitude et la soumission
dont elle faisait preuve envers mon beau-frère. Cette soumission surtout. J'imaginais trop bien le genre de plaisir
qu'il éprouvait à la voir tourner vers lui ce regard docile,
et quel présage d'autres obéissances il pouvait croire y
trouver. Il m'exaspérait lorsque, un bras étendu derrière
elle sur le dossier où elle s'appuyait, il l'enveloppait
presque en se penchant vers elle pour lui indiquer la
manœuvre.

La reconnaissance de Jacqueline pour lui, m'irritait
d'autant plus que c'était un sentiment escroqué. Comment ne se rend-elle pas compte, pensais-je rageusement,
qu'Albert cherche seulement son agrément, à lui! Il n'a
vu dans ces leçons qu'un moyen de la séduire, en spécu-
lant sur sa gratitude, ou, du moins, de la frôler à loisir!

Plein d'attentions pour elle, il était toujours à la portière afin de la lui tenir quand elle montait en voiture
ou en descendait. Jacqueline le remerciait d'un gentil
sourire. Se doutait-elle qu'il ne s'empressait ainsi que
pour lorgner ses jambes? Je connaissais ses goûts. Ils

seraient toujours déçus, je le pensais, car si Mme Beaufort eût été de ces femmes qui ne peuvent monter en
auto sans exhiber leurs cuisses, je ne me fusse pas épris
d'elle. Néanmoins ce guet sordide la salissait. J'étais
injuste : personne n'est responsable de la façon dont on
le désire, car ce sont les plus chastes qui font lever les
appétits les plus pervers. Mais je l'avais tellement idéalisée,
que tout ce qui la ramenait à la commune nature des
femmes devenait insupportable à ma passion. Celle-ci,
humiliée, refoulée, tournait en aigreur contre Jacqueline.
Je l'accusais en moi-même de coquetterie ou de sottise.
Je me retirais dans un silence acide. La beauté si paisible
du soir me rendait plus sensible mon chagrin.

Non. Il faut dire : mon chagrin me rendait plus sensible la beauté du soir. Il ne me resterait aujourd'hui
aucun souvenir des soirs de printemps, si ce grand ciel
tendre qui descendait effleurer le fleuve n'eût été la tente
magnifique d'une douleur. Si je me retourne avec un
instinct aussi têtu vers ce passé, c'est peut-être parce qu'il
me conserve à la faculté d'inquiétude, de fièvre — à une
capacité de souffrir, qui est le privilège de la jeunesse —
à cet étrange désespoir sombre et immobile comme une
mare sous les feuillages. Ces noires fontaines des bois.
Tout s'y enfonce en silence : « l'oiseau mort, le fruit
mûr lentement descendu... » Ainsi Jacqueline coulait-elle
au fond de mon âme qui devenait immobile et sombre.

Jamais nous n'avions été autant ensemble, et jamais
nous n'avions eu aussi peu de contacts. Marité l'entraînait dans un mouvement mondain où je ne la retrouvais
chaque jour que pour la sentir plus éloignée de moi.

Je ne comprenais pas qu'elle y était prise malgré elle.
A cause de sa situation dont elle éprouvait — exagéré-
ment d'ailleurs — la fausseté, elle aurait voulu ne voir
personne. Mais après sa rencontre avec les Rolland à la
pâtisserie Rocher, elle n'avait pu refuser de passer chez
nous une soirée avec eux, puis d'aller chez eux avec nous.
Elle y avait fait, à son corps défendant, la connaissance
d'autres membres de notre clan. Profitant de sa courtoisie
et de sa faiblesse, Marité la prit dans cet engrenage. Je

ne me rendais pas compte que Mme Beaufort y trouvait
plus de gêne que d'agréments. La gaieté des autres offusquait sa tristesse enfouie par pudeur mais toujours vive.
Je lui en voulais de se plaire avec ces snobs, alors qu'en
les quittant, retirée dans sa chambre, souvent elle pleurait. Mais comment l'aurais-je su?

On dit qu'aimer c'est connaître. Quelle sottise!... Ou
alors, je n'aimais pas réellement Jacqueline. Je n'avais
aucune idée de ce qui se passait en elle. Je la croyais
satisfaite de recevoir tant d'hommages. Sans doute, elle
en était flattée. Quelle femme n'aime cet encens! Mais il
ne la grisait pas, il n'allégeait pas sa peine. Cette distance
entre nous, où je croyais la voir disparaître, n'était faite
que de ses remords, de ses craintes et de mon incompréhension.

C'était sa présence, maintenant, qui me blessait. La
voir, dans de telles conditions, me torturait autant que
m'avait fait souffrir son absence. Comme un avare
contraint d'assister à la dilapidation de ses richesses, je
la regardais se prodiguer à tous. J'enrageais. Mes trésors :
sa finesse, sa grâce, sa gentillesse, son plaisir de faire
plaisir, son regard bleuté, les nuances de son sourire, ses
gestes musicaux, elle les dispensait à ces gens, dont la
plupart étaient mes amis, et que je me mettais à détester.

Mme Rolland, en particulier, m'exaspérait. Elle avait
une manière absolument révoltante d'envelopper Jacqueline de son exubérance attendrie, péremptoire et goulue.
Elle profitait de l'autorité que lui donnait son âge.
Jacqueline ne cherchait point à résister. Au contraire.
Avec gratitude, elle se laissait prendre dans un filet de
chatteries impérieusement amicales qui m'irritaient. Cette
façon de l'appeler *ma petite fille* ou *ma jolie mignonne!*
A-t-on idée!... Et ces embrassades à tout bout de champ!...
Mon unique agrément, c'était de deviner que tout cela
déplaisait à Marité autant qu'à moi. Bien fait pour elle! Je
m'employais de mon mieux à augmenter son déplaisir en
facilitant les rapprochements entre ses deux amies. Puisqu'il m'était interdit d'avoir Jacqueline pour moi seul!...

Marité ne pouvait m'adresser aucun reproche; je ne

la savais pas moins furieuse en dépit de son air aimable et nonchalant. C'était ma seule satisfaction.

Un soir, comme nous rentrions du théâtre... Grâce à moi, les Rolland avaient emmené Jacqueline dans leur loge, avec Hélène, son frère, et moi naturellement, tandis que Marité devait rester auprès des « huiles ». Assis entre le docteur et René Da Monti, derrière ces dames, j'avais passé la soirée à ressasser ma tristesse en contemplant le profil de Jacqueline. Hélène troublait cette amère délectation et m'en divertissait un peu en se retournant sans cesse pour me parler. Les chanteurs braillaient à bouche que veux-tu. Sauf le docteur, personne de nous n'y prêtait attention.

Comme nous rentrions, donc, je dis doucement à Marité :

« Mme Beaufort et Mme Rolland ont l'air de devenir de plus en plus amies. Tu dois être contente.

— Bien sûr, me répondit-elle du ton le plus naturel. Très contente. Seulement je ne voudrais pas qu'Edmée prenne trop d'influence sur Jacqueline. Edmée est une femme un peu... eh bien, ma foi, un peu dangereuse, n'est-ce pas.

— Dangereuse? Je ne vois pas. On raconte des choses sur elle. Cependant, puisque tu en as fait ton amie...

— Pour moi, c'est différent : je ne me trouve pas dans la situation de Jacqueline, et surtout j'ai autrement d'expérience qu'elle. Tu comprends, en eux-mêmes les Rolland sont très bien, mais ils ont des contacts avec certaines gens... A quels risques serait exposée Jacqueline si Edmée l'entraînait dans le milieu Artigues! »

Evidemment. Mais Mme Rolland n'avait rien d'une femme stupide, et je savais fort bien que ce n'était pas cette crainte-là qui animait Marité. Je me plus à le lui laisser sentir.

« Moi aussi, dis-je, je vois Richard Artigues. Tu ne redoutes pas que je le fasse connaître à Mme Beaufort?

— Certainement pas.

— Pourquoi? Tu es si sûre de pouvoir m'en empêcher! »

Marité parut surprise et peinée.

« Que tu es sot, mon chou! dit-elle en me mettant ses bras autour du cou. Quelles drôles d'idées te forges-tu! Je sais simplement que tu as trop le respect de Jacqueline pour ne pas prendre soin de sa réputation. »

Elle m'embrassa et se retira avec les honneurs de la guerre.

Mais je te connaissais trop bien, ma chère. Tes fausses raisons ne m'abusaient pas. Tu avais espéré que Jacqueline et Mme Rolland ne se rencontreraient jamais. Voilà pourquoi tu étais secrètement si mécontente, chez *Rocher*.

Obligée d'emmener Jacqueline de chez nous, pour que je ne l'y trouve pas, il te fallait bien la conduire quelque part. Tu t'étais dit qu'il n'y avait guère de risque à la mener chez *Rocher*. On n'y voyait presque jamais Mme Rolland, fidèle au salon de thé des *Ambassadeurs* et sans doute aux *Trois Piliers* où Richard Artigues retrouvait ses amis et ses belles amies. L'opulente Edmée comptait, prétendait-on, parmi celles-ci. A en croire les bruits « qui transpirent avant d'avoir couru », comme disait la comtesse de Martel, elle aurait figuré en bonne place dans les albums où le « Beau Rico » conservait les images de ses maîtresses photographiées dans le costume et parfois, assurait-on, l'exercice, de leur fonction — ces fameux albums saisis chez Richard après la mort du petit Régille, puis qui disparurent miraculeusement pendant leur séjour au Parquet. Mais, même s'ils avaient paru au procès, je doute fort que jurés et magistrats y eussent trouvé des effigies de la fastueuse Edmée. S'il se peut qu'elle ait passé, comme tant d'autres, par le studio rouge de la rue d'Espagne, elle était bien trop avisée pour y laisser de pareilles traces.

Que disais-je? Ah! oui : Mme Rolland ne fréquentait pas chez *Rocher*. Marité pouvait s'y croire à l'abri de sa rencontre. Il avait fallu le plus grand des hasards pour que celle-ci se produisît. Dès lors, il n'y avait plus moyen de tenir Jacqueline à l'écart de Mme Rolland. Des relations devaient inévitablement s'établir entre elles. Si

Marité avait lancé Jacqueline dans ce grand mouvement mondain où je la perdais, c'était aussi, probablement, pour éviter que ces relations fussent exclusives. En somme, elle appliquait le vieux principe toujours efficace : *divide ut regnes*. Elle nous opposait les uns aux autres; elle réussissait à conserver une influence dominante sur Jacqueline en suscitant autour d'elle ces concurrences d'amitiés, de désirs, de cupidités charnelles et — quant à moi — de passion.

Joli succès. Tous les hommes couraient après Mme Beaufort. Naturellement! Une jeune femme ravissante, presque neuve et déçue. Quelle *occasion!* On se précipitait. C'était ignoble. Ou, du moins, je trouvais ça ignoble : ce galop de rut à travers les salons, cette femme traquée et tous ces hommes après elle, tirant la langue.

En tête de la meute venait, bien entendu, Pichard, Amédée Pichard, ce « charmeur ». Ah! celui-là! Ses « chère petite Madame » et ses sucreries hypocrites!... Et René : le trop beau lieutenant Da Monti, étoile des steeples et des concours hippiques. Lui, il conservait toute sa dignité; mais, fidèle aux us amoureux de la cavalerie, il ne manquait point d'aller caracoler sous les fenêtres de Mme Beaufort.

J'exagère. En vérité, René éprouvait probablement pour Jacqueline un sentiment sincère, peut-être même plus sain que ma passion à moi. Et il était plus digne de Mme Beaufort. Je le redoutais d'autant plus qu'à la place de Jacqueline je savais bien qui de nous deux j'aurais choisi.

J'imaginais qu'à travers ses rideaux elle devait le suivre d'un regard complaisant quand il descendait les Quinconces, impeccable sur son cob aussi net que lui. En réalité, elle fuyait ce spectacle. Je ne m'en doutais pas, et, en croyant le contraire, je ne pouvais la blâmer. J'étais jaloux de Da Monti, mais contraint malgré moi de lui conserver mon affection. Parce que, comme sa sœur — et c'est pourquoi j'avais tant d'amitié pour Hélène — il était fondamentalement propre, d'une sincérité physique en quelque sorte. Pichard, lui, mentait non seulement par ses paroles confites, par son ton, mais encore par ses gestes dont les fausses souplesses, les onctuosités, n'étaient que des moyens de déguiser sa nature âpre, avide et grossièrement jouisseuse.

Marité goûtait son hypocrisie. Moi-même, son cynisme mielleux, non dépourvu d'humour, m'avait amusé quelquefois. Mais maintenant c'était mon ennemi n° 1. Et quand je le voyais baiser la main de Mme Beaufort avec une lenteur reniflleuse!...

Un soir, je ne pus plus retenir mon écœurement.

C'était à un gala du Cercle d'escrime, aux *Ambassadeurs*. Il n'y avait que le « gratin » comme disait Hélène. Ça ne faisait pas moins un monde fou. Pris dans le hall de l'hôtel par la cohue, avec ma sœur, Albert et Mme Beaufort, puis séparé d'eux, je retrouvai soudain la jeune femme, seule, à l'instant où Pichard lui baisait la main. A peine se redressait-il, il était emporté par un flot.

« Comment pouvez-vous vous laisser lécher les doigts par cet individu! »

Jacqueline eut un regard étonné.

« Mais M. Pichard est très aimable!

— Bien sûr! » criai-je, car il fallait crier pour se faire entendre au milieu de cette foule qui ronflait comme un incendie dans le hall et l'escalier. « Qui est-ce qui n'est pas aimable pour vous!

— Vous! répondit-elle vivement. Et pourtant... »

Elle ne put terminer sa phrase. Happée à son tour, elle disparaissait. J'aperçus encore, un instant, son visage. Ses regards restaient attachés à moi. En vain essayai-je de la rejoindre, les remous nous entraînaient toujours plus loin l'un de l'autre. Et le temps me manquait, il fallait absolument que j'aille me mettre en tenue. Je devais faire trois assauts dans un match tournant : comme capitaine de l'équipe universitaire, j'avais à rencontrer Da Monti, capitaine de l'équipe militaire, et Richard Artigues, capitaine de l'équipe du Cercle. Que tout cela devenait vague!

Machinalement, je gagnai les chambres transformées

en vestiaire pour les escrimeurs. Je serrai des mains et m'assis sur un lit, au milieu des masques et des sacs d'armes.

Se pouvait-il que Mme Beaufort!... Non. Quelle folie! Que suis-je, pour qu'une créature pareille!... Pourtant le jour où elle m'a dit que Marité avait raison, qu'il valait mieux ne pas trop nous voir, elle pensait donc...

Une joie tremblante à laquelle je n'osais m'ouvrir sourdait timidement, et en même temps, je ne savais quelle angoisse me serrait le cœur.

On me secoua. C'était Artigues, en tenue, beau et pur comme un archange. Cette beauté fatale... Pauvre Rico! Elle t'a coûté cher. Un jour, peut-être j'écrirai ton histoire, telle que je crois l'avoir comprise; et l'on saura enfin quelle victime tu as été.

Je lui dis que je n'avais guère envie de tirer, ce soir.

« Tu es fou! s'écria-t-il. Les rencontres au fleuret viennent de finir. Nous sommes déjà annoncés. »

On avait réuni les deux grands salons en enlevant les boiseries démontables. Sur leur emplacement même se trouvait un podium avec les planches. En y prenant pied, je cherchai malgré moi du regard Mme Beaufort. Elle était au troisième rang après les juges, entre Marité et Pichard. Naturellement! Et derrière elle : Albert avec Mme Rolland.

Une rage me saisit. Da Monti attendait. « Toi, tu paieras pour tous! » Je pris à peine le temps de le saluer et me ruai sur lui. Il connaissait mon jeu habituellement froid et serré. Cette fougue le démonta. En vain essaya-t-il des coups d'arrêt. Je le gagnai au corps et lui plaçai trois touches dans les premières passes. Aux autres reprises, il rétrécit sa garde. Nous ne fîmes plus rien. Je n'eus même pas la politesse de lui laisser une touche de courtoisie. Son regard, lorsque nous nous démasquâmes, me fit regretter cette grossièreté. Dans une soirée comme celle-ci, où pas le moindre titre ne se trouvait en jeu, rien ne justifiait ma violence et encore moins mon acharnement. René en devinait une raison dans la présence de Mme Beaufort. C'était vrai, en un sens, mais je ne voulais certes pas l'humilier devant elle; j'avais simplement cédé à une colère qui me rendait honteux maintenant.

Richard Artigues me succéda sur les planches. Il se laissa boutonner trois fois, et la seule fois où il toucha son adversaire, il glissa son coup de telle sorte que Da Monti eut l'air de l'avoir laissé passer exprès.

Rico voulait évidemment rattraper ma muflerie. Son dessein impliquait qu'il me criblât à présent comme une écumoire. Il poussa l'affabilité jusqu'à m'en avertir en tombant en garde.

« Attention à toi, mon petit vieux. »

J'aurais donné cher pour pouvoir faire amende honorable à René. Mais me laisser couvrir de ridicule devant Jacqueline : pas question, bien entendu. Je me défendis étroitement, bien défilé derrière mon épée, menaçant sans cesse Rico au masque, au bras, au genou. Nous nous connaissions par cœur; nous avions débuté ensemble, dix ans plus tôt, à la salle d'armes du lycée, sous le fleuret du vieux maître Dubois. En ce moment, je me rappelais son conseil — avec l'accent : « La ménace, monsieur, toujours la ménace! »

Ce fut pourtant Richard qui, à la troisième reprise, m'arrêta dans une attaque basse, et, au moment même où je disais « Touché », son épée revenait se ployer sur mon épaule. Ensuite il me laissa une ouverture. Mais vraiment trop ostensible. Je rompis et le saluai.

« Quel fichu caractère! » me dit-il pendant que nous descendions.

J'étais excédé de moi, de tout, en allant dans la salle pour assister à une démonstration — il ne pouvait être question d'assaut — qu'allait faire avec le vainqueur du tournoi Lucien Gaudin, alors champion du monde.

Il y avait une sorte d'entracte. On en profitait pour se rendre visite de fauteuil à fauteuil. Je rencontrai Hélène.

« Quel air ténébreux vous avez, remarqua-t-elle.

— Je suis désolé de m'être conduit comme un mufle avec votre frère. J'ai si mauvaise conscience que je n'ose lui présenter mes excuses.

— Vous excuser, vous! Ah! non, par exemple! René a eu ce qu'il méritait. Il lui fallait une leçon. Il remporte assez de succès comme cavalier. Je suis ravie de la façon dont vous l'avez battu. C'était magnifique. Et à Richard Artigues aussi vous avez mené la vie dure. Je vous ai bien admiré, Bruno.

— Vous êtes très gentille », dis-je distraitement, et j'allais passer pour me rapprocher de Jacqueline, lorsque Hélène ajouta d'un ton bizarre :

« D'ailleurs, pourquoi feriez-vous des excuses à René? Si l'on comprend les choses à la façon de votre sœur, c'est vous le vaincu. Elle est en train de l'expliquer à ses amies. Je suis partie : ça m'agaçait. »

Marité avait perçu la bizarrerie de ce match où René battu par moi, battait mon second adversaire, lequel me battait à son tour. Cela donnait à croire aux profanes, comme Rico l'avait désiré, que Da Monti s'était complaisamment laissé moucheter par moi sans vouloir me toucher. Marité tirait parti de cette équivoque. Ah! non, c'était trop fort!... Je m'élançai, les narines gonflées de colère.

Albert et Pichard m'accueillirent par un « Bravo! » jailli du même contentement. Ils ne s'étaient pas trompés, eux. La défaite de Da Monti devant Mme Beaufort les enchantait. C'eût été de quoi me rendre encore plus odieux ce match stupide. Mais j'étais occupé de tout autre chose. Marité le sentit instantanément. A ma vue, elle sourit. Un vrai sourire, ardent, joyeux. C'était à de tels moments qu'elle m'aimait le plus, je l'ai compris plus tard. Sa belle bouche distillait encore l'acide dont elle venait d'arroser ma blessure, et elle me tendait ce sourire comme une provocation, comme un fer de lance.

Je n'eus pas le temps de parler. Le bon gros docteur Rolland, arrivant en culotte noire de fleurettiste de la vieille école, m'interpellait.

« Eh bien! Vous aviez mangé du saignant, ce soir! Vous l'avez pulvérisé, ce pauvre Dada.

— J'ai agi comme un imbécile et me demande comment m'excuser auprès de René.

— Bah! Il sait bien qu'il y a parfois des yeux devant
lesquels il faut être vainqueur », dit le docteur en regardant Mme Beaufort d'un air paternel.

Elle rougit tout d'un coup et se détourna précipitam-
ment vers Marité qui s'écriait juste à point :

« Ah! voilà la vedette! »

Lucien Gaudin apparut sur les planches, suivi de Rico.

JE ne dormis guère, cette nuit-là. Nous étions rentrés sans rien nous dire, Marité et moi, qu'un bonsoir machinal. Dans mon lit, dans les ténèbres où, peu à peu, blanchissaient les fentes des volets, je pensais à elle avec rage. Pendant que je me retournais entre les draps, reposait-elle paisiblement? la hanche et l'épaule moulées aux contours d'une autre hanche, d'une autre épaule, ainsi qu'elles se creusaient pour m'accueillir quand elle et moi nous étions encore d'affectueux complices. Pouvait-elle dormir maintenant! Quelles inconcevables images de moi-même berçait-elle alors dans ce monstrueux sommeil d'épouse complaisante et étrangère?

Elle me faisait horreur. Mais je revoyais son sourire. Il me fascinait. Ce défi, cet épanouissement!... Non, je ne voulais pas — je ne pouvais pas — reconnaître que je les avais vus fleurir — moins purs et non pas avec cet étincellement d'acier — sur d'autres visages qui me provoquaient ainsi à la dernière lutte. Des visages prêts à s'abattre dans le déferlement d'une chevelure déchiquetée comme un drapeau... A quel autre combat, différent et semblable, ses yeux téméraires m'appelaient-ils? De quoi me mettaient-ils en demeure?...

Elle m'occupait. Elle se substituait en moi à Jacqueline. Elle m'empêchait de penser à cet espoir tremblant, confirmé par la rougeur de Mme Beaufort aux paroles du docteur. Je pouvais croire que je ne lui étais pas indifférent. J'aurais dû savoir — je savais — qu'elle m'aimait peut-être. Mais Marité m'interdisait d'approcher ma propre émotion, de la saisir. Elle me gâchait ce premier instant d'émerveillement incrédule et peureux.

Avec quelle promptitude de me nuire auprès de Jacqueline, avait-elle saisi cette pauvre occasion de me diminuer un peu à ses yeux! Avec quelle imprudence aussi, quelle ostentation de mauvaise foi!

Tantôt, bouleversé d'effroi et de crainte, je revoyais cette onde rose envahissant la joue de Mme Beaufort, cette maturité montée soudain de son cœur à sa peau. Mais bientôt revenait ce sourire de Marité, sa joie triomphante et voluptueuse — oui certainement voluptueuse — de se trouver surprise à me faire du mal.

Les volets, maintenant, étaient striés d'une lumière jaunissante. Les oiseaux jacassaient dans le jardin. La camionnette du laitier descendit lentement la rue, marquant d'un cliquetis de bouteilles ses stations. Nerveux et las, je me levai, ouvris ma fenêtre, allumai l'amère et odorante cigarette matinale. L'air était froid. Dans le parc de la maison voisine, les arbres, à leur sommet, s'enflammaient d'un rose ardent.

Je pris mes cahiers, essayant de ne plus penser. Tout flottait. Et brusquement, je m'endormis.

Albert m'éveilla en passant dans le couloir, sa raquette heurta la porte du petit salon. Le dimanche matin, il allait au tennis. Neuf heures sonnaient, j'avais la tête lourde. Je mis ma robe de chambre. Presque aussitôt, ma sœur entra, poussant la table roulante chargée de son petit déjeuner et du mien.

Marité était fraîche, lisse.

« Tu as bien dormi, mon chou? »

J'éclatai.

« Assez! J'en ai par-dessus la tête de tes attentions. Tes gentillesses vipérines, tu peux les garder. Tu te fiches pas mal que j'aie bien dormi! Tu viens ici pour me tourmenter. C'est tout. Ça t'amuse. C'est ton jeu. Tu m'embrasses pour mieux me griffer. Et quand ça me fait mal, tu es contente. Tu me détestes. Bon Dieu, reconnais-le une fois pour toutes que tu me détestes! »

— Et toi? dit-elle posément.

— Moi? Je te... Je voudrais que tu n'aies jamais existé!

— Très juste. A certains moments, je souhaiterais aussi
que tu n'aies jamais existé. Ça ne me fait pas plaisir de
te faire du mal.

— Si! Et je me demande si ça n'a pas été toujours ton
plus grand plaisir! »

Elle baissa brusquement ses paupières tandis qu'une
roseur fiévreuse montait à ses pommettes.

« Attention! dit-elle d'une voix changée. Ne nous enga-
geons pas dans des chemins où il n'y aura peut-être plus
moyen de faire demi-tour. »

Elle me regardait maintenant bien en face, et cet éclat,
ce défi que j'avais vus dans ses yeux, la veille, y brillaient
de nouveau.

« Il ne m'est pas plus agréable de te tourmenter que
de t'apaiser. Sais-tu quel mal je me fais quand je te fais
du mal? Quel mal et quel bien tu me fais quand tu es
heureux près de moi? Si je te détestais, c'est que je me
détesterais moi-même.

— Mais je crois souvent que tu te détestes », murmurai-
je avec une sensation de vertige.

Marité s'enflamma. Je la vis brûler, droite, magnifique :
rose ardente.

« Oui? Et qui te dit que ce ne soit pas de ta faute! Qui
te dit que tu n'aies pas empoisonné ma vie de ta venue!
Tu l'as captée. Tu m'as marquée. A cause de toi, j'ai
exécré maman. J'étais mortellement jalouse. Le premier grand bonheur que j'ai connu, ce fut de découvrir
que tu ne l'aimais pas, que tu me préférais. Alors j'ai
cessé, dans mes prières de gamine encore crédule, de demander sa disparition. Pourquoi ai-je frappé Rose avec une
pierre, le jour où elle t'emmenait chez elle? On t'a parlé
de mon *accident* après ton entrée en pension, mais on ne
t'a pas appris que ce bridon, je me l'étais mis moi-même
autour du cou... Ah! tu ne m'as pas déchirée, tu crois...
Quand nous étions petits, tu disais toujours que tu te
marierais avec moi.

— Tu as épousé Albert!

— Tu as couché avec des femmes!

— C'est toi qui m'as poussé vers elles!

— Pour que tu n'en aimes aucune! »

Nous étions face à face, fébriles, méchants, comme dans nos querelles enfantines, prêts à nous jeter l'un sur l'autre.

« Tu vois bien que tu me détestes! m'écriai-je.

— Je te hais!... Mais si quelqu'un d'autre te faisait du mal, je le réduirais en poussière. »

Son sein soulevé gonflait la soie de son déshabillé. Son visage se tendait vers moi, dense, dévoré par le noir de ses yeux. Malgré ma colère il me fallait reconnaître qu'elle était d'une beauté unique, *belle et terrible comme une armée sous ses étendards.*

Soudain, rejetant en arrière ses cheveux, elle se mit à rire doucement. Son masque pathétique s'était brisé. Derrière, reparaissait son air habituel, animé d'ironie.

« Tu ne crois pas que nous réussirions magnifiquement au cinéma? Tu vaux bien Tyrone Power et moi Joan Harlow. Mais assez joué, mon chéri. On recommencera un autre jour. Déjeunons. »

Et le pire, c'est qu'elle disait peut-être vrai. Tout cela n'était peut-être encore et toujours qu'un jeu où la sincérité, l'hypocrisie, la passion, la rouerie, l'instinct de troubler et de se troubler soi-même, s'enchevêtraient inextricablement : une somptueuse comédie suprêmement habile, pour détourner mon esprit et mon cœur de Jacqueline au moment où nous allions connaître que nous nous aimions.

« Tu as raison, dis-je en m'asseyant devant la table roulante. En somme, on s'est bien amusé. »

Mais tout de même, quand je réentends ce dialogue, j'y discerne des accents qui ne trompent pas, des cris qui partaient de plus loin que notre conscience.

L'après-midi, Marité donnait une petite réunion. Rien que les intimes. Avant leur venue, vers trois heures et demie, je sortis, sous prétexte d'aller au bureau de tabac. En fait c'était pour attendre Mme Beaufort. Je voulais la voir seule. Malheureusement, elle arriva en voiture avec les Rolland qui l'avaient prise au passage. Je la rejoignis dans le hall. En l'aidant à enlever son manteau j'osai lui demander de venir, un moment, dans ma chambre. Ma prière manquait d'assurance; Jacqueline hésita, parut sur le point de me suivre, enfin elle me répondit d'un air malheureux que ce n'était pas possible.

Le docteur Rolland se trouvait non loin de nous, causant avec Albert. Entendit-il ou devina-t-il le sens de notre dialogue chuchoté? Un instant plus tard, il me prenait par le bras.

« Eh bien, Bruno, vous déciderez-vous à me montrer ces poèmes?

— Quand vous voudrez, docteur.

— Pourquoi pas tout de suite? Allons dans votre chambre; nous y serons tranquilles pour lire ces chefs-d'œuvre. »

Puis, cueillant Mme Beaufort sous le nez d'Albert et l'entraînant comme par jeu :

« Venez avec nous, ma chère enfant. Vous aussi vous aimez la poésie, j'en suis sûr. »

Seul de tout le clan, il ne courait pas après Jacqueline. C'est que, pour lui, elle n'était déjà plus assez jeune.

Je le revois, ce bon gros, assis sur le coin de mon divan, lisant à haute voix ce poème que le Mercure de France me publia l'année suivante :

> *Mai n'a pas plus de fleurs, l'automne*
> *A moins de langueur s'abandonne...*

Mes vers importaient peu en ce moment, je ne les écoutais pas, je contemplais Jacqueline. Le front baissé, appuyé à la commode, elle en suivait machinalement d'un doigt le contour.

Quelle était jolie!... Non : bien plus que ça! Elle était merveilleuse. Toute dessinée d'un trait si pur, si clair, minutieux et lyrique comme un crayon d'Ingres. Ou plutôt elle me fait penser maintenant à ces statuettes florentines, en cire, d'une telle élégance et si fragiles qu'on tremblerait de les toucher. Pourtant comme on voudrait les prendre! Comme on voudrait éprouver leur tendre poids!

Quelle suavité, quelle douceur elle substituait à l'image

insidieuse et brûlante de Marité debout ici, presque à la
même place. Elle achevait de l'effacer en moi. À moins
qu'au contraire cette image ne se fondît, à mon insu,
avec la sienne!...

Le docteur était parti. Quand s'était-il éclipsé? — en
souriant sans doute avec indulgence — je ne le sus pas.
Nous nous trouvions seuls. Jacqueline était seule avec
moi. Elle avait relevé sa tête et me regardait. Elle m'abandonnait ses yeux, leur sincérité, leur émotion. Elle
s'abandonnait à ma présence. Je ne souhaitais plus rien
que d'éterniser ce regard, ce silence où tout était dit.

Mais elle se reprit vite.

« Il faut retourner auprès des autres », balbutia-t-elle
en touchant ses cheveux comme pour les remettre en
ordre. Geste instinctif de toute femme au sortir d'une
étreinte; cependant nous ne nous étions même pas appro-
chés.

« Qu'importe les autres! dis-je.

— Beaucoup, hélas! Ils n'ont déjà que trop de raisons
de me mal juger.

— Soyez tranquille : ils se soucient plus de votre aspect
que de vos actes.

— Peut-être. Mais Marité...

— Marité vous a bien assez à elle, tranchai-je un peu
nerveusement.

— Elle me défend.

— Oui, de moi avec une singulière constance. Mais pas
des autres, qui sont tous à vous poursuivre! Pichard,
Albert, René, M. Lagarde!... Ne sentez-vous pas que leurs
galanteries, à presque tous, vous font injure? Et Marité
vous laisse à eux! Ils vous... »

J'allais dire : ils vous salissent, mais le respect me
retint. Je conclus simplement : ils ne sont même pas
dignes de vous regarder.

« Oh! protesta-t-elle timidement, c'est bien plutôt moi
qui suis indigne de leur amabilité. Après ce que j'ai fait!

— Ce que vous avez fait? Et quoi donc?

— Eh bien mais, n'ai-je pas quitté mon mari!

— Comment, c'est ça?... Est-ce que vous le regretteriez?

— Je crois que j'ai eu tort de le quitter. »

Cet aveu dont je ne compris pas le vrai sens me blessa au vif. Il avilissait Jacqueline à mes yeux. Il semblait aussi détruire l'espoir qu'elle avait fait naître en moi, la veille, et cette correspondance de sentiments dont j'avais cru voir les signes dans ses yeux, dans son silence, dans son trouble. Elle n'eût pas prononcé une phrase pareille si elle m'avait aimé!

Je ne pouvais pas savoir que la véritable source de ses regrets se trouvait chez son père. Il souffrait de sentir sa fille *en situation irrégulière,* et il rendait à Jacqueline — involontairement, je veux le croire, mais avec usure — les tourments dont il lui faisait porter la responsabilité. Elle aurait dû au moins, estimait-il, racheter par l'austérité de sa nouvelle existence le scandale qu'elle avait provoqué. Il lui citait constamment en exemple Mlle d'Aigremore qui, jeune encore et fort belle, s'était vouée aux œuvres de charité. Il supportait mal de voir Jacqueline mener cette vie mondaine (lui non plus, il ne savait pas qu'elle pleurait, le soir, dans sa chambre), se faire faire des robes, passer son permis de conduire — et rechercher un peu trop ma compagnie, disait-il.

J'ai appris tout cela ensuite. Pourquoi Jacqueline ne m'en dit-elle rien à ce moment? Sa délicatesse l'obligeait à se taire. Et moi je doutais d'elle, je l'accusais en moi-même de manquer de tact.

« Qui vous empêche de retourner à G...? » répliquai-je brutalement.

Je sais quelle figure me sculpte la colère. Heureusement, Jacqueline ne me regardait pas : elle considérait, sans le voir, un cahier ouvert sur mon bureau. Elle n'avait pas non plus entendu ma réponse. Sans doute voyait-elle et écoutait-elle son père. Soudain elle revint à la situation et dit très vite :

« Pardonnez-moi, il faut que je retourne au salon. »

Je la suivis, plus révolté que malheureux. Marité ne sembla pas avoir remarqué notre absence. Albert s'efforçait de ne point paraître vexé.

« Charmante petite madame, faites-moi l'honneur et

le plaisir... » dit Pichard en lui offrant son fauteuil.

On jouait au domino de cartes. J'allai m'installer derrière Hélène arrivée pendant que je n'étais pas là. Quelqu'un (qui sinon Marité? Ou bien Albert?) avait dû lui dire où je me trouvais et en quelle compagnie. Elle m'accueillit froidement. Je n'y prêtai guère attention, non plus qu'au frais parfum qui montait d'elle. A la donne suivante, elle quitta le jeu et se retourna vers moi.

« Avez-vous transmis mes excuses à votre frère? M'a-t-il pardonné?

— Bien sûr. De quoi pourrait-on vous tenir rigueur! dit-elle avec un lent sourire.

— Merci. Alors pourquoi René ne vient-il pas?

— Vous avez oublié qu'il partait ce matin pour le concours hippique de Cannes? Comme vous êtes distrait, Bruno, depuis quelque temps! »

Par-dessus la grande table ronde autour de laquelle nous étions tous assis, Jacqueline nous regardait, Hélène et moi, par moments. Elle s'efforçait de s'intéresser au jeu, de s'amuser, ou d'en avoir l'air. Mais ses yeux me cherchaient. Elle ne comprenait évidemment pas pourquoi, tout à coup, il y avait tant de distance entre elle et moi, et cette froideur sur mon visage figé. Marité aussi nous regardait souvent — d'une façon encourageante en quelque sorte. Si bien qu'Hélène sortit de ce nuage où je l'avais trouvée. Elle s'anima, me communiqua sa chaleur et son sourire. Elle était si merveilleusement vivante!

Au moment du départ, quand je me rapprochai enfin de Mme Beaufort pour la saluer, la présence de Marité l'empêcha de me poser la question que ses yeux m'avaient adressée en vain toute la soirée. Son humilité d'enfant punie acheva de m'émouvoir. Trop tard! Marité ne nous lâchait pas. Jacqueline s'en alla avec les Rolland. Si elle était partie seule, je me serais arrangé pour la suivre. Mon ressentiment usé faisait place à la tristesse et je commençais à éprouver un remords.

Hélène s'en allait à pied avec les Lagarde.

« Vous ne nous accompagnez pas un peu? me dit-elle.

— Mille regrets. »

Il me tardait de me retrouver dans ma chambre. Là, je cherchai un reste du parfum de Jacqueline, j'oubliai qu'elle m'avait déçu et blessé, pour me souvenir seulement de son être livré, de son consentement muet, de cet aveu.

Les yeux fermés, je croyais la sentir encore, vivante et proche. Je revoyais le geste automatique qu'elle avait eu vers ses cheveux, comme si elle fût sortie de mes bras. Le sentiment de son abandon l'avait imprégnée à ce point! C'était donc tout de même qu'elle m'aimait! Et pourquoi serait-elle revenue définitivement ici, si elle ne m'avait pas aimé? Non : elle ne pouvait pas regretter son mari. Ni même sa décision. Mais, pensai-je, avec candeur, son traditionalisme, elle souffre d'une situation qui lui paraît fausse. *Après ce que j'ai fait!* Quitter son mari : évidemment quel sacrilège pour une âme d'obédience vieille-bourgeoise! Et moi, au lieu de la consoler ainsi que je l'ai tant souhaité, d'essayer de l'affermir, la première fois où nous nous trouvons seuls je m'emporte contre elle. Ah! tout cela c'est encore la faute de Marité! Elle m'a mis à bout de nerfs.

Brusquement, j'eus l'idée d'écrire à Jacqueline pour m'excuser, pour lui dire que je la comprenais, lui confirmer mon amour et lui exprimer ma gratitude. Je trouverais bien un moyen de lui donner ma lettre le lendemain soir, quand elle viendrait, comme il avait été convenu, pour examiner avec nous des catalogues d'automobiles.

J'écrivais quand Marité entra.

« Tu ne veux pas dîner? dit-elle.

— Dîner? Ah! oui, pourquoi pas?

— Tu travailles? C'était donc si pressé, que tu n'aies pas pu raccompagner Hélène!

— Tu vois. Mais je viens.

— Jacqueline avait l'air triste, ce soir », reprit-elle d'un ton méditatif.

Tiens! A mon tour de griffer.

« Plus que triste : désespérée. Elle ne t'a pas dit pourquoi?

— Non.

— Elle regrette d'avoir quitté son mari. »

Marité accusa le coup.

« Comment! Mais... Comment le sais-tu? Elle te l'a dit, à toi?

— Elle me l'a dit. Ici même.

— Vraiment! J'aurais pensé que vous parliez d'autre chose. »

Cette riposte, qui se voulait mordante, c'était, pour une fois, une maladresse, ma chère. Et tu le compris, car tu ajoutas trop vite et trop aimablement : « Allons, mon chou, viens à table », à un moment où, j'en suis sûr, je n'étais justement pas « ton chou ».

Tandis que nous traversions le petit salon, Marité me dit tout à coup :

« Hélène était vraiment très bien, cet après-midi. N'est-ce pas? Je trouve qu'elle embellit de jour en jour.

— C'est possible. »

Le lendemain, je relisais les quatre pages que j'avais écrites pour Jacqueline, lorsque résonna son coup de sonnette habituel. Je cachetai la lettre et la mis dans ma poche.

En entrant au salon, j'eus la désagréable surprise de trouver Jacqueline aux pieds de mon beau-frère. Assis sur une chaise, il tenait ouverts sur ses genoux les catalogues d'automobiles dont il s'était procuré toute une collection. Sa position et celle de Mme Beaufort, leur rapprochement, cette espèce d'intimité établie entre eux, me déplaisaient fort. Jacqueline agenouillée près d'Albert, comme une élève devant son maître, c'était une aggravation de cette docilité dont elle faisait montre envers lui pendant les leçons de conduite, et qui déjà m'avait hérissé. Leurs têtes se frôlaient. Jamais elle et moi n'avions été si proches. Il devait respirer le parfum de ses cheveux; les effluves de son corps montaient vers lui. Mais de plus, je voyais trop bien son regard oblique chercher à explorer tout autre chose que les pages des catalogues.

S'exposer ainsi à lui, c'était le fait ou bien de la plus

hypocrite rouerie ou d'une inadvertance touchant à la
sottise! Et si Jacqueline manquait à ce point de méfiance,
Marité, du moins, eût pu aisément la faire changer de
position. Elle se rendait compte de tout et ne disait rien.
Avait-elle voulu me réserver le « plaisir » de tomber,
à mon entrée, sur ce couple qui eût pu s'intituler le Libertinage exploitant la Candeur? Elle ne me regardait pas.
Une sorte de vague sourire étirait ses lèvres. De qui se
moquait-elle? D'Albert qui ne se croyait pas deviné? De
l'ingénuité de Jacqueline? De moi? Ou de soi-même? Mais
se moquait-elle?

Mme Beaufort tourna la tête, m'aperçut et me sourit.

« Levez-vous! » dis-je en marchant vers elle.

Son visage s'émut.

« Il ne convient pas qu'une femme soit aux pieds d'un
homme, ajoutai-je un peu moins brutalement, et je la
tirai par les mains.

— Mais je ne suis pas aux pieds d'un homme : je
m'agenouille devant le dieu de l'automobile. »

Albert, un dieu! Pauvre Jacqueline!... C'était décidément plus que de l'ingénuité!

Marité riait. Elle plaisanta Albert, dissipa le malaise.
Mon algarade fut oubliée apparemment. On discuta voitures, marques, modèles, prix. Cependant, je tâtais la
lettre dans ma poche. Plus question de la donner. Je
n'en avais plus la moindre envie.

Je la déchirai sitôt rentré dans ma chambre après le
départ de Mme Beaufort.

Puis je me couchai et me mis à repasser un chapitre
de sémantique. Je n'en voulais pas à Albert. Il était dans
son rôle. Moi-même, à sa place, en d'autres temps, avec
d'autres femmes... Mais je ne pouvais pas pardonner à
Jacqueline l'humiliation que j'avais sentie pour elle.
Quant à Marité!...

J'entendais avec rancœur ses mules claquer sur le dal-
lage de la salle de bain. Bruits d'eau, tintements de
porcelaine, de verre. Parfois elle parlait à Albert qui
devait lire dans son lit le journal du soir. Leur dialogue
confus, témoignage de leur intimité, m'agaçait. En même

temps je goûtais au fond de moi une satisfaction vindicative à savoir maintenant que cette intimité se faisait
seulement d'habitudes, d'intérêts, d'une ambition super-
ficiels. J'étais seul à connaître profondément Marité, à la
posséder toute — et à présent plus que jamais — dans sa
vraie nature.

Albert accourut en pyjama chercher une cigarette dans
ma boîte. Je le vis non seulement sans rancune, mais
même avec un peu de commisération. Après tout, et
malgré ses nombreuses réussites, c'était un vaincu. Avec
Marité, la plus belle des chances, la seule qui vaille, lui
avait été donnée. Il l'avait perdue. Peut-être à cause
de moi.

J'éprouvai le besoin de lui faire une sorte de signe
amical : je lui offris du feu et lui souhaitai une bonne
nuit. Je ne pouvais me permettre plus sans ridicule. A
l'ombre de Marité l'effusion n'a jamais fleuri.

En partant, il ne referma pas la porte de la salle de
bain. C'était plus qu'une manie : au propre et au figuré,
il ne fermait jamais les portes derrière lui. Marité avait
sans doute pris de lui et amplifié cet usage. Moi, j'en
étais encore — j'en serai probablement toujours — à
aimer farouchement les verrouiller.

Marité apparut, sombre dans le rectangle clair, indistinctement silhouettée dans sa robe de nuit. Ma chambre
était obscure, la petite ampoule du lampadaire éclairait
juste mon chevet.

« Tu ne dors pas? »

Elle entra, s'approcha. Je lui jetai un coup d'œil et
ne dis rien. Elle s'assit au bord du divan.

Elle était violemment parfumée, comme toujours après
sa toilette, et comme il me plaisait qu'elle le fût. Cette
odeur de juin, cette puissante senteur d'œillets, allait si
bien avec sa vigueur. Et sa bouche, dont elle venait d'ôter
le fard, était couleur d'œillet aussi, d'œillet sauvage. Ses
cheveux desserrés se gonflaient, épais et noirs. Cet unique
relâchement donnait à son visage une douceur qu'Albert,
sans doute, et moi, connaissions seuls. C'était une de ses
vérités, non moins réelle que sa cruauté secrète, ses pro-

vocations, sa sincérité déguisée, sa rouerie. Mais qu'il y
avait aussi de vérités successives dans mes sentiments pour
elle! L'idée qu'elle ne s'était jamais livrée qu'à moi
emportait mon ressentiment : colère de ce soir et violence
d'hier. Je me rappelais qu'elle avait *peut-être*, jadis,
excessive et passionnée, choisi de mourir plutôt que de
supporter mon absence. Elle m'aimait plus que soi-même.
Oui : cela, je le savais. Je désirais entendre sa voix la
plus tendre. J'avais envie de soulever ses cheveux *mou-
tonnant jusque sur l'encolure,*

> *O boucles, ô parfum chargé de nonchaloir....*

Souvent, autrefois, je lui disais ces vers en cherchant
sous cette toison la brûlante chaleur de sa nuque. Mais
à présent je connaissais toute sa témérité. Ses bravades
me faisaient un peu peur, assorties de cette animalité
noble et sûre de soi qui émanait de son corps, de sa pose,
de ses bras nus, de ses épaules. C'est si beau, de beaux
bras! Les siens étaient admirables. Elle tenait dans ses
fortes mains un de ses genoux croisés. Une soie blanche
épaisse la couvrait jusqu'aux chevilles mais moulait la
courbe de son dos, la coupe de son sein, sa hanche, tout
ce luxe charnel qui n'était pas ce que j'aimais seulement
en elle, mais sans quoi je ne l'eusse peut-être pas autant
aimée.

« Qu'est-ce qui ne va pas? dit-elle. Tu étais bien nerveux, ce soir! »

Je ne répondis que par un haussement d'épaule.

« Va te coucher. J'ai sommeil.

— Comme tu voudras, mon chéri. Mais tu as tort.
Pourquoi te défies-tu de moi? Je pourrais arranger bien
des choses entre Hélène et toi, et je le ferais volontiers.

— Hélène! dis-je, stupéfait.

— Bien sûr : Hélène, répondit Marité d'un ton indulgent. Ne joue pas les innocents, mon chou. Tu es très
habile, mais elle, non. Elle ne sait pas cacher ses sentiments. Je n'aurais pas d'yeux si je n'avais pas vu depuis
longtemps qu'elle est éperdument amoureuse de toi! Et

quant à croire que tu ne le lui rendes pas!... Une fille
aussi magnifique!

— Qu'est-ce que tu vas imaginer! J'admire Hélène,
j'ai beaucoup d'amitié pour elle, mais il n'a jamais été
question d'amour entre nous, voyons!

— Comme tu veux, fit Marité. Seulement si tu tiens
à ce qu'on le croie, apprends-lui à dissimuler un peu
mieux. Ça commence à crever les yeux à tout le monde.
Edmée m'en a parlé plusieurs fois. »

J'étais abasourdi.

« Mais enfin, Marité, c'est fou! m'écriai-je. Je t'assure
qu'Hélène... »

Elle m'interrompit d'un ton un peu agacé.

« Oh! écoute. Tu veux garder tes affaires pour toi
: très bien. Mais ne viens pas me dire que le blanc est
noir! Hélène t'aime et c'est une passion. Ça, je le sais,
tout de même! »

J'aurais dû renverser d'un seul coup ce château de
cartes, répondre à Marité : tu m'embêtes avec tes histoires,
je ne me soucie pas d'Hélène, j'aime Jacqueline, tu le
sais, et tu cherches à m'égarer.

La veille, je l'eusse crié, ce « J'aime Jacqueline ». Mais
ce soir-là j'étais peu enclin à proclamer une chose qui
ne me semblait plus effective. Je ne pouvais non plus
dire : « Je ne me soucie pas d'Hélène », car je l'aimais
beaucoup. Je me sentais content, paisible, avec elle. Et
maintenant, les yeux brusquement dessillés, je découvrais
que Marité avait raison. Evidemment, Hélène m'aimait!
Comment avais-je pu ne pas m'en apercevoir! Cela crevait
les yeux, en effet. Les preuves me volaient à la tête, me
criblaient de toutes parts comme un essaim d'abeilles.
Je sautais de l'une à une autre nouvelle. Je ne pouvais
même plus me les énumérer. Et Hélène savait que j'aimais Mme Beaufort. Voilà pourquoi son accueil, hier...
Comme vous êtes distrait, Bruno... Mais aussi : *De quoi
pourrait-on vous tenir rigueur!*

On n'apprend pas sans trouble qu'une jeune fille belle
et de qualité, est éprise de vous. *Une fille magnifique.*
Marité avait choisi son temps avec une prodigieuse clair-

voyance. Et ses termes! C'était uniquement ce soir qu'il fallait me dire ça, et c'était exactement ça qu'il fallait me dire. *Elle t'aime. C'est une passion.* Dans la confusion de mes sentiments, dans la chaleur ambiguë et capiteuse où Marité m'avait plongé avec elle, ces mots, déjà si puissants par eux-mêmes, prenaient à ses lèvres une force de sensualité. Venant d'Hélène, cet aveu m'aurait ému, sans doute, mais moins troublé. Il se glissait en moi, tentateur, comme si cette bouche proche et je ne sais quoi de soudain permis dans ce luxe défendu allaient en devenir les gages. Ah! quel jeu terrible tu jouais, ce soir-là, redoutable enchanteresse. Et jusqu'à quel point trichais-tu? Ne cherchais-tu vraiment qu'à m'écarter? Magicienne prise à tes propres charmes, pour qui parlais-tu?...

Elle n'ajouta rien.

« Réfléchis », fit-elle simplement après un long silence, et, me nouant autour du cou ses bras légers, elle me confia avec un sourire singulièrement émouvant : « Va, je ne suis pas jalouse. »

Elle m'embrassa et me dit bonsoir.

Quels êtres, quels risques, quels vertiges, pourraient vous rendre le sentiment de la vie quand on a passé dans de pareilles flammes? Tout est froid maintenant. Cœur noir de l'hiver. Noir et blanc comme une lettre de deuil. Cœur glacé. Neige livide qui se décompose et se salit. Cadavre. Et cette taie de brouillard sur le ciel crevé. Tout est mort : la chaleur, les couleurs, le luxe, tout ce qu'il y avait de luxe, l'amour, la passion, les risques interdits. Morts. Il ne reste que la misère d'un monde exsangue, trivial, mesquin, pareil à un logis de pauvre. Ce ne sont pas mes trente-neuf ans qui m'écrasent, ce sont les ténèbres, ce froid. C'est notre époque : cette chute au cœur noir de la médiocrité, cette société rasée au niveau de la bassesse, ce temps de toutes les impostures. Je le hais. Je le refuse. J'ai choisi l'exil.

HÉLÈNE était le contraire de Jacqueline. Rien de faible, chez elle. Rien de cette douceur flottante qui donnait tant d'attrait et ce style un peu ancien à Mme Beaufort. Il y avait en Jacqueline quelque chose de la touchante présidente de Tourvel. La grâce d'Hélène, c'était celle de Penthésilée. Charmante mais décidée, tranquille et audacieuse, elle me ravissait à la voir si essentiellement femme dans son assurance, si à l'aise en selle, la main basse, la jambe longue, le talon tombant. Elle était née à cheval. Moi aussi. De là notre première entente.

Elle, son frère et moi, nous montions assez régulièrement ensemble. Comme sous-lieutenant de dragons — de réserve — j'avais le droit de prendre une bête à l'escadron, le dimanche matin. D'autres jours, j'en louais au manège. Quand René s'en allait, ce qui lui arrivait souvent, car il faisait tous les concours, je montais son cheval d'armes.

Le lendemain de notre entretien, à Marité et à moi, au sujet d'Hélène, était un mardi : jour où je me trouvais libre jusqu'à onze heures, et d'ordinaire je sortais avec les Da Monti.

Ponctuelle, à huit heures Hélène était devant la grille, accompagnée par l'ordonnance qui menait le cob de René. Quand je sortis sur le perron, elle me fit un signe joyeux. Elle restait identique à elle-même, mais à mes yeux tout était changé.

Le cob, n'ayant pas travaillé depuis le samedi, avait le rein monté et des fourmis dans les pattes. De pied ferme, il se rassembla pour partir au galop. Je lui rendis toute la main. Mais Hélène ne fut pas longue à me rattraper : un cob n'est pas fait pour les grandes allures, c'est une bête de fond; la jument d'Hélène, une haute alezane anglo-arabe, allait autrement vite. Allongée dans sa robe soyeuse, l'oreille en gaieté, elle s'installa aisément dans la course, une tête en avant du cob. Hélène s'amusait, tournée un peu vers moi. Le vent soulevait ses boucles, modelait dans sa chemisette les formes mouvantes de sa poitrine. Ce jeune corps auquel je n'avais jamais pensé, même quand je le voyais demi nu à la piscine, naissait dans cette allégresse, dans la clarté, la netteté du beau matin pur comme lui. Les paroles de Marité bourdonnaient à mes oreilles. *Elle t'aime. C'est une passion.* Mais elles avaient perdu leur puissance de trouble. Ce que j'éprouvais en regardant Hélène, ses yeux brillants, ses lèvres, ses pommettes roses, c'était un appétit de bonheur et la certitude que ce bonheur nous serait facile.

Le cob s'enrageait à dépasser la jument. Il forçait, je le modérai, nous prîmes le trot, puis je le mis au pas. Hélène vint à ma hauteur. Nous bavardâmes amicalement. Des propos affectueux, amusés, ou graves avec des airs légers, comme toujours entre nous. Cependant elle ne tarda pas à deviner qu'il y avait en moi quelque chose de nouveau; elle sentit ma tendresse plus complète, ma gratitude. Et bientôt, sans nous être rien dit, nous nous étions compris. Elle s'illumina d'une douceur plus grande. Pas un mot de nos sentiments ne fut prononcé, mais, à un moment, Hélène se dressa sur ses étriers et s'écria avec une violence heureuse :

« Quel matin merveilleux! Que c'est beau! Ah! Bruno, qu'il est merveilleux de vivre. »

Oui, merveilleux. Par quelle aberration, quelle complaisance à quel insidieux romantisme, avais-je pu prendre pour des charmes la tristesse, la faiblesse, l'inconcevable naïveté d'une femme en retard d'un siècle, et enfin cette confusion qui m'attirait comme un abîme!... Merveilleux de vivre dans la clarté.

En rentrant, je fis passer Hélène par les Quinconces. Nous défilâmes sous la fenêtre de Mme Beaufort. Ce n'était pas une provocation : je ne songeais ni à punir Jacqueline ni à la rendre jalouse; je voulais seulement en finir avec ma faiblesse, avec je ne savais quel sourd regret, avec ce qui m'empêchait d'être facilement heureux.

Mais — voilà mon vice — je suis impuissant devant ce qui est facile. La facilité me hante à la façon d'un mirage et me reste aussi insaisissable. J'admire les simples, j'envie leurs certitudes, leur tranquillité, et malgré moi je n'aime que les profondeurs où l'on se perd. Je voudrais être rationaliste, et je n'ai rien de cartésien, au contraire. A Marité, sans doute, j'ai pris un instinct d'illogisme qui, en réalité, constitue la logique supérieure de l'instinct. Il fallait bien que j'aie quelque chose de féminin, sans quoi les femmes ne m'eussent pas autant captivé — ni aimé. Elles n'aiment pas beaucoup les hommes exclusivement mâles : elles les supportent pour le plaisir violent qu'elles en reçoivent. Et eux non plus ne les aiment pas : ils les méprisent et les soumettent. Moi, je les chérissais. J'ai tout chéri en elles : leur beauté, leur nature, même leurs défauts pourvu qu'ils fussent profondément féminins.

Hélène était certainement aussi femme que Mme Beaufort. Elle l'était même davantage, au bon sens du mot, car elle ne possédait d'une femme que les qualités. C'est pourquoi, je pense, ma perversité inclinait secrètement vers Jacqueline. Et puis, Hélène, je n'avais qu'à tendre la main vers elle. Trop facile, hélas, pour moi!

Quand je revis Mme Beaufort, tout ce qui m'avait éloigné d'elle s'abolit en un instant. Je la retrouvais telle qu'elle m'avait ému puis captivé. Non, rien ne valait sa grâce triste, cette douceur désarmée. Plus triste par ma faute. Quel remords! Elle m'avait senti m'écarter d'elle. Timidement, elle essayait de se rapprocher de moi. Nous étions tous allés au cinéma, en bande.

« Vite », lui dis-je au moment de s'installer.

Je la fis passer sous le nez d'Albert, et, en un clin d'œil, nous nous trouvâmes assis côte à côte tandis que Pichard, son fauteuil occupé sous lui, si je puis dire, allait prendre, au bout de la rangée, la place qu'Hélène me réservait.

L'audace de ce coup d'éclat animait Jacqueline. Elle était un peu effrayée, pourtant une étincelle malicieuse scintillait au bord de ses cils. Elle bavardait vivement avec moi pour n'avoir pas à se tourner vers ma sœur dont elle venait d'enfreindre la loi. Ce petit air frondeur achevait de la rendre adorable. Je me rappelle la fraîcheur de ses dents au milieu de son sourire. Dans l'obscurité de la salle qui s'éteignait, leur clarté tout proche chatoyait comme une source à l'ombre des feuilles.

Nous nous tûmes. Son bras frôlait le mien sur l'accoudoir; sur l'autre, son autre bras touchait celui de Marité. Je le savais. Et quelque exclusivement occupé de Jacqueline que j'aie pu me croire, mon émotion n'eût été ni aussi profonde ni aussi triomphante, si je ne l'avais pas su.

Jacqueline s'approcha un peu plus. De son manteau repoussé sur ses épaules, son parfum m'arrivait tiède d'elle. Sa main pendait près de la mienne. Cette main que j'avais si souvent vue, dans la pénombre du salon, confiée à Marité. A moi maintenant de pouvoir la prendre. Quelle suprême interdiction m'empêchait encore de la toucher? Ce n'était pas seulement le scrupule de la saisir dans cette obscurité trop classiquement propice.

Plus pure que moi, ou plus simple, Jacqueline me l'offrait. Elle ôta son gant et replaça ses doigts plus près encore. Je sentis leur chaleur. Je n'y résistai plus. Mon attendrissement renversa les dernières barrières. J'effleurai ce commencement d'elle. Puis, brusquement et presque violemment, soudain affamé, je m'emparai de sa main tout entière. Qu'elle était menue! Ses doigts si délicats me bouleversaient. Ces ongles de satin! Celui de l'auriculaire ressemblait au bec d'un roitelet. Et cette légèreté, cette douceur plutôt duveteuse que charnelle! J'avais l'impression de tenir un oiseau dont je sentais battre le cœur.

Tant de délicatesse, de fragilité, et aussi cette confiance : c'était tellement tout ce qu'avant même de connaître Jacqueline j'avais imaginé d'elle d'après ce que m'en disait Marité. C'était si bien ce que j'avais aimé dès ce moment à travers ses paroles brèves mais suggestives. Et ma sœur n'avait pu me peindre si exactement en quelques mots ce luxe vivant, que parce qu'elle l'aimait elle aussi.

La similitude de nos sentiments apparaît ici avec évidence. Mais elle ne résout rien. Si elle éclaire le duel où Marité et moi nous étions engagés, elle n'explique pas comment, loin de nous séparer, il nous rapprochait davantage, ni pourquoi, fraternellement enlacés, nous aiguisions si passionnément les poignards dont nous voulions nous percer le cœur.

Non, le dernier mot n'est pas dit. Il me faut chercher toujours plus profondément ce sésame parmi les reflets ardents et tristes de mes souvenirs.

Je ne me rappelle plus si ce fut ce soir même ou peu après, que le nom de Seguin vint sur les lèvres de Marité. En tout cas, il se multiplia bientôt dans les conversations familiales. Jusqu'à ce que, agacé, je pose la question :

« Enfin, qui est ce Seguin?

— Comment! fit Marité. Mais tu le connais! Robert Seguin, voyons! Le juge suppléant. Ce grand garçon blond, très séduisant. Tu l'as bien rencontré chez nous, à G...!

— Jamais vu.

— De toute façon, Jacqueline t'en a certainement parlé! C'était son grand ami : le seul homme qu'elle reçût. On les voyait souvent se promener ensemble... »

Cette graine eût été semée en vain si l'incident le plus insolite ne l'avait tout d'un coup fait germer et fleurir. A moins qu'au contraire — et cela me paraît brusquement bien plus vrai — cette semence ne m'ait préparé à faire sortir des conclusions empoisonnées d'un acte qui aurait dû me ravir.

Nous étions de nouveau au cinéma, cette fois avec les parents de Mme Beaufort. Je me trouvais entre elle et Marité, étrangement partagé entre leurs deux parfums, sollicité par leurs deux présences. D'un côté, ma hanche touchait celle de Marité : elle pouvait sentir mes moindres mouvements comme je percevais sa chaleur. J'étais nerveux, attentif à lui cacher mon contact avec Jacqueline, et pourtant possédé du trouble désir qu'elle sache, qu'elle voie le bras de son amie enlacé au mien et nos doigts étroitement unis.

Soudain, la salle s'illumina. Nous n'avions pas pressenti l'entracte. Avec une présence d'esprit étonnante, Jacqueline retint mon bras que j'allais retirer vivement. En même temps, elle laissait tomber de ses épaules son manteau de nos mains, et, sous cet abri, elle se dégagea.

Mon geste eût attiré les regards. Celui de Jacqueline ne risquait point d'éveiller l'attention. C'était extrêmement adroit — beaucoup trop pour une femme que je voulais naïve. Cet esprit de décision, chez une créature essentiellement hésitante! Je ne pouvais croire qu'elle ait inventé ce geste à l'instant. Marité, avec toute sa rouerie, n'eût pas agi plus vite ni plus exactement. Une pareille précision ne me semblait pas devoir provenir d'un réflexe. C'était, pensai-je avec horreur, le produit d'une longue habitude.

En un éclair, l'idée que j'avais de Mme Beaufort s'était détruite. Je ne la connaissais plus. Cette personne qui bavardait avec ma sœur en se retournant parfois pour me dédier un sourire candide, ce n'était plus Jacqueline. Ou plutôt si : c'était celle dont Marité disait : « Jacqueline *est* un mystère », celle qui avait été « l'amie » du *séduisant Seguin*. Elle pouvait avoir l'habitude d'abandonner ainsi ses doigts à qui lui plaisait. Et pourquoi pas bien pis...?

A tout prendre, que savais-je de Mme Beaufort? Je m'étais fait d'elle un portrait préconçu. Ensuite, quand nous nous étions connus, j'avais automatiquement choisi dans son aspect ce qui cadrait avec cette image, et je l'avais ainsi renforcée. Or, combien de vérités, non moins réelles peut-être que sa douceur et sa distinction, laissais-je de côté sans m'en rendre compte? Ou même volontairement. Par exemple la cruelle parole de Marie-Thérèse : *Ce soir, elle couche avec son mari...* etc. Je l'avais farouchement refusée parce qu'une telle pensée ruinait ma

conception de Jacqueline. Au lieu d'admettre qu'après tout
ma sœur la connaissait mieux que moi, j'avais préféré
croire qu'elle mentait pour me dégoûter de Jacqueline.

Toutes mes idées chancelaient : non seulement celle
que je m'étais faite de Mme Beaufort, mais même les
conclusions que j'avais tirées du comportement de ma
sœur. Ne me semblait-il pas bizarre parce que j'étais
absurde? N'avais-je pas voulu voir de l'hypocrisie là
où paraissait, au contraire, la plus simple franchise et le
désir fraternel de me soustraire aux séductions d'une
innocence trompeuse?

En un instant, toutes mes positions se trouvaient bou-
leversées. Je m'apercevais à la fois que je ne connaissais
ni Jacqueline ni guère mieux Marité.

Que savons-nous jamais d'un être! Tout ce que nous
imaginons de lui procède de nos dispositions à nous.
Nous le construisons avec nos rêves et nos désirs, sur un
thème fourni par ses apparences. Mais les aspects et les
signes les plus simples sont gros de sens tellement différents, et les actes répondent si peu aux intentions! Hormis
le temps, qu'est-ce qui nous fournira des preuves? Au
reste, le temps détruit les assurances successives qu'il nous
apporte. Il ne saurait fixer les âmes, mobiles comme la
mer qui n'est jamais la même et ne change jamais. Apres
des années, nous arrivons tout au plus à connaître chez
ceux qui nous touchent de près les vertus sur lesquelles
nous pouvons compter et les défauts avec lesquels nous
avons à compter. Après avoir vécu dans une si grande
intimité avec Marie-Thérèse, quelle certitude ai-je acquise
à son sujet? Aucune, sinon que, quelle qu'ait pu être sa
vérité, elle la dissimulait profondément. C'était une nécessité essentielle — peut-être de sa pudeur qui se cachait
sous un cynisme habilement affecté et sous des provocations de toute espèce. Mais peut-être aussi ces provocations, ce cynisme constituaient-ils un de ses besoins?...
Ah! je n'en finirai jamais d'interroger ton fantôme — et
mon cœur.

C'est cette perpétuelle énigme — ce sphinx-phénix
toujours renaissant de ses cendres — qui rend le com-

merce des êtres si vertigineux et si captivant. Eternelle
question, espoir insensé de pénétrer en un autre, d'être
enfin un autre. Car c'est toujours l'instinct de nous fuir
qui nous pousse à chercher ou bien d'autres rivages pour
y contempler ce que nous n'avons jamais connu encore,
ou bien d'autres yeux, pour voir à travers eux ce qu'ils
ne voient pas tout à fait comme nous.

Et quand le hasard nous arrête dans cette fuite, quand
il nous montre, ou nous laisse croire, que cette personnalité dont nous nous disposions à nous revêtir est un
simple fruit de nos rêves, nous nous précipitons dans le
sens inverse aussi loin que nous étions allés dans celui de
nos désirs. C'est ce que je fis avec Jacqueline. J'avais
voulu posséder sa candeur et qu'elle m'introduisît dans
son monde noble et pur — le monde de mon enfance
retrouvée. Mais maintenant je ne croyais plus à sa
noblesse. Son sourire me poussait sans cesse plus loin
de sa prétendue pureté.

Dans l'obscurité revenue, je ne repris pas sa main. Elle
chercha la mienne. Je la retirai.

« Qu'y a-t-il? » chuchota Jacqueline.

Je ne répondis pas.

« Bruno! » murmura-t-elle d'une voix sourdement
alarmée.

L'entendre prononcer pour la première fois mon nom
dans de pareilles circonstances, me faisait mal. On aurait
vraiment cru qu'il lui sortait du cœur. Un faible cri
timide. Marité allait l'entendre. Ce ton et ce risque que
Jacqueline consentait à courir me prouvaient combien
elle était sincère. Mais ils ne prouvaient rien de plus.
Elle avait pu l'être avec bien d'autres. Avec ce Seguin...
Avec Pichard...

« Taisez-vous, lui dis-je tout bas. Ma sœur nous écoute.
Je vous parlerai en sortant. »

Quand nous descendîmes, serrés l'un derrière l'autre
dans la masse qui nous entraînait lentement, je lui demandai à l'oreille :

« A combien d'hommes avez-vous déjà donné votre
main, dans un cinéma? »

— Je ne comprends pas. A combien d'hommes? Mais à aucun, voyons!

— Oui? Alors comment pouvez-vous si bien savoir ce qu'il faut faire quand la lumière revient à l'improviste?

— Par exemple! Est-ce donc pour ça!... Moi qui pensais que vous me féliciteriez de ma trouvaille! »

Pour me répondre, elle renversait un peu sa tête en la tournant vers moi. La grâce de ce geste me poignait. Cette élégance de cygne! Ses yeux levés étaient plus grands. Et, de si près, ses paroles m'apportaient l'odeur exquise de ses lèvres.

En bas, les autres déjà réunis au milieu du hall nous regardaient descendre. Sauf le colonel. Quand nous étions ensemble, Jacqueline et moi, il affectait de nous ignorer.

« Madame, je vous félicite, en effet. Votre « trouvaille » est très habile, trop habile pour mon goût. Elle témoigne d'une longue expérience.

— Vous voulez dire... Bruno, vous ne parlez pas sérieusement! C'est pour me taquiner, n'est-ce pas?

— En aucune façon. J'ai peu envie de plaisanter.

— Vraiment! Et moi j'ai peine à croire que vous puissiez penser une chose pareille. Et me la dire », ajouta-t-elle avec une fierté blessée.

Nous arrivions en bas à notre tour. Cela me dispensa de répondre. Ce qui valait mieux; j'eusse été insolent.

Je la quittai pour sa mère. Nous étions venus à pied. Mme Delignère se plaignait des pavés. Je lui offris mon bras. Elle me parlait du film. Je ne l'avais pas vu.

Nous allions par couples : à l'arrière-garde, Marité avec le colonel; puis Mme Delignère et moi; en avant, Jacqueline près d'Albert. Elle lui avait pris le bras. Elle riait souvent. Trop haut.

« Cette enfant a l'air bien gaie, ce soir, remarqua sa mère. C'est vrai que depuis quelque temps, elle se transforme. Ce n'est pas comme mon mari. Il s'assombrit de jour en jour, vous savez. Tandis qu'elle, on dirait qu'elle s'éclaire. Dieu merci! la pauvre petite! qu'elle oublie un peu ses malheurs. Si nous pouvions aussi arriver à distraire le colonel! Mais lui, on croirait qu'il met son point

d'honneur à ne pas se laisser détourner de ses idées noires,
vous savez. Je n'arriverais jamais à le traîner au cinéma
si votre sœur n'insistait pas. Quand il a quelque chose
dans la tête!... »

Mme Delignère, heureusement, n'attendait pas de
réponse à ses confidences. Je les écoutais peu. Je regardais
les silhouettes rapprochées de mon beau-frère et de
Jacqueline. Si elle se trouvait près de lui, c'est que je
l'avais abandonnée, bien sûr. Mais si elle avait vraiment
souffert de ma méfiance, pensais-je, aurait-elle songé à
flirter avec lui pour me piquer, pour me montrer qu'après
tout elle pouvait se passer de moi!

Devant la petite maison des Quinconces, naturellement
elle me tendit la main. J'étais bien obligé de la prendre.
Dans la vivacité de mon ressentiment, je la serrai trop
fort. Jacqueline poussa un petit cri.

Elle expliqua aussitôt :

« C'est ma bague. »

Toujours aussi avisée, décidément!

« Oh! pardon », dis-je sans remords.

Marité nous regardait.

« Depuis quelques jours, dit-elle, Bruno ne connaît
plus sa force. »

Non, je ne savais vraiment rien de Mme Beaufort.
Deux fois en une soirée, elle s'était montrée capable de
feinte, prompte et habile à mentir. Moi qui la croyais si
naïve! Il ne me venait pas à l'idée que l'amour enseigne
vite les petites ruses dont il a besoin. Et celles de Jacqueline étaient bien innocentes. Je n'y songeais point. Elle
pouvait mentir : c'est tout ce que je retenais. Parce que
je pensais au « séduisant Seguin ».

C'était son grand ami... Un garçon blond, élégant
comme elle, sans doute. Bien sûr, pourquoi ne lui eût-il
pas plu autant que lui déplaisait la vulgarité de son
mari!... *On les voyait souvent se promener ensemble,* se
racontant probablement l'un à l'autre en marchant sans
but. *Elle le recevait chez elle.* Ils devaient prendre le
thé, seuls dans la pénombre, à cette heure où les mains

des femmes sont sans force sous des lèvres tendrement
avides... Et si Beaufort rentrait soudain, elle se couvrait
de sa candeur. Dans des yeux qui semblaient si vrais,
comment eût-on soupçonné la ruse!

Rien ne me prouvait maintenant que son inadvertance,
dans le salon, le soir où elle s'exposait, sans paraître le
savoir, au regard d'Albert, n'était pas la pire, la plus
libertine, des coquetteries. Parbleu! Cet étrange sourire
de Marité et son silence, je me les expliquais à présent.
C'était de moi qu'elle se moquait. De mon béjaune.

Libertinage bien vulgaire pour une créature si élégante.
Mais — et de cela au moins Marité m'avait nettement
averti — Mme Beaufort était mariée à un homme grossier.
Il n'avait eu que trop les moyens de la corrompre secrètement.

Jusqu'à cette crise où je m'enfonçais, mon respect pour
Jacqueline et l'extraordinaire immatérialité de mon
amour, m'avaient permis de nier en moi-même ce mariage.
J'avais pu surmonter ses réalités odieuses. Parce que
Jacqueline m'y aidait. Mais elle avait elle-même renversé
les barrières. Rien ne la défendait plus de mes pensées.
Je me disais : tant pis pour elle! Il aurait fallu dire :
tant pis pour moi!

Il m'était trop facile dans la fureur de profanation
qui m'avait saisi, d'oublier son dégoût pour cet homme.
Je ne voulais plus savoir qu'une chose : elle s'était soumise à lui. Et pourquoi n'eût-elle pas menti en cela aussi!
Tout m'assurait, au contraire, qu'elle n'avait pu se
borner à le subir.

Cette notion m'envahissait, proliférait en moi et me
dévorait comme un cancer.

Je ne me figurais pas ce mari. Il restait un être confus,
sans visage : une espèce d'ectoplasme obscène. C'était
même moins une personne qu'une atmosphère, si je puis
dire. Celle de la rue Torte.

Dans un de mes brefs séjours à G..., on m'avait montré
cette venelle cabossée, gluante et sombre. Elle conservait
sa rusticité moyenâgeuse, ses façades en torchis croisil-
lonnées de bois, sa fange, son ruisseau médian qui entraî-

naît lentement des détritus immondes. Les temps modernes — relativement modernes — s'arrêtaient à trente pas. Ils n'étaient intervenus ici que pour suspendre au-dessus d'une porte cloutée une lanterne à gros numéro. Cependant le commerce et la marchandise débordaient cette enseigne. Elle ne désignait pas seulement la maison mais la ruelle entière avec ses ménagères trop pâles ou trop fardées, en robes trop courtes, en peignoirs trop lâches, qui épluchaient des légumes, tricotaient pour leurs bâtards en nourrice ou reprisaient des bas, en attendant le chaland au seuil des estaminets noirs.

Ces maritornes et ces fausses mineures, c'étaient les amantes de M. Beaufort. Son aspect inconnu se concrétisait pour moi dans cette sordidité. Il prenait les traits de cette prostitution ménagère, les couleurs de cet étal de viandes chlorotiques, de ces peignoirs criards, de ces douteuses lingeries, l'avachissement de ces créatures. Il était ce mélange de bête, d'ordure, de veulerie et de cupidité, pourrissant dans cette sentine misérable et terrible comme un accouchement.

Oh! je savais que des gens « très bien » — avocats, médecins, magistrats, commerçants, et même le commissaire de police — lui disputaient les faveurs de ces dames. En vérité, ces messieurs tenaient cercle au bordel avec des manières de salon, et semblaient vouloir introduire dans les salons un langage et des façons de bordel. Tout le monde en paraissait ravi. J'avais passé peu de temps à G..., mais j'avais été frappé par la salacité générale de ses habitants. Ce n'est pas sans raison que G... porte depuis des siècles dans les annales le surnom de « la paillarde », comme d'autres cités celui de « la gaillarde » ou « la coquette ». Ce titre correspond à un caractère véritable des mœurs. G... était une ville singulièrement obsédée où l'on enlevait encore traditionnellement la « jarretière de la mariée », on portait « le chaudeau » aux époux, on faisait « le charivari » aux veuves trop pressées de convoler de nouveau. On y pratiquait peu l'adultère. La ville est trop petite. On s'y connaissait trop. Les filles se renouvelaient davantage, et elles étaient plus commodes. On n'y allait guère au café. C'était la rue Torte qui en tenait lieu, surtout le soir. Le jour, les habitués se retrouvaient dans le bureau de tabac du pont de la Mairie. Ils s'entassaient dans l'arrière-boutique pour se raconter des histoires scatologiques ou obscènes. Le père du buraliste, un vert-galant de soixante-dix ans, passait pour déflorer allègrement les petites filles. On l'écoutait narrer ses exploits et on les rapportait, en raffinant sur les détails, aux « honnestes dames » — qui ne laissaient pas de s'en montrer scandalisées et friandes. Au reste, elles n'étaient pas moins naturellement impudiques que leurs époux. Elles ne faisaient point entre elles mystère de leurs ébats conjugaux, mais s'en communiquaient, au contraire, la chronique — et les recettes.

J'avais été blessé de trouver Marité, après son mariage, apparemment à son aise dans cette atmosphère. Voilà pourquoi j'allai ensuite si rarement à G... Et à présent, dans ma jalousie qui se déchaînait sur Jacqueline, entrait peut-être quelque chose de cette amertume, avec un reste de ma secrète horreur.

Oui, je sais que moi non plus je n'ai pas toujours détesté le libertinage, et qu'à tout prendre, mes maîtresses, comme celles de Beaufort, avaient été jusque-là plus ou moins des professionnelles. Mais elles n'en conservaient pas moins leur dignité, le droit de choisir, de se refuser. Et il y avait en elles cette élégance qui, à mes yeux, pour mon âme, constitue la seule noblesse — et cette beauté charnelle qui purifie tout : jamais, pour moi, quoi qu'elle fasse, une jolie femme ne saurait être obscène. Tandis que c'est une obscénité de n'être pas jolie.

Jacqueline l'était infiniment. De quelque duplicité, de quelques compromissions que je pusse la soupçonner, son charme physique demeurait aussi puissant sur moi. Je ne croyais plus à sa candeur, mais j'en aimais toujours l'apparence. Je détestais ce mirage, mais j'avais besoin de ses aspects. Je n'attendais plus rien de la Jacqueline que j'avais composée de mes propres rêves, mais je ne pouvais me passer de Mme Beaufort.

Je la revis. J'eus l'occasion de m'excuser. Je le fis

sans la moindre sincérité. Jacqueline ne demandait qu'à me pardonner et plus encore à reconquérir ma confiance. J'en profitai sournoisement. Je lui parlai de Seguin. Elle reconnut sans difficulté qu'elle avait eu de la sympathie pour lui.

« C'était le seul homme de ma connaissance, à G..., avec qui je me sentais à l'aise, dit-elle. Je n'avais pas à rester sur mes gardes en sa compagnie. Sa politesse était sans arrière-pensée. Je pouvais l'écouter et lui répondre facilement. Tandis que les autres, derrière leurs paroles, traînaient toujours des choses obscures et sales.

— Je comprends. Il avait une nature comme la vôtre. Et tous les deux, étrangers au milieu d'une société si singulièrement autochtone, vous deviez vous sentir poussés l'un vers l'autre. Dans ces conditions, il était bien naturel que vous vous aimiez.

— Que nous nous aimions! Certainement pas! Nous avions plaisir à passer parfois un moment ensemble. C'est tout. Nous ne nous connaissions même pas assez pour être vraiment amis.

— Je croyais que vous vous promeniez souvent tous les deux.

— Je ne sais ce qui pourrait vous le laisser croire. Sans doute m'est-il arrivé de le rencontrer parfois dans la rue et de faire quelques pas avec lui. Telles furent nos « promenades ».

— En tout cas, vous le receviez chez vous, il y prenait le thé. »

Elle sourit tristement.

« Vous êtes bien et mal renseigné, Bruno. Il avait dîné une fois à la maison; en homme poli, la semaine suivante, il m'a rendu visite : c'était mon « jour ». Il y avait avec moi cinq ou six personnes, dont votre sœur. Il est exact que nous avons pris le thé. »

Elle se défendait bien. J'essayai d'engager le fer autrement.

« C'était un garçon très séduisant.

— Très gentil, très sympathique, mais séduisant : non. Il était trop doux, un peu fille.

— Vous préférez les vrais hommes, les séducteurs très mâles, comme Amédée Pichard, par exemple. »

Elle leva vers moi ses grands yeux chatoyants et répondit :

« Je ne préfère rien. S'il arrive que l'on aime, le choix est fait sans vous. Au reste, poursuivit-elle en baissant ses paupières, pas plus M. Pichard que Robert Seguin, je n'ai le droit d'aimer personne.

— Le droit ne concerne guère ces choses. Mais pourquoi ne m'avez-vous jamais parlé de ce Seguin?

— Pourquoi vous en aurais-je parlé? »

Ce fut à moi de baisser les yeux. Cette question ou trop franche ou trop habile, n'appelait qu'une réponse, et je ne voulais pas la prononcer. Comme je ne disais rien, Jacqueline ajouta :

« Je ne l'ai pas fait parce qu'il n'a jamais eu d'importance pour moi. S'il en avait eu une, d'ailleurs, je serais encore à G... »

Je me demande si les capacités de feindre que je connaissais à Marité, je ne les reportais pas aussi sur Jacqueline. Décidément la mutation était totale! J'avais trop l'habitude d'interpréter presque toutes les paroles de ma sœur, d'y chercher une vérité en marge, pour n'en pas faire autant avec Mme Beaufort maintenant que ma foi en elle avait disparu.

Ses réponses si nettes — son ton calme et triste, sa dignité, me frappaient profondément. Je pensais : « c'est absolument ainsi que l'on parle quand on est sincère. Mais c'est ainsi aussi que parlerait quelqu'un d'habile qui voudrait me convaincre de son entière sincérité. » Or, par deux fois, Jacqueline s'était montrée égale en rouerie à Marie-Thérèse.

J'en revenais toujours là. Et j'en déduisais que, sans doute, dans ce qu'elle me disait de ses relations avec Seguin, il y avait assez de vérités partielles pour donner cette vraisemblance à ses réponses et fonder son apparence si franche sur des fragments de sincérité. Par exemple, elle m'assurait qu'il ne la séduisait pas : *il était trop doux, un peu fille.* Vérité certainement. Vérité aussi lorsqu'elle reconnaissait : *c'était le seul homme de G... avec qui je me sentais à l'aise.* Mais entre ces deux faits réels pouvait très bien s'insérer un troisième dont elle ne parlait pas. Quand on ne connaît qu'un homme avec lequel on se sente à l'aise, même s'il ne répond pas absolument à votre idéal on sait s'en contenter.

De même, elle ne m'avait pas dit : « Il n'est venu me voir qu'une seule fois », mais : « ayant dîné une fois chez nous, il m'a rendu une visite. » Cela n'engageait à rien sa parole pour bien d'autres fois où elle avait pu le recevoir sans qu'il eût dîné chez elle.

Ah! comme j'aurais voulu connaître la machine-à-lire-les-pensées! Comme je comprenais l'irritation des inquisiteurs professionnels devant l'imperméabilité humaine, cette lisse carapace où l'on se retourne les ongles. Lisse et par endroits transparente, éclairée de fausses lumières. De sorte qu'entre ces fenêtres en trompe-l'esprit et ces signaux perfides, le vertige vous entraîne. La rage de l'insaisissable. Le besoin furieux d'une certitude, d'un repos : ce délire à tous égards bien pire que la ruée frénétique vers le spasme et sa délivrance! Ils expliquent la tentation de la torture et l'invention sacrilège de ces drogues par lesquelles notre temps monstrueux ne craint pas de tuer l'homme dans l'homme pour lui voler son ultime secret.

Je cherchais instinctivement une aide auprès de Marité. Sans oser la solliciter. Mais j'eus la faiblesse de lui parler de Seguin.

« Il me semble, lui dis-je, que malgré toute sa séduction, ce blondin n'était pas fait pour plaire à Mme Beaufort.

— C'est possible. Elle paraît, en effet, avoir une préférence pour les bruns.

— En tout cas, il n'occupe pas beaucoup son souvenir.

— Je n'en suis nullement surprise. »

Je tournai et retournai dans ma tête les deux sens de cette riposte narquoise. De Marité et de Jacqueline je ne savais, cette nuit-là, laquelle je détestais le plus.

Le lendemain, je décidai de poser catégoriquement la question : « Oui ou non, avez-vous été la maîtresse de ce garçon? » Mais, devant Jacqueline, je ne pus prononcer que ceci :

« Vous m'avez dit que Seguin vous avait fait une visite de digestion. Est-ce l'unique fois où vous l'avez reçu?

— Où il soit venu me voir, moi, oui. Autrement, il faisait partie des gens qui fréquentaient chez nous. »

Tiens, tiens! Mais alors!...

« Alors, en somme, vous le voyiez souvent.

— Non. Pas très. En dehors de votre sœur, nous n'avions pas d'intimes.

— Sans être intimes, vous avez pu vous trouver seule avec lui chez vous. »

Elle sourit sans gaieté.

« Vous connaissez G..., Bruno, et vous me posez cette question! Il aurait fallu que je sois bien frivole, ou bien téméraire, pour passer ne fût-ce que quelques minutes seule avec lui, dans mon salon. Quels bruits n'auraient pas couru la ville un quart d'heure après!... Non, jamais, ni chez moi ni ailleurs, à part quelques fois dans la rue, je ne me suis trouvée seule avec Robert Seguin — ni avec aucun homme, au reste. »

Cette affirmation ne comportait aucun faux-fuyant. Il me fallait en convenir. Mais, après tout, Seguin m'était indifférent. Il n'avait pas d'importance. L'horrible, l'inexpiable, c'était Beaufort! Celui-là, elle ne pouvait point prétendre qu'elle n'ait pas été seule avec lui! Et, qu'elle en convînt ou non, elle l'avait aimé! Il avait bien fallu qu'elle ait au moins pour lui une certaine complaisance lorsque, fiancée, elle lui avait donné ses lèvres. S'il lui avait vraiment fait horreur, elle n'aurait pas pu se laisser aller ainsi dans ses bras. Ils ne s'étaient tout de même pas mariés sans qu'il y ait eu entre eux quelques-unes de ces étreintes non seulement licites mais encore impérieusement exigées par la tradition.

La pensée de ces fiançailles me torturait plus que toute autre. Sans doute ressuscitait-elle en moi des souvenirs d'autres fiançailles dont j'avais été le spectateur impuissant et déchiré. Je ne me rendais pas compte de cette résurrection, ou je ne voulais pas la connaître. Mais me trompé-je maintenant quand il me semble qu'aux yeux de ma jalousie le fiancé de Jacqueline devait, au plus inconscient de moi-même, emprunter à un autre des traits, une aisance, un charme, que j'avais admirés et haïs.

Je demandai à Jacqueline où avaient eu lieu ses accordailles.

« A Lignère. »

La propriété de ses parents. J'en connaissais l'aspect, car je l'y avais conduite, une fois, avec sa mère et Marité. Ce n'était pourtant pas dans le décor de cette gentilhommière coiffée de tuiles et encroûtée d'épaisseurs de lierre, ni dans son petit parc embroussaillé, que je la voyais en esprit passer en s'appuyant au bras de son « prétendu », levant vers lui son visage docile. Ah! oui : telles étaient bien les images qui me rongeaient : ces mains enlacées, ce langage des yeux, ce don de confiance — tellement plus grave que celui du corps! — ces approches timides et pleines d'espoir. Mais ce film avait pour décor la silhouette d'un château illustre, un jardin à la française, les barrières blanches qui en séparent le logis du régisseur — le baron disait « mon intendant » — cette petite maison où Marité et moi nous avions grandi, et où Albert était entré pour m'enlever ma sœur.

Il m'avait fallu tout mon orgueil, et aussi ma rancune contre elle, pour ne pas laisser couler mes larmes quand elle était venue me dire bonsoir et m'embrasser dans mon lit pour la dernière fois. Ce soir-là j'avais connu le goût de ses pleurs. Elle n'était pas fière de sa trahison. Savait-elle qu'elle me sacrifiait à sa vanité, à son ambition de franchir les barrières, à l'illusion d'être amoureuse et au désir? Seul dans les ténèbres de ma chambre et du monde, j'avais pleuré sans honte à l'idée que demain elle s'en irait là-bas, à G..., si loin de notre maison, de notre enfance. En rentrant chaque soir de B..., je ne trouverais plus son parfum, son éclat, sa beauté, son mystère, ses humeurs. Je ne la retrouverais plus jamais, nulle part. Elle allait devenir une autre femme. Et sans doute, hélas, je m'habituerais à l'avoir perdue!

Insidieusement, je questionnai Jacqueline sur ses fiançailles. Elle n'en parlait pas volontiers, mais je la forçais dans sa réserve.

« Au début, vous avez eu au moins de la sympathie pour M. Beaufort. Autrement, vous n'auriez pas accepté qu'il vous fasse la cour.

— Mais je ne l'acceptais pas!

— Non, vraiment? Lorsqu'il venait, vous mettiez votre

plus vieille robe? Vous vous coiffiez de la façon qui vous allait le plus mal? Enfin vous faisiez votre possible pour qu'il vous trouve laide?

— Non, mais je ne souhaitais pas qu'il me trouve belle. En vérité, je ne prêtais pas d'attention à la façon dont je m'habillais. D'ailleurs, laide ou pas, il était résolu à m'épouser.

— On vient à bout de décourager des résolutions plus fermes. Quand on le veut.

— Peut-être, mais comprenez-moi, je ne pouvais pas vouloir le décourager puisque mes parents désiraient que je l'épouse! »

Cette réponse, à laquelle nous revenions toujours, me faisait l'effet de la muleta sur le toro.

« Vous le refusiez donc en vous-même. Vous ne le supportiez pas. Cependant vous restiez seule avec lui...

— Le moins possible!

— ... et vous alliez dans le parc. Il vous tenait les mains. Il vous embrassait. »

Elle baissait les yeux et ne répondait pas. Je ne prenais point pitié de sa détresse. Mon malaise valait le sien. Je sentais tout ce qu'il y avait de sordide dans ces questions, dans mes reproches. Mais ce harcèlement partial et bas me vengeait — et pas seulement de Jacqueline.

J'en vins à son mariage. Elle disait que tout l'y avait déçue ou révoltée, depuis le véritable caractère de son mari, découvert trop tard, jusqu'à la rapacité de sa belle-mère et leur vulgarité à tous deux. C'était vraisemblable. Je savais combien la moyenne bourgeoisie peut être bour beuse, surtout dans l'arrière-province. Il n'y a pas d'air dans ces petites villes. Tous les instincts y fermentent en vase clos. Quelle descente aux sentines des enfers, pour une âme délicate, cette chute dans la mesquinerie, l'intolérance, la salacité, le goût du gras, qui prospèrent à G... C'est l'histoire de Mme Lafarge, en Corrèze.

« Je comprends votre écœurement, dis-je à Jacqueline, mais votre mari ne vous répugnait pas tellement, puisque vous êtes restée plus d'un an avec lui.

— Je l'avais accepté, il me fallait bien le subir.

— Le subir! Il y a des contacts dont, avec toute la volonté du monde, on ne saurait tolérer pendant aussi longtemps la répétition, si l'on n'y trouvait, peut-être malgré soi, du plaisir.

— Je n'y ai jamais trouvé que du dégoût et l'horreur de moi-même, dit-elle en rougissant. Puis elle me regarda et ajouta doucement : Il y a des choses que je commence à oublier. Pourquoi voulez-vous m'en faire souvenir! »

Juste ce qu'il fallait répondre. Oh! je connaissais son adresse, son sens des situations — et ce jeu de cils si touchant! Mais ces ruses ne me démonteraient pas. Mon père m'avait appris à ramener vingt fois, cent fois, un cheval sur l'obstacle. Plus elle se dérobait, plus elle augmentait mon acharnement.

Qu'est-ce que je voulais lui faire dire? Je ne le savais même plus. Cherchais-je encore à la convaincre de duplicité? J'avais surtout besoin de la tourmenter, de lui communiquer la contagion de cette incertitude trouble et haletante qui remettait en question, en moi, tout un passé et tout un destin.

Je la soumis à de véritables interrogatoires. Mais j'écoutais à peine ses réponses. Elles ne m'importaient plus. D'ailleurs, je les connaissais d'avance. Non, en vérité, je n'interrogeais pas : j'accusais.

« Comment auriez-vous pu épouser cet homme si vous n'aviez eu pour lui une certaine tolérance?... Comment conciliez-vous cette horreur de vous-même, que vous prétendez avoir toujours trouvée auprès de lui, et vos efforts pour établir entre lui et vous une communauté?... A quoi donc se bornaient ces efforts? A veiller sur sa maison, sur sa table? Un homme et une femme ne s'attachent vraiment que par les liens de chair. Après un mois de mariage, vous ne pouviez plus l'ignorer. Vous ne me le ferez pas croire. Que vous avez été dégoûtée : peut-être. Mais vous avez été complaisante : c'est pire. »

Tous ces reproches insensés, et bien d'autres, je n'hésitai pas à les lui jeter à la tête. Parce qu'à ces moments d'une rage qui remontait du plus lointain de moi, je ne voyais sans doute plus son visage à elle : cette pauvre petite figure meurtrie, mais des yeux noirs immobiles, des traits pâles, impassibles et peut-être secrètement heureux sous mes outrages.

Et je me refusais à comprendre ce que signifiait la patience désespérée de Jacqueline à les subir, à me répondre avec une bonne foi implorante où je ne voulais reconnaître que de la fidélité à une attitude.

Elle me dit, un jour :

« Cherchez-vous à me prouver que j'aimais mon mari? »

Tel semblait être en effet mon but. Encore une fois elle avait raison. Et sa raison m'exaspérait.

Mais le tableau de mes tourments serait grossièrement incomplet si je n'y ajoutais le plus profond, le plus conscient : le chagrin de faire souffrir ainsi Jacqueline, alors que je souhaitais la rendre heureuse. Je croyais ne m'être attaché à elle que par ce désir ému et tendre. En le démentant par mes actes, je me contredisais, je me détruisais moi-même.

Par une intervention singulière — mais logique, en somme, et subséquente — c'était auprès de ma sœur, quand elle me parlait de Jacqueline, que je sentais le plus cruellement ce chagrin. Logique, oui, car auprès d'elle je retrouvais le souvenir du mirage : l'image de l'être idéal et charmant dont je m'étais épris à travers les confidences de Marité. J'en sollicitais de nouvelles. Comme j'aurais voulu qu'elle m'aidât à ressusciter Jacqueline, que nous construisions ensemble une créature inaccessible à force de nous plaire, une de ces visiteuses estivales du château : immatérielle apparition en mousseline blanche.

Seulement, malgré moi, ce désir déviait en traversant, si je puis dire, l'épaisseur du réel. Il se perdait dans ces méandres qui mènent d'un souhait aux paroles et aux actes. Finalement, ce n'était pas des éléments de poésie, mais les renseignements les plus triviaux, que je cherchais auprès de Marie-Thérèse. Quand je me rappelle ces conversations apparemment pleines d'abandon et de confiance, la honte me brûle les joues. Quel concours d'hypocrisie entre nous! quelle tacite convention de duplicité. Nous avions l'air de parler de choses et d'autres en toute intimité. Incidemment, la conversation en venait à G... Et c'était aussi par hasard que Beaufort, Seguin ou d'autres, y entraient à pas sournois.

« Tu comprends, disait Marité, à G... on vit sur quelques thèmes primaires : l'argent, le sexe, la mangeaille, les préséances. Tout fermente dans ce trou; il n'y a ni mouvement ni diversions. La politique même ne change pas : les fils prennent la suite des mandats de leurs pères. Beaufort était rien moins qu'un homme brillant, mais ne valait rien de moins que tant d'autres. Il aimait bien sa femme, comme il aurait aimé son chien. Il ne la respectait pas, parce que, là-bas, personne n'a l'idée de respecter les femmes. On les considère comme des instruments. Dartigeois, le bâtonnier, déclarait couramment qu'il donnerait volontiers dix mille francs pour passer une nuit avec Jacqueline. Beaufort en était flatté. Et sais-tu ce qu'il a dit? « Dartigeois n'est pas malin. Moi, j'ai touché deux cent mille francs pour coucher avec elle toutes les nuits. » C'était un trait d'esprit, mon cher. Tout le monde l'a trouvé magnifique!... Comment Jacqueline n'aurait-elle pas éprouvé une vive sympathie pour Seguin? Sa distinction la changeait de tout ça. Ils se reconnaissaient. Il lui restituait sa vraie condition.

— Ils semblent s'être très peu vus, pourtant.

— Peut-être. Au fond, je n'ai jamais cru qu'elle ait eu avec lui de véritables faiblesses, malgré tout ce qu'on racontait sur eux. C'était de ces commérages effarants. Qu'est-ce que les gens n'inventeraient pas!

— Que racontait-on?

— Oh! des choses ridicules.

— Mais encore », insistai-je nonchalamment.

Elle me faisait mourir.

« Eh bien, on prétendait les avoir aperçus, à la nuit tombante, dans le bois de Cheverny, elle sur ses genoux et à moitié nue. Tu vois l'extravagance. Comme si Jacqueline était femme à se déshabiller dans la nature! Mais non, tout ce qu'il a pu y avoir entre eux, c'est au plus

quelques baisers sans grande conséquence... Peut-être lui
donnait-elle sa main ou sa jambe, quand elle était près
de lui au cinéma », conclut Marité en faisant miroiter
ses ongles qu'elle achevait de polir.

Ce n'est pas « ma Rose noire », que papa aurait dû
t'appeler, mais vipère. Belle et enlaçante vipère!

Ses soins et mes dispositions avaient réussi à empoi-
sonner mon amour d'une telle amertume que je ne pouvais plus voir Jacqueline ou y penser, sans souffrir. Je la
harcelais et je la fuyais. Puis je retournais vers elle, plein
de remords, pour la heurter et la fuir de nouveau.

Sa mère ne comprenait pas pourquoi, après avoir paru
« s'éclairer », elle redevenait plus triste que jamais. Cette
bonne dame me confiait parfois sa perplexité et ses inquiétudes « vous savez ». Je me retenais difficilement de lui
crier : si quelqu'un devait connaître Jacqueline, ce serait
bien vous! Ce qui témoigne de mon égarement, car personne n'est aussi inapte à nous connaître, que nos
parents.

Au spectacle, je ne me mettais plus à côté de Mme Beaufort mais d'Hélène. J'étais sûr qu'elle n'avait donné sa
main à personne. Elle ne me la donnait même pas à
moi. Elle passait franchement son bras sous le mien, en
pleine lumière, et me déridait un peu par sa gaieté. Elle
était d'une autre race, mais surtout d'une autre génération
que Jacqueline. En fait, il y avait des siècles entre elles.

On ne saurait tout exprimer en même temps. Pour
retracer les méandres de ma progression entre Jacqueline
et Marité, j'ai négligé Hélène. Elle occupait dans ma vie,
même pendant cette période, une place importante. On
ne l'aperçoit guère ici. C'est qu'en moi Hélène appartenait à un plan bien différent de celui où se déroulait
cette étrange passion. Hélène se rangeait avec mes certitudes constitutives : mon goût des livres et de l'étude,
mon amour très fort pour mon père, et tout ce que ma
passion côtoyait, refoulait parfois un peu, mais n'entamait
pas.

En vérité, je n'éprouve aucune envie d'analyser mon

affection pour elle. pas plus que ces choses. Elles ne m'ont point laissé de doutes. elles sont claires. Hélène, c'est un fait. Je n'ai besoin de me la rappeler que dans les faits. dans ses passages au milieu d'un trio dont elle demeure exclue. Si elle a participé quelquefois à ce concert où sa santé et sa vigueur détonnaient. ce fut seulement grâce aux artifices de ma sœur. et pour ses desseins.

Selon sa coutume. le choix des moyens ne la tracassait pas. Les pires lui étaient bons. Bien entendu, elle ne perdait pas une occasion de nous réunir. Hélène et moi. de nous faire danser — alors que Jacqueline ne dansait jamais. « à cause de sa situation ». Mais encore, Marité nous ménageait des tête-à-tête. Elle alla jusqu'à m'amener Hélène dans ma chambre. Elle nous habitua à y rester seuls.

Et voici un de ces « faits ». Elle l'avait minutieusement préparé. Il ne lui servit point.

Assise sur mon divan. tenant Hélène par la taille, elle la faisait bavarder. Elles formaient un contraste et une harmonie La beauté sévère de Marie-Thérèse accentuait la fraîcheur d'Hélène. la somptuosité de la femme et l'élégante gracilité de la jeune fille s'illustraient mutuellement. Marité ne l'ignorait pas. Pas plus qu'elle n'ignorait, je présume, de quel trouble transport sa présence avait nuancé mon émotion quand je touchais la main de Jacqueline au cinéma. ni quelle chaleur son rayonnement charnel communiquait à ses paroles. le soir où elle m'avait dit qu'Hélène m'aimait passionnément. Mais elle ne savait point qu'à présent Hélène, en moi. se trouvait à l'abri de cette contagion. Bien plus : la simplicité de son amour me prémunissait contre toute équivoque.

Et pourtant!... Oui, malgré tout, Marité réussissait à troubler notre climat, rien que par sa présence, par les suggestions de son éclat. de sa personnalité. de sa forme irritante, avec ses cheveux tellement lisses et tellement noirs. la fleur sauvage de sa bouche. les feux qui couvaient à l'ombre de ses cils.

En prenant le thé. assis au pied du divan, j'éprouvais le plus pur plaisir à regarder Hélène, mais je voyais aussi

les mains incomparables de Marie-Thérèse et ses jambes
splendides dont un luisant de verre filé soulignait les
contours. N'était-elle pas, elle-même, un peu grisée par
cette atmosphère épaissie d'effluves électriques? Ne se
prenait-elle pas au piège de sa témérité? Pourquoi rele-
vait-elle ainsi, nerveusement, ses larges manches de velours
sur l'entière nudité de ses bras? Ce geste, Albert le connaissait bien, sans doute : il concernait, il suggérait un mystère interdit à mon avidité et même à mes songes, toute
une profondeur de vie où Marité m'échappait, où elle
dépouillait à d'autres yeux ses masques, ses artifices, où
elle n'était plus, dans l'immédiate sincérité de l'instinct,
qu'une femme voluptueuse et superbe. Il me poignait jusqu'au fond de l'être. Ses bras relevés derrière sa tête irra-
diaient la pénombre d'une clarté plus fascinante que les
rais de soleil passant à travers les volets mi-clos.

Hélène se troublait, son sourire devenait difficile, ses
paroles trébuchaient contre ses dents. Lourde et affaiblie,
elle s'enfonçait dans les coussins. Je voulais réagir, rompre
violemment ce mauvais charme, mais je subissais son
emprise. Je voyais le danger, l'erreur; je n'y pouvais parer.

Marité offrit une cigarette à Hélène, fuma avec nous,
un instant, puis se leva en disant qu'elle devait sortir.
Elle alla dans sa chambre, repassa, nous répéta « Bonsoir ». La porte du petit salon battit derrière elle, puis
celle du jardin, et nous demeurâmes dans le silence.

Engourdi, ou plutôt englué, je regardais Hélène. Je
souhaitais lui dire : « Venez. Allons au jardin. » Je le
disais en moi-même. Les mots restaient dans mes limbes.

Hélène fumait avec maladresse. Elle posa sa cigarette
au hasard, dans une tasse. Sa main hésita, vint vers moi.

« Vous êtes bien loin, Bruno. »

Je sentis sur mon poignet sa paume chaude. Elle m'attira et je me laissai aller lâchement.

« Plus près, voyons! Vous avez peur de moi?

— Oui. Ecoutez, Hélène : allons-nous-en. Sortons.

— Pourquoi? Je suis si bien. Je n'ai pas peur. »

C'est elle qui se rapprocha. Dans ses yeux, de minuscules points dorés brillaient comme des paillettes à travers

une eau sombre. La tendresse rayonnait de son visage soudain mûri et baigné d'une beauté solennelle.

« Hélène, je vous en prie. C'est un piège. Et vous êtes redoutablement tentante. »

Mais malgré moi je me penchais sur elle. Ses narines battaient. Son souffle soulevait fortement sa poitrine. Je ne voyais plus que ses lèvres, ses yeux pleins de mon image et qui m'appelaient plus près, encore plus près. Je ne voulais pas.

« Il y a si longtemps que j'espérais, malgré tout, ce moment », murmura-t-elle avec une extraordinaire gravité.

Ses bras se nouèrent autour de mon cou.

Sa bouche était gonflée, affamée. Tout son corps se souleva vers moi.

« Je vous aime, Bruno, je vous aime », gémissait-elle d'une voix tremblante où il y avait une supplication autant qu'un aveu.

Elle m'enlaçait, m'attirait. La vieille magie du désir enflammé au contact de ce corps si entièrement offert, m'emportait, changeait en ardeur ma tendresse et ne me laissait plus savoir qui je tenais dans mes bras.

Mais soudain, échappée du désordre de ses vêtements, son odeur juvénile, ce clair parfum de lavande que le vent m'apportait quand je galopais derrière elle dans la fraîcheur du matin, m'atteignit. Je m'arrachai.

« Hélène! Non. Ce n'est pas possible... Ce n'est pas possible maintenant. »

Elle se cacha la figure au creux de son bras.

« Si nous cédions à notre désir, je ne vous aimerais plus après. Vous seriez avilie. Non : quoi qu'il doive arriver entre nous, ça ne peut pas être ainsi. »

Je ne savais guère ce que je disais. Pourtant elle me comprit — et bien au-delà de mes paroles. Elle découvrit ses yeux vernis de larmes retenues.

« J'attendrai toute ma vie s'il faut, dit-elle en se jetant contre ma poitrine. Je vous ai aimé et je me suis donnée à vous le premier jour où je vous ai vu, au bal du lycée. C'était mon premier bal. J'avais quinze ans. Vous ne

pouvez pas savoir combien j'ai pensé à vous pendant ces
cinq ans! combien j'ai été jalouse de toutes ces femmes,
et même — et surtout — de votre sœur. C'est elle encore
qui vous empêche de m'aimer.

— Non, voyons! Au contraire...

— C'est elle. Je le sais. S'il n'y avait que l'autre, ce
ne serait rien. Mais peu importe, je vous gagnerai. »

Je n'en étais plus sûr. Cette certitude un peu trop
péremptoire, affichée dans la franchise maladroite de la
passion, me refroidissait. Je n'avais pas beaucoup de goût
pour le despotisme — quand ce n'était pas moi qui
l'exerçais. Mon admiration pour Hélène grandit, mais
je me défiai de sa force. Elle me disposa, bien involontairement, à retrouver plus d'attraits aux faiblesses de
Mme Beaufort.

Allons plus loin. Ce qu'elle m'avait dit de Marie-Thérèse m'avait peut-être secrètement déplu. Ne redoutais-je
pas autant que sa force cette inquiétante lucidité? Parce
que je n'avais pas bonne conscience. En m'écartant un
peu d'Hélène, n'était-ce pas ma lâcheté envers elle, ma
duplicité soudain entrevue, que je fuyais?...

Juin épanouissait le jardin. Un précédent locataire en avait fait une roseraie. En cette saison, ce n'était plus qu'une masse de fleurs. Leur turbulence multicolore, harmonieuse et odorante, régnait souverainement. Elles assaillaient la façade, elles criblaient les pelouses, elles tissaient par-dessus les allées des voûtes où le vent arrachait parfois des pluies de pétales. Au rond-point, devant la maison, un énorme pleureur mauve élevait sur ses supports de fer une ombrelle assez vaste pour couvrir tout le cercle des fauteuils.

Le beau temps nous faisait déserter les salles de spectacle et les salons. D'ailleurs, la « vie mondaine » se terminait. Le concours hippique — où Hélène s'était distinguée presque autant que son frère — avait réuni une dernière fois les snobs. Ceux que leur métier n'enchaînait pas s'en allaient à Paris pour la « grande saison ». On ne se recevait plus qu'entre intimes. A cause des agréments de notre jardin — dont Marité se montrait fière et soigneuse — nos amis se retrouvaient plus volontiers chez nous, après le dîner. On restait tard à bavarder dans l'ombre tiède piquetée par les feux des cigarettes. Sur les robes pâles les bleus de la nuit luttaient avec les derniers jaunes du crépuscule.

Je ne puis dire que je fusse heureux, ni même paisible, et cependant ce charme facile ne laissait pas d'exercer quelque action sur moi — sur nous tous, au demeurant. Pour en juger, il n'était que d'entendre avec quelle nonchalance, quelle physiologique incrédulité, on parlait, sous les roses noircissantes, de cette guerre dont la menace nous paraissait à tous, sauf à Pichard, invrai-

semblabble. (Il y aurait bien des choses à écrire sur notre
culpabilité, mais ce serait hors de mon propos.)

Cette influence amollissante m'inclinait à la douceur.
Je ne tourmentais plus Mme Beaufort. J'avais été frappé
par sa totale indifférence devant la grande allure et les
succès de Da Monti au concours hippique. Visiblement,
il avait voulu briller pour elle, mais elle n'était venue
qu'à contrecœur et ne lui avait accordé aucune attention.
Elle paraissait harcelée, lasse, excédée de son charme
comme les rosiers du poids écrasant de leurs fleurs, et
prête à se rendre à je ne savais quel mystérieux appel.
Ce n'était pas moi qui l'eusse prononcé. D'ailleurs elle
semblait souffrir de ma présence comme j'avais souffert
de la sienne. Elle m'abandonnait et se rapprochait de
Marie-Thérèse.

N'eût été la maladresse inconsciente d'Hélène, tout
entre Jacqueline et moi pouvait se dénouer ici mollement. Je l'aurais oubliée pour Hélène. Elle aurait accepté
probablement d'autres consolations, pensais-je.

Ce fut alors que le hasard intervint — pour ajouter
à la confusion. Aujourd'hui, je ne peux plus croire à
ce qu'il m'a semblé deviner. C'est impossible. Tout en
moi se soulève contre cette imagination, je conçois à peine
comment j'ai pu la nourrir. Mais tout alors semblait
concourir à sa vraisemblance, et dans mon âme labourée,
exercée peu à peu à ne respecter plus rien, à soupçonner
le pire, elle trouvait un terrain trop favorable.

Le docteur Rolland, Mme Beaufort, Hélène et moi,
nous nous promenions dans la grande allée à la nuit
tombante. René Da Monti, Albert et Pichard tenaient un
conciliabule sous les fenêtres de la salle à manger. Marité
et Mme Rolland venaient d'entrer dans la maison.

Je m'aperçus que Jacqueline frissonnait.

« Je vais vous chercher le châle de ma sœur », dis-je.

Il était dans sa chambre. J'y courus, escaladai le perron
et poussai la porte-fenêtre. Une exclamation jaillit de
l'ombre. Il y eut un mouvement confus, un bruissement
d'étoffes tandis que la voix de Marité demandait tranquillement :

« C'est toi?

— Dieu que vous m'avez fait peur! dit Mme Rolland.

— Mille pardons, je vous croyais toutes deux au salon. Je cherche ton châle pour Mme Beaufort. »

Marité alluma. La clarté nous éblouit. Puis je vis le châle sur un fauteuil. Je ne m'attardai pas.

Mais ensuite cette scène me revint à l'esprit, et j'y découvris je ne sais quoi de louche. Je me rappelais les détails. Chacun n'avait rien d'extraordinaire. A présent, ils me paraissent très banaux. A ce moment, dans l'état de suspicion permanente où j'étais, je trouvais à leur ensemble un air sournois, je ne savais quoi de furtif, de bizarrement occulte.

D'abord, pourquoi Mme Rolland et Marité étaient-elles dans cette chambre? Pourquoi y demeuraient-elles dans le noir? Pourquoi ce mouvement, ce bruissement de robe à mon entrée? Enfin, pourquoi Marité était-elle, quand elle avait allumé, à une telle distance de Mme Rolland?

Cet éloignement me suggérait son contraire. Elle avait voulu m'apparaître si loin de son amie, parce que, un instant plus tôt, elle s'en trouvait peut-être trop près. Ce froissement d'étoffes, je le reconnaissais, ce faible soupir d'une soie qui retombe brusquement.

Comment ne pas deviner alors pourquoi elles avaient cherché cette solitude et ces ténèbres! Ma certitude me remplissait d'horreur.

Je ne pensais pas à trois choses : l'obscurité de la chambre me semblait complète parce que je venais du dehors, mais pour Mme Rolland et Marité elle n'était sans doute pas telle qu'elles eussent besoin de lumière.

Deuxièmement, Mme Rolland pouvait être là pour réparer quelque accident survenu dans sa toilette, et, du jardin, tout le monde l'aurait vue y pourvoir si l'électricité avait été allumée. Ce bruit de soie, c'était celui de sa robe qu'elle avait laissée retomber à mon arrivée. Enfin, Marité se trouvait loin d'elle tout simplement parce qu'elle attendait, près du commutateur, que son amie ait fini pour allumer.

Un seul détail reste, auquel je ne découvre pas d'explication. Pourquoi Mme Rolland et Marité étaient-elles entrées par le salon, où je les croyais encore? Pourquoi tout ce détour? Il conserve à leur action une nuance clandestine et comme un dessein de donner le change. Mais agissons-nous toujours selon la logique! A ce dernier point il y a une raison aussi simple que les autres. Elle ne m'apparaît pas : voilà tout.

Non, jamais cette « vision », comme dit Saint-Simon, ne m'eût effleuré si mon imagination n'avait été pervertie par mes tourments de ces derniers mois, et si, peut-être, je ne reportais sur ma sœur cette rage de profanation qui se calmait vis-à-vis de Jacqueline.

Il faut dire aussi que l'inquiétante personnalité de Mme Rolland ne m'influençait pas peu, en l'occurrence. Avec une autre femme, la même scène n'aurait nullement arrêté mon esprit. L'attirance que sa sensualité agressive et pourtant mystérieuse exerçait secrètement sur moi, l'aversion plus grande que j'avais instinctivement pour elle, enfin ces bruits d'après lesquels elle aurait occupé une place de choix dans le pandémonium de Richard Artigues, m'obligeaient à lui attribuer des vices. Je lui avais d'abord supposé un appétit immodéré pour les petits garçons, mais cette autre gloutonnerie convenait mieux encore à ses airs d'opulente ogresse.

A cause de cette femme et de ce hasard, j'ai pris pour une pauvre perversité charnelle ce qui était, ce qui ne pouvait être, qu'une nécessité autrement exigeante. Dans ceux qu'elle aimait, Marité avait besoin de substituer sa fatalité à leurs médiocres destins. Il fallait qu'elle nous communique son goût du luxe, sa somptueuse violence, et peut-être ses tentations. Elle savait que toute réalité est vaine, que la vie et la mort sont inutiles. Ce vide misérablement quotidien que chacun remplit comme il peut, elle le comblait de rêves impossibles, d'appels sans adresse, d'ambitions qu'elle eût quittées sans regret. Pour de telles âmes, il n'est pas de leurre. Les tentations exceptionnelles d'un vice ou d'un amour coupable pouvaient te plaire, mais non leur réalisation te séduire. Ton vol dépassait les régions où l'air, pour subtil qu'il soit, soutient encore. Au-delà de tout acte, il te fallait l'exaltation d'un défi constant et universel qui était à lui seul sa raison d'être.

Cette fois, t'ai-je enfin compris?

Il y a douze ans, j'étais trop jeune. De quel aveuglement n'ai-je pas été coupable envers toi!...

Ma découverte mettait soudain entre nous une distance pleine de ténèbres. Toute ma tendresse s'y écroulait, ruinée par une obscure répulsion, mais plus encore par la colère d'avoir été trompé jusque par les séductions d'un excessif amour. N'était-il donc qu'un masque, et bien pis! Cette jalousie, cette tendre haine, ces caresses où la dent perçait et ce feint désespoir n'étaient que des moyens de me faire servir à une entreprise de dépravation! Je revoyais les événements de cet hiver et je comprenais trop bien comment Marité, après m'avoir employé comme appât pour retenir Jacqueline près d'elle, puis comme chien de garde pour écarter les autres, s'efforçait de m'en dégoûter.

Mais vraiment, elle y déployait une ingéniosité, une absence de scrupules et une obstination malgré tout singulières! Pour qu'elle soit allée jusqu'à nous réunir, Jacqueline et moi, après cette rencontre chez *Rocher*, il lui fallait un motif bien puissant! Je me demande... Elle était capable de défendre toute seule Jacqueline d'Albert. N'est-ce pas plutôt pour la mettre à l'abri de Mme Rolland, qu'elle dût recourir de nouveau à moi?

Ah! je deviendrai fou dans cette chasse au fantôme! A peine me suis-je fait une conviction, une version inverse se présente, aussi vraisemblable. Plus vraisemblable! Des âmes, des vies, des créatures entièrement contraires se succèdent — ou peut-être se mêlent — derrière ton visage insondable.

Ma sœur! C'est-à-dire presque un autre moi-même. Quelle sanglante ironie! Ma sœur : non, tu es l'Inconnue, tu es pour moi la femme dont la beauté couvrira à jamais le mystère. Tu rends un sens torturant, une chair, un éclat de feu à la vieille alternative : ange ou démon?

Es-tu l'ange de cet amour désincarné qui brille dans mes souvenirs en traits de flammes les plus pures? Es-tu ce ténébreux génie que Poe appela Démon de la perversité? Etais-tu cette Hippolyte qui dans *Les Fleurs du Mal* « couve Delphine avec des yeux ardents comme un animal fort qui surveille une proie après l'avoir d'abord marquée avec les dents » (à G...)? Cherchais-tu à noyer dans cet abîme un impossible amour qui t'avait déjà une fois donné le goût de la mort? Cela, je l'ai parfois pensé et je peux te comprendre. Ou n'étais-tu enfin qu'une âme malheureuse et trop fière?...

Et pourquoi, à tout prendre, Marité n'eût-elle pas aimé Jacqueline comme je l'aimais! Il fallait ma jeunesse, ma présomption, pour m'en indigner. L'amour ignore la morale et ses règlements pudibonds. C'est lui qui choisit, comme me l'avait si bien dit Jacqueline. Si tu l'as voulue assez violemment pour me la disputer à coups de poignard, cela aussi maintenant je pourrais le comprendre et aimer en toi cette passion qui convient à ton héroïque démesure...

Mais cette explication non plus n'est rien moins que certaine. Qui sait si, plus perspicace que moi, ou connaissant mieux Jacqueline, en t'efforçant de m'écarter d'elle tu n'as pas cherché tout simplement à m'éviter une déception?

Tes yeux se sont fermés loin de moi sur ton secret qui me devient sans cesse plus indéchiffrable. Pourquoi chercher encore? A quoi bon? Ah! laisse-moi, quitte-moi. Je pourrais t'oublier.

T'oublier! Quelle folie! Tu as en moi des racines que l'on ne tranche pas. Parfois, et de plus en plus souvent, je *vois* soudain ma femme, et malgré moi je pense ou plutôt une part très obscure de moi-même pense : quelle est cette étrangère? Dans cette usurpatrice, cette autre, pourtant bien chère, je ne reconnais pas la compagne unique, la première, la créature qui accompagne pour moi la création et à travers qui je la découvris : celle qui reste mon enfance, ma jeunesse, tout mon passé, celle qui ne fut jamais « vous », mais avant même que j'aie su former cette immense syllabe, était déjà « toi ». Toi : mes pleurs enfantins, mon témoin, mon juge, ma peur, ma récompense, l'aube de mes désirs, mes promesses, ma consolation, ma certitude, mon mystère. Mon éternel mystère! Toi, qui m'as révélé à moi-même, qui m'as presque tout appris, et dont je ne sais rien!

UNE fois de plus, j'ai abandonné ce cahier. Une fois de plus, je le reprends. Des jours ont passé, j'ai travaillé, j'ai terminé, ce soir, mon étude sur Mme de Lamballe — encore une femme simple et mystérieuse, marquée par une singulière fatalité. Il ne me reste plus qu'à raboter ce livre, à lui faire subir le dernier travail qui efface les traces du travail. L'hiver s'use et marque une pause. Hier, au pied des tilleuls, dans l'herbe encore décolorée, j'ai cueilli la première violette.

Pourquoi n'ai-je pas brûlé ce cahier? Qu'est-ce qui m'a retenu au dernier moment?... A quoi bon cet éternel ressassement, ces plaintes, ces souvenirs inutiles! Il faut laisser les morts... N'ai-je pas tout ce que l'on peut souhaiter! Mon métier, je l'aime et je l'ai choisi. Il nous donne l'aisance, en un temps où trop d'écrivains meurent de faim. J'ai rendu une femme heureuse. Non loin de moi, en ce moment, elle s'apprête pour la nuit et j'entends le doux bruit de ses pas, de la chanson qu'elle fredonne. Ne suis-je pas comblé! « Tu es un homme insolemment heureux », m'écrit R.

Heureux comme Midas. Tout ce qui m'environne est d'or. Tout, autour de moi, brille d'une richesse admirable, et je ne peux la consommer. Une infranchissable distance me sépare de ce qui pourtant me confronte. Mes mains sont devenues inaptes à saisir. C'est seulement du bout de ma plume que je puis toucher et sentir. Je ne vis que devant cette table. Partout ailleurs je suis un fantôme : tout me traverse. Mais un fantôme charnel : en me traversant, tout me déchire. C'est le prix de ma vocation, je le sais. Tout se paie et je n'ai rien à dire. Il est

évident qu'un autre, à ma place, aurait depuis longtemps
enterré ses souvenirs. Mais pour moi ce ne sont pas des
souvenirs. Je viens de comprendre soudain qu'en décri-
vant ces sentiments, ces pensées, ces actes, c'est seulement
à cet instant que je les vis.

Voilà donc pourquoi je me heurte constamment dans
ces pages à tant de contradictions, à une déconcertante
succession de volte-face, qui me découragent. C'est là,
avec le poids parfois trop lourd de telles évocations, la
raison qui me les fait souvent quitter. Je voudrais trouver
dans les sentiments sinon dans les actes, dans les autres
et en moi-même, une unité, une simplicité, une logique
immédiate. Mais c'est un souhait puéril. Cette simplicité
et cette unité conséquente ne pourraient être qu'artifi-
cielles. Ces apparences contradictoires, ces oppositions et
même les antinomies, les impossibilités qui semblent fla-
grantes, ce sont celles de la vie dans sa spontanéité. On
ne saurait à la fois vivre et penser sa vie. J'ai voulu
disséquer mon passé, sans prévoir qu'en l'écrivant j'allais
le vivre avec une incapacité fondamentale à « l'expli-
citer » comme disent les philosophes dans leur jargon.

Et voilà donc aussi pourquoi je reviens et reviendrai
toujours à ces notes, jusqu'à ce que j'aie tout revécu.
Marité, Jacqueline, Albert, Pichard, les Rolland, tous ces
êtres et toute cette époque ne sont plus du passé mais
mon présent. C'est un temps dont la continuité m'entraîne. Je rejoins Marité et Jacqueline. Je me retrouve
moi-même tel que j'étais : plein de défiance et d'un subit
éloignement pour l'une, de remords et d'amour pour
l'autre. J'avais tout fait pour désespérer Jacqueline. Si
j'eusse voulu la jeter dans les bras de Marité, je n'aurais
pas agi autrement, me disais-je. Je me trouvais stupide
de m'être laissé envahir par des insinuations dont je
comprenais à présent trop bien le but. Comment n'avais-je
pas vu que Marité cherchait à me dégoûter de son amie!
Comment avais-je pu mettre en balance l'ingénuité, la
sincérité évidente des réponses de Jacqueline et la sournoiserie de ma sœur!

Il m'était matériellement facile de voir Mme Beaufort grâce à la voiture que ses parents avaient achetée. J'étais censé lui apprendre à l'entretenir. On l'avait logée dans une ancienne écurie située au fond du jardin et donnant sur la petite rue des Lombards. C'est dans cette remise que, sous prétexte de changer une roue ou de vérifier l'allumage, j'avais eu avec Jacqueline la plupart des entretiens où je la tourmentais de mes folles questions. Ce fut là aussi que je lui demandai de me les pardonner.

« Je ne conçois pas, lui dis-je, comment j'ai pu être aussi absurde et aussi cruel. Je suis sans excuse. Pourtant, je vous le jure, dès l'instant où je vous ai vue le premier jour, dans le hall du Rex, j'avais senti votre tristesse; elle m'avait ému profondément et donné le désir de vous consoler. Vous ne pouvez pas savoir combien vous m'avez manqué quand vous êtes partie. Si je vous ai fait du mal, c'est absolument malgré moi, car mon souhait le plus sincère serait de vous voir heureuse. La vraie responsable de ma conduite, c'est Marie-Thérèse. Depuis le jour où vous êtes revenue définitivement ici, elle a fait tout ce qu'elle a pu pour me séparer de vous. Elle est très habile et elle aurait réussi, mais j'ai tout compris à temps. C'est elle qui me parlait de Seguin. Elle n'a pas hésité à vous calomnier de la façon la plus odieuse.

— Ce n'est pas possible. Marité m'aime bien et je suis sûre...

— Elle vous aime, en effet, beaucoup. »

J'aurais dû dire : trop. Mais malgré la rancune et l'aversion que j'éprouvais à présent pour elle, je ne voulais pas trahir un secret dont j'avais honte.

« Elle vous aime beaucoup. Et cependant par qui d'autre aurais-je appris vos relations avec ce garçon dont j'ignorais jusqu'au nom?

— Ce n'est pas possible, répéta Jacqueline, qu'elle ait voulu me calomnier.

— Vous calomnier, non; mais vous découronner à mes yeux de votre pureté et de votre grâce, oui, soyez-en sûre. Elle vous aime et elle m'aime, mais elle n'a pas eu peur de me poignarder, pas plus qu'elle n'a craint de me dire

que l'on vous avait surprise dans le bois de Cheverny
sur les genoux de Seguin.

— Moi! Oh! vous l'avez crue.

— Non, je ne l'ai pas crue. Et je ne la croirai plus,
jamais, quoi qu'elle dise. Elle ment comme elle respire.
Elle est pétrie tout entière de mensonge. Sa sérénité est
un mensonge. Sa tendresse est un mensonge. Sa beauté
hautaine est un mensonge. Ses mains, ses gestes, sa bouche
sont des mensonges. Personne ne pourra jamais toucher
en elle, à travers l'infinité de ses masques et de ses alibis,
la femme qu'elle est au fond de ses ténèbres.

— Ah! dit doucement Jacqueline, ne vous laissez pas
emporter. Vous êtes peut-être injuste envers elle.

— Injuste! Oubliez-vous qu'elle a failli nous séparer!
Oubliez-vous tout le mal qu'elle m'a fait et que je vous
ai fait à cause d'elle! Alors qu'il n'y avait aucune raison
pour que nous ne soyons pas merveilleusement bien
ensemble! J'aime tellement votre présence et tout de vous,
jusqu'à votre silence. Tout en vous me ravit et me renouvelle. Ah! le soir où j'ai touché pour la première fois
votre main, au cinéma, quelle merveille!... Voulez-vous
me la rendre, si vous m'avez pardonné. »

Elle portait ses gants de travail. Je les lui ôtai. Elle
souriait timidement encore, et dans ses yeux restait un
souvenir de ses blessures.

Je la fis monter dans la voiture, je m'assis à côté d'elle,
sa main dans les miennes. Je lui murmurai les promesses
les plus sincères. Et je mentais sans le savoir, sans le
vouloir.

« Ayez confiance maintenant. Nous allons rayer ma
sœur de notre existence et nous n'aurons plus que des
occasions d'être heureux. Nous pouvons l'être.

— Je l'ai cru.

— Vous en avez la certitude à présent, n'est-ce pas!

— Oui », dit-elle plus bas après un silence.

Je lui baisai les doigts. J'étais aussi ému que lorsque
je les prenais dans l'ombre. Et dans notre solitude cette
émotion était plus pure.

« Bruno!

— Jacqueline, Jacqueline. J'adore votre nom. Quel bonheur de pouvoir enfin vous appeler ainsi! »

Elle me regardait avec une extraordinaire intensité, mais ses traits restaient figés. Ses yeux, sa bouche gardaient je ne sais quoi de triste.

« N'êtes-vous pas heureuse, Jacqueline? N'êtes-vous pas sûre que je vous adore?... Je vous aime. »

Elle se pencha vers moi comme je me soulevais vers elle. Nos joues se heurtèrent. Je sentis le froissement chaud de ses cheveux sur mes yeux, sur mon front tandis que mes lèvres cherchaient doucement sa bouche. Je la trouvai, offerte, tendre, mais maladroite. C'était une bouche ignorante et son baiser celui d'une enfant.

Ces lèvres qui ne savaient pas se déclore, cette innocence, cette miraculeuse fraîcheur! Voilà ce que Marité avait deviné et désiré, pensai-je en un éclair. Mais j'oubliai ma sœur et tout le reste du monde et les lèvres avides d'Hélène. J'étais bouleversé par tant de pureté, par la façon dont Jacqueline, maintenant, enfouissait son visage dans ma poitrine, comme une petite fille qui se réfugie. En vérité, c'était bien plutôt comme une petite fille que comme une femme, que je la serrai contre moi, que je baisai ses cheveux. Il n'y avait pas de fièvre, pas de désir dans ces caresses, seulement une tendresse infinie.

Je lui relevai la tête et je vis qu'elle pleurait. Mais elle me sourit à travers ses larmes en jetant ses bras autour de mon cou.

« Pardonnez-moi, Bruno, je suis sotte. J'ai été tellement malheureuse et si longtemps!... C'est trop merveilleux! Je ne peux pas y croire. »

Je l'embrassai encore et la tins longtemps contre moi en lui parlant doucement. Elle m'écoutait, la tête sur mon épaule, ses regards perdus dans les miens. Peu à peu la confiance et la joie la gagnaient. Tout son visage se réveillait. Un feu de bonheur se mit à rayonner à travers la grille de ses cils.

Ce fut le début d'une suite de jours que je ne saurais qualifier. Il n'y a pas de mots pour dire combien ils furent à la fois pleins et légers, comblants et exaltants, enivrants, ardents, mais purs et souverainement faciles. Ils restent dans ma vie comme un miracle, comme un lis qui fleurit à jamais au cœur de mes souvenirs et embaume ma nostalgie.

Nulle autre créature n'aurait pu me donner le sentiment de pureté, de grâce originelle, dont Jacqueline me pénétrait. C'était réellement un ange. Voilà sa vertu et la source de son malheur. Comparée à elle, Hélène me paraissait brutalement matérielle. A vrai dire, je n'y pensais guère. Je n'avais aucun remords envers elle. Au contraire. Elle s'était montrée un peu trop sûre de m'annexer. Quant à Marité, je ne la voyais plus qu'avec des yeux glacés. D'ailleurs, notre vie, à Jacqueline et moi, brusquement changée, nous éloignait du clan, lui-même en voie de dissolution estivale. Jacqueline venait encore à la maison, mais de plus en plus rarement. Et pour cause : nous ne manquions pas d'occasions, et de meilleures, d'être ensemble. Ne fallait-il pas aller chercher de l'essence, faire laver la voiture, montrer au garagiste ceci ou cela qui ne semblait pas tout à fait au point. Et il eût été trop imprudent de laisser Jacqueline conduire seule dans une ville si encombrée.

« Oh! oui, reconnaissait Mme Delignère. Si vous pouvez, j'aime mieux que vous soyez avec elle. Il y a tellement d'accidents, vous savez! »

Était-ce de la complaisance? Non. De l'ingénuité. La perpétuelle terreur de Mme Delignère au milieu de la vie moderne, lui eût fait trouver naturels des subterfuges encore plus gros. Je n'avais pas le moindre scrupule à profiter de sa pusillanimité. Au demeurant, cette femme foncièrement vertueuse n'était pas effleurée par l'idée que sa fille pût faire le mal. Elle avait raison. Nous n'en faisions aucun. Simplement, sitôt seuls dans la remise, c'étaient des baisers, des baisers...

Seigneur! se peut-il que l'on tienne entre ses bras une femme, avec une si profonde tendresse, tant d'ardeur et une si complète innocence! L'amour peut-il être si délié des chaînes de chair! Comment peut-on se sentir telle-

ment comblé par une présence, par la limpidité d'un
regard, par la musique des gestes, et enivré par des baisers
si doux, que l'on oublie le corps dont tout cela émane!

D'autres femmes m'ont donné bien des plaisirs, et une
ce que l'on est convenu d'appeler le bonheur; mais cette
innocence d'avant la Tentation, cette joie transcendante,
inconcevable à qui ne l'a pas connue, cette joie volée,
cette joie qui n'est pas permise à notre condition, toi,
Jacqueline, mon enfant, ma pureté, mon ange, tu es la
seule...

Souvent, sous prétexte d'essayer la voiture après un
réglage, nous allions à Lignère avec la mère de Jacqueline
et quelquefois seuls. A l'entrée du village, la petite gentilhommière, flanquée de ses tourelles au toit pointu,
que Jacqueline appelait « les carottes », se chauffait sous
son lierre.

A l'intérieur, entre les murs épais, de vieux meubles,
des portraits d'ancêtres en toge ou en cuirasse, dormaient
dans la fraîcheur poudreuse, parfumée de cire et d'une
faible odeur de confitures qui venait des placards.
Ouvrait-on le battant d'un volet : aussitôt un rideau cra-
moisi ou le vieux rouge d'un fauteuil prenait feu, allu-
mant dans la pénombre froide et profondément immobile une lueur de rubis pareille à l'éclat religieux de la
lampe qui veille dans le silence des sanctuaires.

Ici, Jacqueline s'était fiancée. Mais cette idée ne me
trouvait plus sensible. M. Beaufort avait à tout jamais
disparu de mes songes. Son existence restait infiniment
plus loin de nous que l'enfance de Jacqueline, dont toute
la maison était imprégnée. Des capelines de paille, aux
rubans ingénus, qu'elle portait encore parfois, me dit-
elle, pour jardiner, pendaient dans le vestibule. Les bâtons
d'un « jeu de Grâces » s'entrecroisaient comme des épées
en panoplie. J'étais ému de voir, marqués au crayon sur
une boiserie, les accroissements de sa taille. Dans les
photographies profusément répandues sur la commode
et les tables du salon, je la retrouvais, multiple et toujours, à tout âge, si ressemblante à soi-même au milieu

de gens morts et de vivants qui avaient changé. J'apprenais sa durée, son étendue. Elle se peuplait de découvertes touchantes et m'ouvrait le monde qui l'avait faite ce qu'elle était maintenant.

Assis sur le sofa usé, la tenant tout contre moi, je l'écoutais me raconter sa vie avec ses grands-parents et sa nourrice, les apparitions de son père et sa mère qui revenaient en France tous les deux ans, ses souvenirs de l'institution Sainte-Marie et ses vacances ici, qui « étaient merveilleuses », puis plus tard, vers quinze ans, son départ, la mer, l'Algérie où elle était devenue une jeune fille, ses retours, la mort de ses grands-parents, sa peine de retrouver cette maison déserte, les séjours à Paris chez sa tante où elle s'ennuyait...

Je ne me lassais pas de l'entendre, de l'apprendre, de l'illustrer d'images qu'elle me suggérait et où je me la peignais bébé, petite fille, adolescente. Tout cela c'était elle. C'était tout cela qu'avec elle je tenais dans mes bras.

Que de choses en une créature! Rien n'est aussi immense qu'un être. Rien n'a autant d'importance, de prolongements, de dimension et de prix. Et pourtant rien n'est si méprisé, si sacrifié. Et à quoi, mon Dieu! Au néant de la société, à son insoutenable mensonge, au vide de cette bulle de paresse, de médiocrité, de duperie et de peur.

J'écoutais les échos de cette vie qu'on me donnait. Le rayon de soleil touchait un meuble après un autre. Les poignées en bronze de la commode s'enflammaient à leur tour, et les cheveux de Jacqueline semblaient faits de la même matière, tordue sur de l'or sourdement transparaissant. Les reflets du vieux lampas pourpre mettaient dans ses yeux des profondeurs violettes, et sur son visage pâli par la pénombre bougeaient des teintes délicates de fleurs. Je les poursuivais doucement de mes lèvres.

Nous allions dans le parc. Il ne ressemblait plus aux images qu'en donnaient les photographies. Les arbustes étaient devenus des arbres; les bosquets, des taillis. Les allées envahies par l'herbe maigre et pâle des sous-bois, les demi-lunes de lauriers, les bancs de pierre baignaient dans une ombre plus verte mais non moins froide que celle du salon — une ombre cependant vivante, criblée d'une menue monnaie de soleil, traversée par des fauvettes papillonnantes et de lourds envols de merles. Nous marchions côte à côte, et la simplicité de ce bonheur suffisait à nous combler. Ou bien nous nous asseyions sur un banc et nous nous parlions de nous, avec de longs silences pour nous regarder nous sourire. Ses mains revenaient sans cesse vers les miennes et toujours je retrouvais avec la même inépuisable félicité sa bouche fraîche.

Inépuisable?...

Pourquoi cette joie ne peut-elle durer! Je pense au vers de Valéry, à ces « gestes étranges que pour tuer l'amour inventent les amants ». Entre Jacqueline et moi s'ouvrait un piège fatal. Parce qu'elle était une femme et que j'étais un homme. Ce pur amour dont je ne devais pas pouvoir soutenir le prodige, une autre femme, préservée par l'identité de leur nature, l'aurait-elle nourri pour Jacqueline?

Il est concevable après tout, que l'amour pur, l'amour désincarné, ne soit possible qu'entre individus de même sexe.

COMMENT l'affreuse histoire de L... B... a-t-elle pu succéder si brutalement à cette période?

C'est la faute de Jacqueline. Comme tout ce qui a suivi, comme tout ce qui lui était déjà arrivé. La faute de ses qualités, des tragiques défauts de ses qualités. Voilà bien la plus révoltante des hypocrisies de ce monde. Il fulmine contre les vices, et ils lui conviennent : ils nous permettent de vivre à l'aise, de « réussir ». Les vertus que le monde réclame à grands cris, si nous les possédons elles nous mènent tout droit au malheur.

Si Jacqueline n'avait pas été bonne et reconnaissante, elle aurait cessé complètement de voir Marité, comme je le lui demandais. Leurs liens s'étaient détendus; elle ne consentait pas à les rompre.

« Votre sœur, me répondait-elle, a été extrêmement gentille pour moi, et votre beau-frère, plein d'amitié.

— D'amitié un peu suspecte, ne trouvez-vous pas?

— Ne me le dites pas, Bruno. Tout ce que j'ai à retenir, c'est que tous deux se sont employés à me distraire, à m'aider. Je ne pourrais pas être heureuse avec vous si je me sentais ingrate envers eux. »

On est sans armes pour combattre un sentiment pareil. Ah! les cœurs purs, j'ai appris à les redouter. Sans cette obstination de Jacqueline, Marité n'aurait pu lui proposer ce week-end à L... B... Les Rolland y faisaient leur saison habituelle. Hélène y avait accompagné sa mère. Quelques autres de nos amis s'y trouvaient également. Ce serait une dernière occasion de se revoir avant la grande dispersion des vacances.

Justement, je ne tenais pas à les revoir, ces gens, ni à

m'exhiber devant Hélène avec Jacqueline. Mais elle ne
considérait dans ce voyage que l'occasion pour nous de
passer deux jours ensemble, et peut-être aussi, pour elle,
d'échapper pendant ces deux jours à l'atmosphère de
sa maison.

Voilà encore un autre résultat de sa bonté. Son père en
profitait pour lui faire une existence infernale. Le respect
et l'amour filial la rendaient esclave de cette tyrannie, de
la lâcheté larmoyante qui constituait le climat de leur
famille. Le vieux chantage au moyen duquel on avait
obtenu qu'elle épousât Beaufort, continuait. Je n'en savais
rien. Ou plutôt je savais que nos relations déplaisaient au
colonel, mais j'ignorais de quel prix Jacqueline les payait.
Je la croyais heureuse comme moi. Et certes, pendant le
temps que nous passions ensemble, elle l'était — elle
l'était même assez pour puiser dans ce bonheur la force
de me cacher combien elle souffrait d'autre part. Cette
fois cependant sa mère avait changé de camp. Voyant
quelle aide Jacqueline trouvait en moi, et certaine, je le
répète, que sa fille ne pouvait mal faire, elle la soutenait
— timidement encore — contre le colonel. En l'occurrence, ce fut bien elle qui permit à Jacqueline d'envisager
ce voyage. Nous devions partir tous les quatre : Jacqueline, Marité, Albert et moi. Elle insista tant, qu'à contrecœur je la laissai dire oui à Marie-Thérèse.

Je m'en repentis très vite en apprenant — ce dont
auparavant il n'avait jamais été question — que Pichard
viendrait avec nous. Je me cabrai et décidai immédia-
tement de faire reprendre à Jacqueline son acceptation.

Mais soit hasard, soit habileté de la part de Marie-
Thérèse, un petit fait me paralysa. La voiture d'Albert
devint tout d'un coup indisponible. C'était peut-être vrai.
En tout cas, cette nouvelle devait ôter à Jacqueline toute
possibilité de se dérober. Si elle refusait maintenant d'aller à L... B..., elle en privait les autres et leur donnait
à croire qu'elle voulait bien profiter de leur voiture mais
pas les emmener dans la sienne.

J'essayai pourtant d'obtenir d'elle cette incivilité, car
tout cela me paraissait très inquiétant. Je le fis sans grand

espoir et déjà contrarié de ce qu'elle allait me répondre. Elle n'y manqua pas.

« Mais, Bruno, dit-elle, ce n'est pas possible. Ce serait une grossièreté inqualifiable, et quelle ingratitude! »

Elle avait raison. Mais j'étais anxieux. Je croyais deviner autour de nous une menace sourde. Le sentiment d'être pris à je ne savais quel piège et au moyen de Jacqueline même, me rendait irritable. Je m'efforçai de lui faire comprendre que justement on spéculait sur son bon cœur, sur son sens des convenances, qu'elle favorisait elle-même une manœuvre contre nous. Sans doute, elle concevait mes raisons mais ne pouvait y sacrifier les siennes. Elle s'énervait, elle aussi.

Je ne pus m'empêcher de lui dire qu'elle attachait trop d'importance à des conventions mondaines et pas assez à notre amour. S'il était atteint, ce serait de sa faute. Elle me répondit :

« Si vous m'aimez comme je vous aime, nous n'avons rien à craindre de personne. »

Pure rhétorique de femme. Je voulus le lui démontrer, n'y gagnai que de la mettre au bord des larmes, et partis dépité contre elle pour la première fois depuis nos aveux.

Tout de suite après, il y eut entre elle et son père une scène lamentable. Ou plutôt grotesque. Lorsqu'elle y fit allusion, beaucoup plus tard, elle ne me donna guère de détails, mais il m'est facile de les reconstituer d'après ce que je sais des personnages. Depuis qu'elle avait parlé d'aller à L... B... avec nous, le colonel « faisait la tête ». Pendant que nous discutions au garage, M. Delignère et sa femme se disputaient aussi au sujet de ce voyage. Mme Delignère ne voyait rien de répréhensible, au contraire, dans cette distraction.

En remontant de la remise, Jacqueline les trouva excités et amers. Sans oser l'attaquer directement à mon propos, son père lui déclara, j'imagine, d'un ton gémissant qu'elle les ferait mourir de chagrin. Là-dessus, toute la famille dut éclater en pleurs. On peut présumer que ce déluge fut entrecoupé de déclarations classiques — qu'ai-je fait

au Ciel!... etc. — et de tirades du meilleur Georges
Ohnet — notre honneur était sans tâche... A quoi, vrai-
semblablement, Mme Delignère répliquait, avec la voix
de Robine en Clytemnestre : tu veux la faire mourir, ta
fille!... Car le répertoire de ce couple grandiloquent comportait peu de variété.

Ces gens réussissaient à rendre burlesque ce qu'il y a
au monde de plus respectable : la douleur. Elle était vraie
en eux, mais leur médiocrité lui communiquait une
expression ridicule.

Je pense qu'un désespoir muet et solitaire succéda à
ces instants d'affliction en commun. En tout cas, le lendemain, lorsque j'allai au garage chercher Jacqueline, je
lui vis des cernes mauves sous les yeux. A mes questions
elle répondit simplement :

« Oh! ce n'est rien. Papa aurait voulu que je ne parte
pas. »

Cette affectation de légèreté ne me trompa point.
Connaissant l'antipathie du colonel à mon égard, et la
veulerie de son caractère, j'imaginais facilement ce que
tout cela pouvait donner pour Jacqueline. Je la plaignais.
Mais j'avais, moi aussi, passé une mauvaise soirée à épier
ma sœur, et une nuit tourmentée.

Malgré les efforts de Jacqueline pour surmonter sa
tristesse, les cinquante premiers kilomètres furent pénibles.
Les drôleries de Pichard, les plaisanteries d'Albert, tombaient comme des balles mortes. La bonne humeur de
Marité était plus subtile mais guère plus efficace. Je ne
faisais rien pour l'aider. Il m'eût déplu de voir Jacqueline joyeuse en cette compagnie. Cependant son chagrin
me blessait. J'avais pitié d'elle, bien sûr, seulement je
pensais malgré moi qu'il ne témoignait pas en faveur
de son amour. Eût-elle accordé tant d'importance aux
sentiments de son père, si elle avait été profondément
amoureuse! D'autant qu'en lui gâchant sa vie par une
sottise, un égoïsme et un chantage, le colonel s'était déchu
lui-même de sa paternité. Il lui restait juste le droit de
se taire et de se faire oublier.

Je ne pouvais m'empêcher de songer à Hélène. Si sa mère ou son frère s'étaient dressés contre sa passion, assurément elle les eût sans hésitation balayés de son univers. L'amour ne connaît que lui-même, pensais-je. N'effaçait-il pas en moi les sentiments si puissants que j'avais eus pour ma sœur! Jacqueline, elle, ne me sacrifiait rien : ni sa faiblesse pour son méprisable père ni ses habitudes de civilité.

Je la regardais conduire. Je contemplais son visage reflété par le rétroviseur. La tristesse, cette nacre dont ses larmes avaient glacé le dessous de ses yeux, ajoutait à sa délicatesse un air de fragilité très poignant. J'étais profondément remué, mais d'autant plus cruellement sensible à l'idée qu'elle ne m'aimait pas comme je l'avais cru. La preuve de l'amour, c'est la capacité donnée à un seul être de vous rendre heureux ou de vous faire souffrir. Jacqueline possédait pour moi ce pouvoir. Je ne l'avais pas pour elle. J'étais seulement, de tous ceux qu'elle aimait, celui qui pouvait la rendre la plus heureuse; mais je partageais avec d'autres la capacité de la faire souffrir.

Voilà très exactement, il me semble, ce que je pensais à ce moment.

Au bout d'une centaine de kilomètres, Jacqueline céda le volant à Albert. Pichard, Marité et moi, nous étions assis tous les trois dans cet ordre sur la banquette arrière. Pour écouter le bavardage du spirituel Amédée, Jacqueline se tourna à demi vers nous. Conduire lui avait fait du bien. Peu à peu elle reprenait vie. Quand nos regards se rencontraient, les siens me disaient sa tendresse. J'aurais voulu lui parler mieux, l'exhorter, lui communiquer mes réflexions, l'interroger, recevoir d'elle peut-être la preuve de mon erreur et l'assurance de son amour. Que c'était agaçant d'être obligé de se taire! Il fallait refouler toutes ces questions montées du fond de mon inquiétude, rire à l'unisson, écouter des sottises, alors que le pire des doutes usait ma patience et que nous avions à éclaircir des choses capitales pour nous.

Le sourire qui reparaissait aux lèvres de Jacqueline augmentait ma nervosité et ébranlait un peu plus ma foi. Tantôt, me disais-je, elle pleurait à cause d'un être méprisable; maintenant une conversation frivole suffit à lui faire oublier cette grande douleur! Ne l'aurais-je pas trop bien jugée quand je la prenais pour une âme légère?... Je ne voyais pas combien sa gaieté restait superficielle, nerveuse. C'est que je lui en voulais de s'amuser — ou d'en avoir l'air — pendant que je me tourmentais à cause d'elle et que je craignais pour nous.

Le rire complaisant de Marité, sa bonne humeur qui me paraissait excessive, la jovialité d'Albert, les saillies de Pichard, m'exaspéraient et m'inquiétaient. Pourquoi étaient-ils si joyeux? On eût dit des collégiens faisant l'école buissonnière. En lui-même ce voyage n'avait pourtant rien de bien excitant! Le contact de Marité, sa jambe, sa hanche appuyées contre moi, gênaient ma pudeur devenue soudain farouchement susceptible. A un moment ma sœur posa sa main sur mon genou en un de ces gestes impulsifs et tendres que j'aimais auparavant. Ma jambe se détendit par un réflexe, comme si cette main m'eût brûlé. Marité me jeta un bref coup d'œil puis repartit à rire avec le fringant Amédée. Elle l'aidait à briller, lui relançait la balle, le soutenait de son entrain ainsi qu'un cavalier « porte » son cheval. Il déployait toutes ses séductions. Evidemment, pour Jacqueline. Etait-ce là le but de Marité, la raison de ce voyage : éperonner ma jalousie pour me pousser à un éclat qui offusquerait Jacqueline et nous séparerait?

Je sentais toute la nécessité d'être prudent, mais mon énervement croissait à mesure que Jacqueline paraissait s'accorder davantage à la gaieté ambiante. Je perdais à la fois la faculté de me contraindre et celle de raisonner sainement. Il me semblait que Jacqueline se rangeait du côté des autres. Elle me trahissait. Je n'en étais pas encore à la soupçonner de préméditation, mais je l'accusais de n'avoir songé qu'à son amusement en envisageant ce week-end sans comprendre ce qu'il comporterait d'intolérable pour moi. Et, de plus en plus, cette idée m'obsédait : si elle m'aimait, elle ne pourrait pas se montrer joyeuse; ces présences lui seraient aussi importunes qu'à moi.

N'éprouve-t-elle donc pas le besoin de me parler, de me toucher!...

Il était tard quand nous nous arrêtâmes devant les arcades de la place des Thermes, à L... B... Partout brillaient les lumières. Des smokings, des habits, des robes du soir processionnaient vers le casino et les dancings. Nous entrâmes dans un restaurant presque vide à cette heure.

L'atmosphère de la ville d'eaux, les flonflons de ses orchestres, son luxe, le glissement des voitures somptueuses, et je ne sais quel air pétillant de vacances, je ne sais quel sentiment de liberté, de facilité, de galanterie, semblaient parachever tout d'un coup la griserie de mes compagnons. En moi, au contraire, un puritain dont j'avais jusqu'à ce jour ignoré l'existence, se renfrognait d'autant. Albert mit le comble à ma réprobation en commandant, avec une vulgarité de boutiquier en goguette, un dîner au champagne. Pichard faisait des feux d'artifice. Une sensualité éclatante qui me poignait et me suffoquait, rayonnait de Marité belle comme une bacchante, les joues chaudes, un peu décoiffée. Son rire était plus capiteux que le vin. C'était lui qui communiquait cette contagion d'ivresse, de trouble. Je ne l'avais jamais vue si éblouissante. Je la détestais. Quant à Jacqueline, les fusées de Pichard déclenchaient en elle des fous rires. Ils me mettaient hors de moi. Aucun d'entre nous ne s'apercevait qu'elle était à bout de nerfs. Depuis le début du repas, crispé, fermé, les yeux fixés sur mon assiette, je n'avais pas dit une parole, mangeant à peine et ne buvant pas. Mon air singulièrement rébarbatif, je présume, provoquait peut-être par réaction l'exubérance des autres.

Brusquement, d'un ton grossièrement agressif, j'éclatai :

« Je ne comprends pas, madame, ce qui vous fait tant rire. Etes-vous si sensible au champagne? Parce que la conversation, elle, est plutôt affligeante. »

Ma sortie abasourdit tout le monde. Sauf Marité.

« Bruno a le vin et le voyage tristes », dit-elle avec une légèreté qui ôtait toute importance à mon éclat.

Elle rit. Pichard enchaîna. Le genou de Jacqueline

vint s'appuyer au mien sous la table. Elle me regardait, humble et tendre, semblant implorer son pardon. Qu'elle était jolie, les yeux riants, tout animée, les cheveux un peu fous. Soudain, je pensai que nous allions dormir sous le même toit. Je la sentirais près de moi. Nos chambres se toucheraient. A travers une simple cloison j'entendrais le doux bruit de ses mouvements. Dans la nuit elle n'existerait plus que pour moi seul, pour mon oreille attentive, pour mon cœur ébloui de sa proximité. Voilà ce dont je rêvais. Il ne m'en aurait pas fallu davantage pour être merveilleusement heureux.

Ce fut cet espoir que la catastrophe bouleversa. Il ne restait à l'hôtel que deux chambres. Albert les prit pour ses invités et accepta pour nous d'autres chambres moins élégantes dans une lointaine annexe.

L'hôtel était-il vraiment plein ou cette combinaison provenait-elle d'un subterfuge de Marité? Je penche nettement aujourd'hui pour la première hypothèse, mais sur-le-champ, je ne doutais pas qu'il s'agît d'un dessein de ma sœur. On ne pouvait imaginer pire. Non seulement je ne serais pas à côté de Jacqueline, mais elle allait passer la nuit près de Pichard, seule, livrée à ses entreprises.

Dans cette chambre de l'annexe où je m'habillai pour aller au casino, je devins fou. Je ne parvenais pas à nouer ma cravate. Je m'apercevais, dans le miroir, aussi blanc que mon plastron glacé. Cet instant était un de ceux qui conduisent un homme devant le jury. Je me trouvais en état de tuer ou de me tuer. Une tornade d'impulsions furieuses me ravageait. Je voyais l'ignoble Pichard — lequel me semble avoir pu être en réalité un aimable compagnon — se glisser dans la chambre de Jacqueline. Elle m'appellerait en vain. A moins que... au contraire!... Et pourquoi non!... Si elle m'avait aimé, elle ne se serait pas laissé séparer de moi. Elle aurait trouvé un moyen de refuser cette chambre à l'hôtel et de venir à l'annexe. Avec un peu d'habileté mondaine ce n'était pas difficile. Elle n'avait même pas essayé. Parce que le voisinage de Pichard lui plaisait, parbleu! Un coup monté, bien sûr! Voilà pourquoi ils s'amusaient tant, tous. On me souf-

flait Jacqueline sous le nez. Elle me faisait du genou sous
la table, mais sans doute abandonnait-elle en même temps
son autre jambe à Pichard. Les femmes ne résistent pas
à qui les fait rire...

Je courus à l'hôtel. Jacqueline descendait l'escalier.
En la voyant, j'eus honte de mes pensées. Comment pouvais-je la croire perfide! Elle rayonnait de pureté, de
candeur. Mais sa grâce augmenta mon désespoir. Perdue
pour moi!...

« *Incessu patuit dea!* » fit dans mon dos le disert et
galant Amédée.

Ces mots auraient pu provoquer une explosion. Ils
tombèrent au contraire sur moi comme une rosée. Ils
exprimaient si bien ce que je sentais! Il me semblait les
avoir prononcés moi-même. Oui, elle s'avançait, harmonieuse comme la blanche déesse, et elle était mille fois
plus divine que l'immortelle de Virgile. Un tissu vaporeux
et souple à la fois l'entourait d'un nuage d'où sortait
pourtant sa taille dessinée. Un nuage rose thé dont les
reflets argent absorbaient parfois la couleur, et Jacqueline
n'était plus alors qu'une apparition de lumière tempérée
par la douceur de ces yeux, de ce sourire où avait mûri
la perfection de la grâce.

« Dieu! Que vous êtes belle! » dis-je d'une voix qui
se brisait dans ma gorge.

Elle ne me répondit que du regard, mais on ne dit
pas plus clairement : C'est pour vous, et : Je vous aime.
Pichard comprit — s'il ne l'avait fait depuis longtemps
déjà. Il s'éloigna un peu, feignant d'examiner une vitrine.

Adorable et perdue pour cette nuit unique! Sitôt rentrée à B...., elle allait partir avec ses parents s'installer à
Lignère. Comment la verrais-je? Pourrai-je la revoir, pendant des mois?

J'étais accablé tandis que nous nous acheminions vers
le casino. Jacqueline et moi nous marchions un peu en
arrière des autres. Elle m'avait pris le bras.

« Pourquoi êtes-vous si triste? me dit-elle. Ne sommes-
nous pas ensemble!

— Pour si peu de temps! »

L'orgueil m'empêchait de lui découvrir la raison de mon chagrin le plus immédiat. Puisqu'elle ne souffrait pas à l'idée d'être séparée de moi, cette nuit, puisqu'il ne lui semblait pas indispensable que nous la passions tout proches, puisqu'elle n'avait rien tenté pour cela, je ne lui révélerais pas combien j'y tenais.

« Si vous m'aimiez autant que je vous aime, dis-je simplement, vous laisseriez tomber ces gens. Nous irions quelque part où nous serions seuls.

— Mais Bruno, nous ne pouvons pas. Que penseraient votre sœur et votre beau-frère!

— Ah! oui, que penseraient-ils! La politesse, n'est-ce pas! Songe-t-on à tout cela quand on aime vraiment! L'opinion des gens, les humeurs de votre père, voilà ce qui compte pour vous. Moi... »

Marité, arrêtée pour nous attendre, me coupa la parole et Jacqueline ne put me répondre que par une pression de main.

Au moment où nous entrions au casino, je lui glissai à l'oreille cette prière : « Surtout, ne dansez pas. » Ici où elle n'était pas connue, elle aurait pu se permettre ce qu'elle s'interdisait en ville. La voir dans les bras de Pichard ou d'Albert m'eût été intolérable.

Mme Rolland nous accueillit avec de grandes démonstrations. A la façon dont elle se jetait sur Marité, sur Jacqueline, on eût dit qu'elle n'avait pas mangé depuis des jours et des jours. Elle était témérairement décolletée. Ce que l'on voyait de son dos charnu, de sa poitrine, donnait et l'envie de découvrir le reste et l'assurance que l'on ne serait pas déçu. Elle m'offusquait intimement. Sa présence, non pas auprès mais absolument autour de ma sœur, soulevait mon dégoût. J'aurais voulu tirer de là Jacqueline. Ne le pouvant pas, je m'écartai. Soudain, je vis Hélène. Elle accourait. Durant ces dernières heures, j'avais oublié que nous allions immanquablement nous rencontrer. Son apparition m'embarrassa d'abord, mais Hélène était si spontanée! Sa première parole dissipa ma gêne — ou mon remords.

« Bruno! Quel plaisir de vous voir! »

Elle me prit par le bras et me fit faire quelques pas sur la galerie.

« Comme vous êtes pâle! Que vous avez l'air tourmenté! Vous êtes malheureux!

— Je ne sais pas ce que je suis, Hélène », dis-je en la contemplant.

Je regardais avec envie, du fond des ténèbres où je me débattais, cette lumière tranquille.

« En tout cas, ajoutai-je, je ne me sens pas fier de moi. »

Elle sourit et, répondant peut-être autant à ses propres pensées qu'aux miennes :

« Il faut être très patient, dit-elle. Dansons-nous? »

Cette question me rendit à mes inquiétudes essentielles. Je cherchai vivement des yeux Jacqueline. Elle n'était plus avec les Rolland. Tout à coup je l'aperçus sur la piste, au milieu des couples, entre les bras d'Albert.

« Qu'avez-vous? s'écria Hélène.

— Moi? Rien. Je... Rien du tout. Qu'est-ce que je pourrais avoir!

— Comme vous êtes malheureux, chéri! Je voudrais... »

La rage m'emportait.

« Je lui avais défendu de danser. Elle pouvait refuser. Mais non!

— Il ne faut pas trop exiger d'une femme.

— Et si je vous avais demandé, à vous, de ne pas danser?

— Oh! moi.

— Oui, vous seriez morte plutôt que de ne pas vous rendre à ma prière. Parce que vous m'aimez, vous. Parce que vous êtes une vraie femme. Ah! Hélène... »

Un tango succédait au slow, et maintenant c'était Pichard qui s'inclinait devant Jacqueline à peine lâchée par Albert. Non, elle n'allait pas accepter! Elle savait bien!...

Je la vis sourire aimablement. Elle se laissa entraîner. Ah! non. Non, je ne supporterais pas ça.

Hélène me saisit le poignet au moment où je m'élançai vers la piste.

« Restez là. Chéri, je vous en supplie, restez là! »

Elle m'arrêta. Mes mains tombèrent sur la balustrade de la galerie. Je la serrai à me faire craquer les jointures. Brusquement je tournai le dos à la salle.

« Merci, Hélène, dis-je avec effort. Mais excusez-moi maintenant. Il faut que je sois seul. Laissez-moi. Restez ici. »

Je sortis. Je descendis les degrés de la terrasse. Un instant je demeurai, comme ivre, accoté à un pilier. Puis le besoin d'une action violente et décisive, me relança en avant. Je fonçai dans la nuit, tout droit, sans savoir où j'allais, sans entendre courir derrière moi.

C'était Jacqueline. Hélène n'avait pas hésité à l'avertir — ni elle à se lancer à ma recherche. Elle m'avait vu au moment où je prenais ma course. Elle m'appelait. Mais je ne ralentis pas, je ne me retournai pas. J'en avais assez, assez! Je distinguais le bruit de la cascade, et maintenant je savais ce qu'il fallait faire.

La grille du casino m'arrêta. Il me fallut chercher une porte. Jacqueline me rattrapa sur la route de la cascade. Elle courut à mon côté, haletante.

« Bruno! Bruno, mon chéri!... »

Elle se cramponnait à mon bras, je m'arrêtai devant le parapet du torrent. Un instant, elle avait tout oublié pour se lancer à ma poursuite. Mes impulsions n'étaient plus tout à fait les mêmes.

« Allez-vous-en! m'écriai-je. Que faites-vous ici? Retournez vous frotter contre votre Pichard! »

Ce dont j'avais besoin, à présent, c'était de lui faire mal.

Toute la scène conserve dans mon souvenir la précision d'une séquence cinématographique. Images en noir et blanc, tirées d'un film romantique. La nuit nous enveloppait, mais le blanchoiement du torrent l'imprégnait d'une clarté diffuse. Dans cette pâleur qui décolorait toute chose, Jacqueline ressemblait à la fois à un fantôme et à une statue. Ses épaules chastement décolletées, ses bras, son visage, paraissaient d'albâtre; sa robe, de neige avec des reflets argent. Et moi aussi je devais avoir une figure incolore par-dessus le noir et le blanc de mon smoking.

J'appuyais farouchement mes poings sur les blocs de lave qui forment une murette au bord du torrent. Ces pierres étaient tièdes encore dans la nuit fraîche. Je me rappelle tout : le parfum amer des buis et des sapins mêlé à l'odeur ferrugineuse de l'eau, le scintillement des lumières du casino à travers les branches, l'entassement des rochers qui nous dominaient. Une racine sortant de cette masse de rocs et d'arbres roides, se tordait sur le ciel pâle, telle qu'un symbole de la violence qui me convulsait. Non, jamais rien pour moi ne s'efface : je sens sur mon visage le vent chargé d'une poudre d'écume. La cascade mêlait sa rumeur au bruit de notre querelle. Elle nous obligeait à élever la voix, donnant à mes paroles un ton encore plus âpre. J'accablai Jacqueline de reproches, d'accusations. A la fin, elle répondit par cette plainte :

« Qu'ai-je fait de si mal? Les autres hommes n'existent pas, vous le savez bien. Mais nous ne sommes pas seuls au monde, Bruno.

— Si vous m'aimiez, nous le serions.

— C'est impossible.

— Tout est possible. Demandez-moi n'importe quoi, je le ferai, et vous n'avez seulement pas pu me sacrifier le plaisir de danser!

— Mais ce n'était pas un plaisir. Votre beau-frère m'a entraînée à l'improviste. Après avoir dansé avec lui, je ne pouvais refuser l'invitation de M. Pichard. Oh! mon chéri, mon chéri, je suis maladroite, mais je vous aime! Moi aussi, je voudrais ne vivre que pour vous, ne dépendre que de vous et faire tout ce qui vous plairait. Malheureusement, je ne suis pas libre.

— On est libre quand on veut l'être! répliquai-je avec toute la témérité de la jeunesse. Dites plutôt que vous pensez à votre réputation, au qu'en-dira-t-on, aux convenances, et non pas à nous. »

Mais je sentais ma mauvaise foi. Ce n'était ni de sa réputation ni des convenances qu'elle s'était souciée en quittant tout d'un coup les autres pour courir après moi! Elle me le fit doucement remarquer et je ne pus nier cette évidence.

Je ne résistai plus. Jacqueline se pressa contre ma poitrine. Je la pris dans mes bras et l'étreignis avec emportement.

« Mon amour, ma petite fille, si je suis méchant, c'est que je vous aime trop. Je vous aime tellement! Vous m'êtes si précieuse!... Et dire que je vais vous perdre! Bientôt nous serons séparés. »

Emporté par une vague de tristesse, de tendresse, ce que je n'avais pas voulu lui avouer sortit malgré moi de mon cœur.

« J'avais tant espéré que nous passerions cette nuit tout près l'un de l'autre, dans des chambres voisines. Je vous aurais sentie, je vous aurais écoutée, j'aurais vécu votre sommeil... »

Elle avait pris ma main et la caressait de sa joue, de ses lèvres. Mon rêve ne la trouvait pas insensible.

« Si j'avais pu! dit-elle.

— Vous auriez pu.

— Hélas non! »

Nous nous enfonçâmes dans un silence navré.

« Ecoutez, dis-je enfin, timidement, Jacqueline, mon amour, pourquoi ne viendrais-je pas vous retrouver à l'hôtel? Personne ne nous connaît... Il faut absolument que je sois avec vous, cette nuit. Je m'assiérai au bord de votre lit, je vous tiendrai la main, j'embrasserai vos yeux fermés, et vous vous endormirez près de moi comme si vous étiez mon enfant. Ce serait tellement merveilleux! »

Elle hésita. Je tremblais d'un désir infiniment chaste et tendre. Toute idée de chair restait bien loin de moi. Ce que je voulais, c'était cette suprême confiance, sa vie livrée à mon adoration dans tout l'abandon de ce sommeil, la pureté originelle de sa bouche et de l'ombre que ses cils abaissés poseraient sur la fraîcheur de sa joue.

C'était, je le conçois, la plus présomptueuse exigence. Je demandais bien plus que le don charnel, plus qu'il n'est possible à la plus téméraire des femmes, à la plus sûre de sa perfection, d'oser consentir. Mais Jacqueline gardait assez d'innocence pour accepter avec candeur ma prière. Ce ne fut pas la peur de cette confrontation muette et fatalement impitoyable, qui la fit hésiter; ce fut seulement, hélas! sa « bonne éducation ».

Elle était tentée, son sourire flottait, ses yeux levés vers moi me laissaient lire son envie de dire oui.

Enfin, elle secoua la tête.

« C'est impossible », fit-elle tristement.

Sa voix était douce et désolée, mais son refus profondément enraciné. Il ne me laissait aucun espoir de la convaincre.

Alors je redevins fou de chagrin et de colère. Je lui dis qu'elle mentait lorsqu'elle prétendait m'aimer. Elle s'amusait de moi, elle était une hypocrite, une perfide. Je savais bien d'ailleurs pourquoi elle refusait : parce qu'elle comptait passer la nuit avec Pichard. Elle était venue ici pour cela, d'accord avec Marité et lui. On se servait de moi comme paravent. Voilà pourquoi elle riait tant pendant le dîner... etc... etc...

Elle m'avait lâché. Ecroulée sur la murette, elle me considérait avec une espèce d'horreur. Puis elle enfouit son visage dans ses mains, je voyais ses épaules nues soulevées par les sanglots. Plus je lui faisais mal, plus je me haïssais de lui faire du mal, de perdre en querelles ces instants irremplaçables, et plus je la criblais de paroles odieuses.

Enfin, les accusations me manquèrent. Je m'arrêtai, tremblant encore de rage, et déjà pourtant montait en moi un flux de honte et de remords. Voilà donc tout ce dont j'étais capable : l'injurier et faire couler ses larmes! Moi qui avais toujours voulu la rendre heureuse. Quelle lamentable dérision!

Je détestais cette fatalité qu'elle portait en elle et qui m'obligeait sans cesse à m'enflammer de colère contre elle, à la frapper furieusement, alors que j'aurais tout donné pour la bercer dans mes bras. Je désirais de tout mon cœur arrêter ses pleurs. Seul un stupide respect humain m'empêchait de m'abandonner à cette impulsion.

« Eh bien, repris-je d'une voix que je voulais encore agressive et qui devait faiblir singulièrement, nous nous sommes dit tout ce que nous pouvions nous dire. Adieu! »

Je fis deux pas. Jacqueline s'élança en criant :

« Où allez-vous? »

Plus tard seulement, j'ai compris la raison de cette question affolée. C'était la peur que je me jette à l'eau. En venant ici, j'avais eu quelque chose comme une idée de ce genre, mais je n'y songeais plus : ma violence s'était écoulée dans la querelle. Je répondis prosaïquement que je rentrais à l'hôtel. Jacqueline se détendit. Elle chercha son mouchoir et s'essuya les yeux.

« Alors vous ne m'aimez plus? »

Mollement je répondis non. Elle éclata de nouveau en sanglots en se jetant sur ma poitrine.

« Bruno, non, non, ne m'abandonnez pas! Je ne veux pas. Je n'ai que vous. Oh! Bruno. Je ne peux pas vous perdre, ce serait trop affreux. Vous ne savez pas. »

Elle pleurait comme une petite fille, avec des spasmes qui la contractaient toute. Mes yeux se mouillaient. C'était grotesque.

« Je suis trop malheureuse, se lamentait-elle. Je fais le malheur de tous ceux que j'aime. Je porte la malchance... Bruno, je suis venue ici uniquement pour vous, vous le savez bien. Je pensais que nous y serions heureux. Et ce serait pour vous perdre!... Oh! non, non, je vous en supplie, dites-moi que vous m'aimerez encore un peu, un jour!

— Laissez-moi aller dans votre chambre. »

Elle se tordit les mains.

« Je ne peux pas. Ce serait trop mal. Bruno, je ne peux pas, je vous le jure. Je vous demande pardon, mais je ne peux pas... »

Il n'existe rien d'aussi puissant que la force d'inertie. Mon désir, ma colère et même mes regrets s'étaient usés contre elle. Epuisé, je pris ma pochette, je séchai les yeux de Jacqueline et l'embrassai amèrement.

Nous repartîmes le lendemain, après avoir déjeuné à l'Ermitage, au pied du château, avec les Rolland, Mme Da Monti et Hélène. Il ne me reste de tout cela aucun sou-

venir. Qu'avons-nous fait le matin? Je l'ignore. Le film
de mes souvenirs ne reprend que dans la voiture, bien
loin déjà de L... B... Jacqueline conduit, Albert à son
côté. Je suis au fond avec Marité et Pichard.

Je ne sais ce qu'étaient mes pensées ou mes sentiments,
mais je ne risque guère de me tromper en présumant que
la tristesse, peut-être aussi une certaine lassitude en formaient le fond. La seule chose dont je me souvienne avec
précision, c'est que je contemplais la nuque de Jacqueline et ses cheveux qui se tordaient luxueusement dans
le nœud de son chignon bas et doré.

On s'arrêta pour prendre de l'essence. Jacqueline cédant
le volant à Albert, proposa de remplacer, à l'arrière,
Pichard qui serait plus à son aise devant. Il eut le bon
goût d'accepter sans façons. Jacqueline s'installa entre
Marité et moi. Quelle audace de sa part dans cette manœuvre, quelle victoire sur sa timidité! Je serrai avec
gratitude sa main qu'elle glissait vers moi sous l'abri de
son manteau de voyage. Mais pourquoi s'enhardissait-elle
si tard, trop tard! Dans moins d'une heure nous allions
nous séparer, et bientôt nous ne nous verrions plus.

Marité, en bavardant avec elle, lui avait pris l'autre
main et la tenait affectueusement entre les siennes, comme
je l'y avais vue souvent reposer pendant les conciliabules
crépusculaires de cet hiver, dans le salon. Mais alors je
ne soupçonnais pas que ma sœur pût vouloir communiquer à son amie autre chose que de la confiance et de
la détermination. Maintenant, ce geste provoquait en moi
une jalousie pleine de la plus trouble horreur.

Je m'accrochai à Jacqueline, je la tirai à moi pour
l'écarter de Marie-Thérèse. Insensiblement, je l'entraînai,
je l'enlaçai sous son manteau. Je ne cessais d'épier les
yeux de Marité dans le rétroviseur, que pour surveiller
de biais ses doigts. Ils montaient nonchalamment dans la
manche de Jacqueline, jouaient avec ses bracelets, lui
caressaient le bras. La même fureur qui me faisait jadis,
dans nos disputes puériles, chercher les mots les plus
blessants pour en frapper ma sœur, me soulevait contre
elle; mais il s'y mêlait à présent un dégoût et une fièvre

équivoque. Ce n'était plus un jouet que je lui disputais.
Peut-être cette fièvre, autant que la jalousie, me poussait-
elle à serrer plus avidement Jacqueline contre moi, à
plonger davantage dans la tiédeur et le parfum de son
manteau. J'enveloppais sa taille, je la sentais libre, sou-
plement vivante à travers sa robe. Toute sa forme féminine prenait corps pour la première fois sous ma main.
Et, tout d'un coup, je rencontrai le renflement de son
sein à peine défendu par de minces étoffes.

Ce fut un éclatement, un voile qu'une flamme dévore,
une vertigineuse ivresse d'attendrissement et d'avidité.
La femme dont ma passion avait si longtemps méconnu
la nature charnelle — peut-être parce que cette nature
s'opposait à quelque confusion qui se trouvait à l'origine
de ma passion — la femme réelle, dis-je, entrait, au
milieu de cet éblouissement, dans la norme du désir. Elle
y entrait, je le remarque, à cause de Marité, comme elle
était entrée dans mes rêves par la faute ou la grâce de
Marité. Mais j'avais bien oublié ma sœur, la dépravation
dont je la croyais coupable, ma jalousie, ses yeux qui
pouvaient me voir dans le rétroviseur. Il n'y avait plus
pour moi que cette gerbe de chair donnée à mon amour,
ces seins que je sentais frémir au bord de ma main, gonflés
et tendres comme des roucoulements de tourterelle. Tout
s'était englouti et venait de renaître dans ce prodige si
simple.

Jacqueline puis Marité s'étaient tues. Je fermais les
yeux.

Quand je les rouvris, nous traversions le pont Alexandre.
On apercevait déjà les Quinconces au bout de l'avenue
Niel.

Comme je l'avais craint, Jacqueline, presque aussitôt après notre retour, partit avec ses parents pour leur propriété. Mais Mme Delignère, d'un ton résolu, m'avait demandé d'aller les voir souvent.

« Chaque fois que cela vous sera possible, vous serez le bienvenu, vous savez. »

Cette invitation n'était pas absolument désintéressée. Mme Delignère tremblait en pensant que la voiture, à laquelle il lui faudrait, plusieurs fois par semaine, confier sa vie, allait être abandonnée aux seuls soins de Jacqueline. Elle n'avait aucune confiance dans l'expérience de sa fille. A ses yeux, c'était toujours une enfant.

J'usai, peut-être même abusai, de la permission. Presque tous les après-midi, j'allais à Lignère à bicyclette. Après une visite à l'auto — jamais voiture ne fut autant lavée, graissée, astiquée et vérifiée hors de besoin —, Jacqueline et moi nous nous enfoncions dans l'ombre glauque du parc. Mais il ne me suffisait plus de marcher à côté d'elle ni de m'asseoir en lui tenant les doigts. Ce bonheur était révolu; une faim chaque jour plus exigeante lui succédait. J'y résistais. Car l'image la plus bouleversante de toutes celles que j'avais rapportées de L... B..., cette apparition d'une beauté à peine matérielle descendant vers moi comme sur un rayon, ne s'effaçait pas. C'était l'apothéose de tous les instants où Mme Beaufort m'avait ébloui par sa grâce : dernier maillon, et le plus étincelant, de cette chaîne d'émotions les plus pures. Sa scintillation restait entre moi et la créature charnelle si brusquement née dans mes bras. Je ne pouvais pas si vite ramener Jacqueline à la nature des femmes que j'avais désirées.

Cependant mon ardeur s'insurgeait contre cette superstition. Assombris par les reflets des arbres, et plus brillants dans l'ombre, les yeux de Jacqueline me fascinaient doucement. Il me semblait que ses cils me perçaient; leurs mouvements délicieux touchaient l'intérieur même de mon cœur. Son sourire m'altérait, comme la limpidité d'une fontaine nous fait sentir notre soif. Mais sa bouche n'apaisait pas ma fièvre. Mes lèvres errantes devenaient plus avides. Le bourdonnement chaleureux de l'été nous enveloppait dans sa langueur. A travers des vêtements plus légers, je sentais toute la forme de mon amie. Sa souplesse se moulait à moi, se pliait à mon étreinte. De fulgurantes tentations me traversaient.

Jacqueline ne semblait pas s'en apercevoir. Elle était calme. Elle paraissait parfaitement heureuse. Quand elle croisait autour de mon cou ses bras nus, appuyant sa joue contre la mienne et demeurant là, recueillie, elle avait un sourire de Joconde. Nos baisers comblaient-ils toutes ses attentes? On eût pu le croire, et j'étais ému de la trouver toujours si pure — si aimante qu'il suffisait à son bonheur de me tenir contre elle — si digne de mon adoration qu'elle accroissait mon respect. Mais malgré moi je lui en voulais obscurément de me contraindre à ce respect. Je m'en voulais à moi-même de la vénérer ainsi et, en même temps, de m'en irriter. De là, cette gêne sourde qui marque des jours où j'aurais dû m'estimer comblé.

A vrai dire, Marie-Thérèse était aussi quelque peu responsable de ma nervosité. Son attitude absolument déroutante me tracassait. J'avais prévu toutes sortes de réactions, mais non pas cette indifférence de sa part. Elle semblait ne plus se soucier de mes relations avec Jacqueline, ni de Jacqueline elle-même. Son intérêt pour elle s'était éteint d'un jour à l'autre, aurait-on pu croire, après le voyage à L... B... Pourtant ce week-end avait bien failli nous séparer, quoiqu'il nous eût enfin attaché davantage l'un à l'autre. S'en rendait-elle compte et nous abandonnait-elle? Ou était-elle en train de préparer quelque foudroyante intervention?...

J'interrogeais son visage dont la beauté calme et comme endormie maintenant, me repoussait. Ses sentiments restaient illisibles. Elle me témoignait l'affection la plus tranquille. Je m'efforçais de la lui rendre, ou du moins de lui en montrer les apparences. En réalité, la distance s'accroissait sans cesse entre nous. Nous ne nous touchions plus et elle n'avait plus sur moi d'autre pouvoir que celui de m'inquiéter.

C'est que Jacqueline polarisait alors tous mes sentiments. Mes sensations, mes désirs, mes pensées se portaient en bloc vers elle; tout un côté de moi-même, auparavant si plein d'effervescence et parfois de tumulte, était devenu désert. C'est évidemment normal, mais singulier, ces marées de l'âme, ou plus exactement ces migrations, ces caravanes des facultés à travers l'être qui provoquent en nous des changements si frappants. Et néanmoins rien n'est réellement modifié. Des constellations nouvelles nous attirent, mais notre astre essentiel demeure, de même que les marins passant de l'étoile Polaire à la Croix du Sud restent tributaires de l'unique soleil.

Marité savait. j'en étais sûr, que je voyais Jacqueline à peu près tous les jours. Elle ne m'en parlait jamais. Je fus donc très surpris lorsque, un matin, elle me demanda si je ne pourrais pas aller à Lignère l'après-midi.

« Pourquoi?

— J'ai un mot à faire tenir à Jacqueline et il me faudrait sa réponse très rapidement. C'est une invitation de Mme Da Monti. »

Grâce à Pichard, *qui avait le bras long,* René venait de passer capitaine. Pour fêter cette nomination, sa mère, revenue de L... B..., donnait un dîner.

« Comment! dis-je. Mme Beaufort est invitée! »

Hélène ne devait guère pourtant souhaiter sa présence. Marité avait sans doute manœuvré, une fois de plus. Mais dans quel but? Etait-ce sa suprême attaque qui se dessinait? En tout cas, elle tenait à faire venir Jacqueline : elle avait tout prévu pour ne lui laisser aucune raison de refuser.

« *Vous viendrez naturellement en voiture,* lui écrivait-elle. *Comme il ne serait pas prudent que vous repartiez de nuit, et comme votre mère s'inquiéterait de vous voir coucher dans la maison des Quinconces vide, je vous préparerai une chambre chez nous. Ne craignez pas de me déranger. Vous me ferez au contraire le plus grand plaisir.* »

« Que dois-je répondre? me demanda Jacqueline après m'avoir donné à lire ce billet.

— Je ne sais pas. Je ne comprends pas pourquoi ma sœur désire que vous assistiez à ce dîner. Ce n'est certainement pas pour rien.

— Il m'est possible de refuser, si vous voulez. Je dirai que maman...

— Oui. Mais si vous le vouliez, vous, cette soirée pourrait être pour nous un moyen... »

J'hésitais. Je la regardais. Elle me faisait un peu peur car je me rappelais notre dispute devant le torrent, et aujourd'hui je voulais obscurément plus encore que cette nuit-là. Une occasion m'était soudain offerte, elle éperonnait mon avidité, elle me poussait à courir tous les risques. Jacqueline était si jolie, si docile, attendant ma décision, ses grands yeux levés vers moi dans leurs franges blondes!

« Mon amour, dis-je en l'attirant, si vous vouliez nous pourrions retrouver cette nuit que nous avons manquée à L... B... Le hasard nous la redonne. Nous ne devons pas refuser ce bonheur. »

Elle rougit un peu. Ses cils tremblèrent.

« Je ne comprends pas, murmura-t-elle.

— C'est très simple : allez à cette soirée, moi, je resterai à la maison. Quand vous rentrerez, vous me trouverez dans votre chambre.

— Oh! non, Bruno. Nous ne pouvons pas faire une chose pareille, vous le savez bien.

— Non, je ne le sais pas. Je sais que nous nous aimons, tout le reste nous est égal. »

Je ne la laissai pas me répondre. Elle ne put se soustraire à mes lèvres. Il fallut bien qu'elle fléchît contre moi, et bientôt elle m'enlaça à son tour, sa bouche s'anima.

Elle était troublée, tentée. Et moi, je m'enflammais. Mais elle trouva la force de me repousser.

« Non, non, balbutia-t-elle, haletante. Ne profitez pas de ma faiblesse. Je vous aime, ah! que je vous aime, mon chéri! Mais il y a des choses vilaines. Ce serait mal. Nous aurions honte de nous.

— Honte de vous tenir tout entière dans mes bras, de vous bercer, de ne plus connaître d'obstacle entre nous! Où serait le mal?

— Dans la chose défendue », répondit-elle faiblement.

Je la laissai aller. Elle semblait ne plus résister que par un ultime automatisme. Il s'épuiserait de lui-même. Pour le moment, mieux valait changer de ton.

« Ecoutez, dis-je en souriant, remettons-nous-en à la décision de votre mère. Si elle vous conseille de venir... »

Jacqueline sourit un peu elle aussi.

« Vous savez bien que cela ne signifierait rien, au contraire : ce serait abuser très hypocritement de sa confiance, puisqu'elle ne saurait pas à quoi elle m'engagerait.

— Naturellement. Mais ça ne fait rien; allons voir ce qu'elle va dire. »

Mme Delignère cousait, installée dans le boulingrin, sous les tilleuls. Elle lut la lettre et dit :

« Vas-y, bien sûr, ça t'amusera. Ton père fera la tête, mais nous en avons l'habitude, n'est-ce pas. Seulement, Bruno, je voudrais que vous veniez chercher cette enfant. Il ne faut pas la laisser seule, vous savez. »

Ces paroles prenaient pour nous une singulière ambiguïté. Jacqueline s'empourpra.

« Je n'irai pas, dit-elle en me lançant un regard de reproche.

— Vous nous feriez beaucoup de peine.

— Mais oui, mais oui, dit Mme Delignère. Ce ne serait pas aimable. Tout le monde est si gentil pour toi! Et puis tu as besoin de te distraire, ma princesse. Je sais bien que la vie n'est pas drôle pour toi ici, avec des vieux comme nous. Tu as eu assez de peines; il faut que tu prennes un peu de plaisir, n'est-ce pas.

— Mais maman...

— Elle ira, Bruno. Remerciez votre sœur et dites-lui que Jacqueline accepte bien volontiers. Seulement, venez la chercher, vous savez.

— Ah! ça non, non et non! » s'écria Jacqueline cédant sur le principal et se rattrapant d'une manière puérile sur un détail.

Dans l'état où je me trouvais, cet enfantillage me parut touchant. Si j'avais été plus lucide, j'aurais pu y voir tout autre chose qu'une manière honorable de capituler. Cette petite lutte, cette défaite sans gloire. l'obstination de sa mère à lui faire faire. contre sa volonté. un mauvais pas en croyant agir pour son bien, résumaient tout le drame de son mariage — et de sa vie.

« Eh bien, dis-je, transigeons. Je ne viendrai pas vous chercher. Je vous attendrai simplement au terminus des trams. De cette façon, votre liberté sera respectée et la tranquillité de votre mère sauvegardée puisque vous ne serez pas seule pour conduire en ville. »

Tous ces détails sont fastidieux. Je dois pourtant m'astreindre à les consigner parce qu'ils constituent la vie même de Jacqueline. Ils montrent combien elle était encombrée, combien des choses minuscules, qui n'eussent pas compté dans une autre existence. prenaient dans la sienne une importance écrasante. Elle n'était pas responsable de cette mesquinerie. Cette pauvreté provenait de la médiocrité de ses parents. Mais il lui manquait la force de s'y soustraire. Sa bonté, son honnêteté l'accablaient. On l'avait empoisonnée, on l'avait nourrie de stupéfiants.

Quand je transmis à Marité les remerciements de Mme Delignère et l'acceptation de Jacqueline, elle me dit :

« Voilà qui est parfait. Comme ça, nous passerons encore une bonne soirée tous ensemble.

— Vous passerez: Moi. je ne peux pas aller à ce dîner. Il a été organisé un peu trop à l'improviste. Je ne suis pas libre après-demain soir, et je ne rentrerai probablement qu'à l'aube.

— Pourquoi? demanda Marité d'un ton dont elle ne put me dissimuler l'âpreté.

— Je ne te dois pas compte de mes amusements, je présume! ripostai-je. Est-ce que tu me fais part de tes plaisirs? Quand je pense à tous les recoins d'ombre que tu te ménages et où tu deviens Dieu sait quoi!... Je ne veux pas le savoir, d'ailleurs. Nous sommes assez grands pour avoir chacun sa vie. »

Elle baissa les yeux, sourit mystérieusement et me dit : « Tu as raison. »

Puis elle ajouta :

« Hélène sera désolée.

— Je le regrette ». dis-je sèchement.

Un instant plus tard. elle jouait du Chopin dans le salon : ce prélude étincelant de cuivres. qui éclate comme une charge lancée dans le martèlement des sabots, puis roule en s'enflant de coups et de cris, comme une armée à travers la ville mise à sac.

Cette violence ivre qui volait avec les notes saccadées, son rythme était celui-là même sur lequel battait mon cœur.

Pour une simple question!

Il ne m'était pas possible d'aller à Lignère. le lendemain. J'avais ma dernière conférence de l'année à la Faculté, à la veille des vacances. Je ne revis donc Jacqueline que le surlendemain, sur la route. J'étais allé au-devant d'elle.

« Je n'ai pas eu la patience de vous attendre au terminus, lui dis-je. Il me tardait trop de vous voir. »

Elle me répondit gentiment et leva d'elle-même son poignet vers mes lèvres. Mais elle était nerveuse. Moi aussi. Mon esprit dévorait les heures. il courait à cette nuit. Une chaleur délicieuse et crispante me venait de la proximité de Jacqueline. Je sentais son parfum. Elle m'attirait. Je me consumais d'envie de la toucher. Je regardais ses bras. ses pieds charmants. Même le bracelet qui se montrait sous le crispin de son gant, était pour mon cœur et mes sens quelque chose d'essentiel Tout. en elle, excitait en moi une convoitise où il entrait, je crois, encore plus d'attendrissement que de désir.

Nous roulions en silence. Brusquement, elle me dit :
« Ecoutez, Bruno, il faut me promettre que vous ne viendrez pas, cette nuit. Je serais trop malheureuse.

— Non. Vous serez très heureuse. »

Elle secoua farouchement sa jolie tête.

« Je ne peux pas. Promettez-moi de ne pas venir. Sinon, j'avertirai votre sœur que je ne couche pas ici, et je repartirai pour Lignère en sortant de chez les Da Monti.

— Vous auriez cette cruauté!

— Ce n'est pas de la cruauté. Ce n'est même pas de la prudence. C'est... Ah! Bruno, vous le savez bien.

— Non, je ne le sais pas, mais n'en parlons plus.

— Vous renoncez? » s'écria-t-elle en me jetant rapidement un regard étonné.

Elle s'interrompit pour doubler un camion, puis reprit :
« Vous ne viendrez pas, vous me le jurez?

— Si cela peut vous faire plaisir.

— Me faire plaisir, non. J'aurais été peut-être encore plus heureuse que vous. Non : cela me fait beaucoup de peine, mais ce doit être ainsi. Nous n'avons pas eu de chance. »

On a la chance que l'on se donne, pensai-je. Cependant je ne dis rien et nous achevâmes silencieusement le trajet.

Marité accueillit Jacqueline avec la bonne grâce la plus naturelle. Impossible de lui deviner une arrière-pensée. J'étais pourtant peu porté à croire qu'elle ait fait venir son amie uniquement pour passer la soirée avec elle, alors que depuis quinze jours elle s'en désintéressait. Quand elle la conduisit à sa chambre, à l'étage, je les accompagnai en portant la mallette de Jacqueline. Marité ne me donna aucun motif de défiance. En s'offrant à aider son amie à s'habiller, elle était dans son rôle. Il ne m'aurait pas plu que cette proposition fût acceptée, mais je n'eusse pas été fondé à y voir une manœuvre. Au reste, son offre fut repoussée.

« Merci. Vous êtes gentille, mais je n'ai pas besoin d'aide : ma robe se ferme par-devant. »

Nous descendîmes ensemble, Marité et moi. J'allai
attendre au jardin. Je contemplai la fenêtre de cette
pièce qui contenait Jacqueline — cette pièce peuplée
par l'infini de sa présence, de ma tendresse et de ma
soif. Bientôt, nous y serions seuls dans l'ardente douceur
d'une nuit qu'elle ne pourrait plus refuser. Le rideau
se souleva. Elle apparut, dans sa robe rose. En me voyant
en bas, elle toucha sa bouche et m'envoya furtivement
l'esquisse d'un baiser.

Albert sortit le premier, suivi peu après par ces dames,
éblouissantes. La beauté de Marie-Thérèse, la délicate distinction de Jacqueline, s'exaltaient l'une l'autre. Le cadre
— façade de la maison, jardin — rendait plus saisissante
leur grande toilette, et le soleil couchant, qui ajoutait
sa somptuosité à leur éclat, donnait à cette scène déjà
insolite, quelque chose de théâtral, de presque incroyable.
Je regardai ces deux femmes si différentes et si bien
accordées venir vers moi, et soudain il y avait en moi
dans mon admiration une sorte d'accablement, dans mon
désir une sorte d'incertitude, un désespoir incompréhensible et une douceur qui tous deux me déchiraient. En
ce moment je ne pouvais pas croire que ma sœur fût
mon ennemie. Peut-être avais-je mal interprété tous ses
actes. C'était peut-être pour moi qu'elle avait organisé
le week-end à L... B..., à moi qu'elle offrait maintenant
cette nuit!...

Déjà je ne pensais plus qu'à ces heures prochaines.
J'embrassai Marité, je baisai la main de Mme Beaufort en
lui murmurant :

« A bientôt, dans votre chambre. »

Elle pâlit. Ses lèvres frémirent. Mais que pouvait-elle
faire, à présent ? Pas même me répondre. Elle partit comme
une biche affolée.

Je savais bien qu'il aurait mieux valu ne pas la prévenir. C'était lui donner toute la soirée pour s'armer de
résolution et de colère, mais il m'eût déplu de la sur-
prendre. Je n'eusse pas supporté de jouer les Valmont
avec elle.

Je sortis. J'allai dîner dans mon ancien restaurant

d'étudiant. Il me fallait rester dehors jusqu'à ce que la maison fût débarrassée des domestiques. L'impatience d'être dans cette chambre où il me semblait que je trouverais déjà un peu de Jacqueline, me tourmentait. Et quand j'y entrai enfin je ne fus pas déçu. Son parfum m'y accueillit. Discret comme elle, un peu perdu dans la vaste pièce, il y mettait cependant sa présence. mais fragile, passagère et d'autant plus émouvante.

Une seconde, cette suavité menacée évoqua par contraste le parfum corpulent et si péremptoirement présent de Marité. Je la revis avec Jacqueline, telles qu'elles avaient paru ce soir sur le perron. Mais la grâce éclipsa de nouveau la puissance. J'oubliai ma sœur pour suivre à tâtons dans la pénombre un filon d'odeur plus déterminée. Il m'amena vers la coiffeuse. La mallette de Jacqueline y restait ouverte. Ses flacons et ses boîtes pouvaient-ils répandre cette odeur vivante? Je distinguais leurs émanations froidement chimiques, de ce parfum qui me pénétrait quand je tenais Jacqueline dans mes bras.

Tout d'un coup, mes mains la trouvèrent, elle ou presque elle, ou enfin ce qui demeurait d'elle dans des vêtements abandonnés sur le siège de la coiffeuse. Mes doigts reconnurent le tissu granité de sa robe et apprirent la fluidité d'une autre étoffe mousseuse comme ses cheveux sur son front. Je ne la touchai pas sans trouble, mais — effleurant cette soie qui constituait en somme la marche vaporeuse et odorante d'une intimité, la frontière d'un mystère charnel dont j'étais avide et devant lequel je restais pourtant prosterné — je me retrouvai tel que j'avais été, des mois plus tôt, au seuil d'une chambre incarnate, arrêté et envahi, en l'absence de Jacqueline, par son adorable immanence. Le même sentiment religieux, ou plus exactement peut-être, le même mystérieux avertissement de ne point infliger à un idéal une épreuve matérielle destructrice, me retenait de saisir ces étoffes et d'y plonger mon visage.

Mais aussi, ce soir lointain, j'avais malgré moi désiré pour la première fois Jacqueline, en parlant d'elle avec Marité éblouissante comme elles l'étaient toutes les deux quelques heures plus tôt. Et, de nouveau, la même subtile contagion me rendait la résistance plus difficile. Je ne le savais pas : je croyais simplement qu'entre-temps trop d'approches avaient été accomplies, trop d'habitudes prises, qui nous emportaient, Jacqueline et moi, vers un terme inéluctable.

C'était vrai. Seulement ces étapes, ces habitudes, ces désirs, je ne les avais franchis, contractés et ressentis que poussé sans le savoir par une influence, volontaire ou non, de ma sœur. A présent, Marité était dépassée. Elle ne jouait plus, matériellement, aucun rôle dans notre drame. Il nous concernait seuls. Néanmoins un effet de sa force subsistait dans la faiblesse qui me courbait, qui entraînait mes lèvres vers ces étoffes encore vivantes. J'y enfouis mon visage. Durant un temps sans mesure, je me perdis dans un rêve des sens. Tous les souvenirs de notre amour y flottaient et venaient se confondre avec mon désir exalté, nostalgique et tendre.

L'horloge de l'Hôpital sonna une heure. Je devais songer à me dissimuler car il se pouvait que Marité accompagnât Jacqueline jusqu'ici. Il ne me plaisait guère de me cacher comme un larron, mais j'y étais contraint. Entre la chambre et le cabinet de toilette se trouvait une penderie qui faisait communiquer les deux pièces. J'y allai m'asseoir au fond, sur une malle, derrière des piles de journaux et de boîtes en carton.

Les tintements du quart, puis de la demie, puis des trois quarts, s'égrenèrent. Je n'étais plus qu'impatience. L'impossibilité de fumer accentuait mon énervement. Deux heures. Ma nervosité fit place à l'inquiétude. Jacqueline avait-elle trouvé malgré tout un moyen de me fuir? Ou Marité me jouait-elle un tour de sa façon?... Encore un quart... Et soudain un ronflement monta dans l'allée, la voiture entra dans le garage, sous mes pieds, le moteur se tut. Claquement des portières. Bavardages. Enfin, des pas dans l'escalier. Deux voix.

La chambre s'éclaira, encadrant d'une marge lumineuse la porte de ma cachette. J'entendais Jacqueline et Marité parler, rire doucement. Ni l'une ni l'autre ne semblaient

pressées de se séparer. Jacqueline ne me savait pas là :
elle pensait que je viendrais seulement quand ma sœur
serait descendue. Marité, c'était son dernier rempart contre
moi. Je n'avais pas prévu ce risque. Le lit craqua.

La porte de la penderie n'était qu'un panneau battant,
découpé dans la boiserie et non pourvu de serrure. Je
m'en approchai et, le poussant imperceptiblement, je
risquai un regard. Jacqueline s'était laissée tomber sur le
pied du lit. Dans sa robe qui bouffait autour d'elle, elle
avait l'air de danser la Mort d'un Cygne rose et argent.
Marité, blanche, noire et dévorée de flammes de satin
rouge, s'assit près d'elle. Elle lui parlait bas, lui prenait
les mains, l'attirait. Jacqueline se laissa aller contre son
épaule qui l'abritait de moi. Ténébreux et dorés, leurs
cheveux se mêlèrent. Marité se pencha, lui baisa les
yeux. Dans le décolleté de son corsage rutilant, sa poitrine se renflait, offrant, presque sous les lèvres de Jacqueline, sa chair d'amande, creusée par une ombre vertigineuse.

Ce spectacle entrait dans mon corps comme un couteau. Mais lentement. Et il touchait de sa pointe des
zones de plus en plus sensibles. Il m'avait fait battre le
cœur de rage, d'horreur. Maintenant quelque chose en
moi haletait...

Jacqueline demeurait immobile, réfugiée paisiblement
dans cette étreinte.

« Ah! tu ne comprendras donc jamais », fit Marité en
lui appuyant sa gorge sur la bouche.

Et tout à coup elle me vit devant elle, les poings
serrés. Son expression changea avec une rapidité foudroyante. Elle éclata de rire.

« Voilà! Je savais bien que je te ferais sortir. »

Ses yeux, son visage, tout son corps provoquaient et
triomphaient. Quand est-ce qu'elle mentait? Quand
feignait-elle? Maintenant ou un instant plus tôt?...

Je ne lui dis pas un mot. Je me détournai d'elle. Il
m'eût été impossible de me contenir, je l'aurais frappée.

Jacqueline, les lèvres ouvertes, restait pétrifiée. Seuls,
ses yeux vivaient. Ils allaient de ma sœur à moi et de

moi à ma sœur, agrandis et décolorés par la stupeur. Elle ne concevait ni l'acte de Marité ni ma présence subite.

Je lui baisai la main.

« Ne vous inquiétez pas, chère amie. Marité se plaît à jouer les Robert-Houdin. Ces excentricités n'ont pas d'importance. Nous allons vous laisser dormir. Bonne nuit.

— Mais oui, mon chou, fit à son tour Marité en souriant, bonne nuit. Comme le dit si bien Bruno, ces excentricités n'ont pas d'importance. Dormez bien. »

Elle lui caressa la joue et se leva.

Je fermai la porte derrière elle. Elle descendit l'escalier devant moi. Arrivée à ma chambre, elle s'arrêta pour me dire bonsoir. Je répondis « Bonsoir » du même ton posé. Elle avança son visage pour m'embrasser. Je fis un suprême effort pour ne détourner qu'à demi le mien. Dans ce geste inhabituel et confus nos lèvres se frôlèrent et soudain sa bouche s'écrasa sur la mienne.

Adossé à la porte de ma chambre, que j'avais refermée brutalement, j'étais hors de moi. Mes lèvres me brûlaient, j'avais le vertige, mon cœur cognait contre mes côtes et m'étouffait. Tout un temps s'écoula pendant lequel je ne fus plus que ce halètement, cette défaillance.

Puis j'entendis ma sœur marcher dans la salle de bain, et le sentiment qui me vint d'abord fut celui de l'incrédulité. Ce n'était pas possible! Non, pas possible que Marité, que ma sœur...

Pas possible que tout un passé, trop passionné sans doute, mais néanmoins fraternel, se fût soudain aboli! Elle jouait, encore et toujours; elle était allée, ce soir, jusqu'à l'extrême limite du jeu — comme elle m'entraînait autrefois à la limite d'un jeu plus naïf et à peine moins téméraire, quand elle me demandait de lui redresser la couture de ses bas. Si cette morsure à ma bouche n'était pas tout simplement un pis aller, une vengeance, Marité jouait avec moi.

Mais combien dangereusement! Mon vertige me donnait la mesure du risque. Ne sentait-elle pas que la plus petite étincelle suffirait à enflammer la charge d'ardeur dont nous étions bourrés! qu'un rien pouvait faire passer dans la frénésie cette passion jusqu'à présent sauvée!

Ou bien était-ce cela qu'exacerbée elle risquait délibérément?

Oui, je mesurais le péril à la violence de mon émotion, à la facilité avec laquelle — je le sentais — Jacqueline serait effacée en moi par l'éveil d'une faim qui datait de bien avant elle. Cette créature si jolie et que, peu d'ins-

tants plus tôt, je désirais si ardemment et si tendrement
à la fois, pensais-je encore à elle à ce moment! Qu'est-ce
qui m'empêchait de la rejoindre! J'avais toutes les possi-
bilités. Marité ne sortirait pas pour m'arrêter.

J'écoutais claquer ses mules derrière la cloison. A quoi,
à qui, pensait-elle? Ses lèvres brûlaient-elles comme les
miennes — ses lèvres rondes, dures et terriblement douces.
Etait-elle, elle aussi, habitée par cette chaleur qui me
montait aux yeux?...

Cette porte, cette seule porte entre nous, m'aimantait.
Malgré moi j'avançai. Ma main se leva. Je la regardais,
dans une terreur et une impuissance de cauchemar, se
poser sur la poignée. Je voyais par avance la porte s'ouvrir
sans bruit et derrière elle mon piège, ma proie silencieuse, blanche dans sa robe de nuit qui tombait à longs
plis sur ses pieds, les bras nus et la noire cascade de ses
cheveux sur ses épaules, ses yeux intensément fixés sur
mon apparition. Sa poitrine gonflée se moulait dans les
plis de la soie...

Je ne l'entendis plus remuer. Je l'imaginais en suspens,
regardant la poignée sur laquelle se crispaient mes doigts.
Elle attendait qu'elle tourne — elle attendait peut-être
avec un sentiment de triomphe. Je lâchai la poignée.

D'un effort pantelant je m'arrachai de cette porte. Je
me jetai sur mon divan. Bientôt la lumière s'éteignit
dans la salle de bain.

Je ne dormis pas. Le sommeil ne voulait pas de moi
et je ne voulais pas de lui. Ce n'était plus le temps de
dormir, d'attendre.

Quand j'eus retrouvé un peu de ma force, que ma
violence, ce feu qui me dévorait, et enfin ma rancune
contre Marité, se furent assoupis, l'aube rapide de juillet
blanchissait déjà les persiennes. Silencieusement, je tirai
ma valise du placard et la remplis, puis j'écrivis à Jacqueline un billet accompagné d'un mot pour ma sœur.

Je m'en vais dès ce matin au Buys, lui disais-je. *Remets
à Mme Beaufort le message ci-joint. Je te prie de ne pas
venir au Buys avant votre départ pour Saint-Jean-de-Luz,
mais de t'arranger pour vous en aller là-bas directement.*

A six heures, je sortis sans bruit par le garage. L'air était pur et me lavait.

Mes parents ne furent pas surpris de me voir : je leur avais annoncé mon arrivée pour cette semaine, sans fixer le jour. Ma mère me fit déjeuner, puis je me retirai dans ma chambre où je dormis jusqu'à midi. Après le repas je sellai Centaure, un vieux camarade, et nous partîmes vers Lignère.

Une promenade d'une heure à travers la forêt puis par des chemins de terre, qui en d'autres circonstances eût été grisante, m'amena à l'entrée du parc. Jacqueline m'attendait; Marité lui avait bien remis mon billet.

« Enfin, Bruno, s'écria-t-elle, que s'est-il passé?

— Peu de chose, au fond, Marité a compris mon dessein et l'a fait échouer. »

Je n'étais pas tellement sûr que cette explication fût la bonne, mais c'était celle qu'il fallait donner à Jacqueline. Elle en retint seulement tout d'abord ce fait :

« Alors votre sœur sait tout!

— Et après! Elle ne le sait pas d'hier, vous pensez!

— Oui, mais elle a pu croire que j'acceptais de vous recevoir dans ma chambre, chez elle, que je profitais de son hospitalité pour... Oh! quelle honte. Je ne pourrai plus soutenir ses regards. Déjà, ce matin, je me sentais affreusement mal à l'aise devant elle, et pourtant je n'étais pas sûre... Mais comment vous êtes-vous trouvé là tout à coup?

— Je vous attendais depuis des heures, assis dans la penderie.

— Et c'est cela que votre sœur a deviné? Elle m'a cru d'accord avec vous! Ah! je savais bien, je vous avais bien défendu... Vous auriez dû me croire, Bruno. Votre imprudence m'a déshonorée. »

J'écoutais avec stupéfaction. Tout cela était tellement loin de la question, tellement loin d'une réalité autrement naturelle, de nous, tellement mélodramatique.

« De quoi parlez-vous? m'écriai-je. Déshonorée : qu'est-ce que ça veut dire? En quoi une femme se déshonore-t-elle si elle aime un homme et se donne à lui! Vous vivez

encore comme une provinciale sous le règne de Charles X.
En ce temps-là déjà, ce que l'on appelait l'honneur n'était
que de la respectabilité bourgeoise; aujourd'hui cette respectabilité est devenue purement commerciale : elle ne
nous interdit plus que de signer des chèques sans pro-
vision. L'honneur véritable, c'est bien autre chose : c'est
la conscience et le respect que nous pouvons avoir de
l'homme en nous. Vous en êtes pleine, d'honneur; c'est
pourquoi je vous aime, et ce ne sont pas les opinions
de Marité sur vous qui peuvent atteindre votre dignité. »

Jacqueline me regardait pensivement, les yeux verdis
dans l'ombre. Elle eut un sourire fugitif et me caressa
la main.

« Merci, dit-elle. Vous avez sans doute raison, mais... »
Puis brusquement sa pensée prit un autre cours.

« Pourquoi êtes-vous sorti de votre cachette? »
Je ne voulais pas lui mentir et je ne pouvais lui dire
la vérité. Il me fallait choisir mes mots entre ces deux
extrêmes.

« J'en avais assez de voir Marité s'accrocher à vous.
— Mais vous aviez patienté jusque-là. Après avoir tant
fait, malgré mes prières, il ne vous restait plus à attendre
qu'un instant encore; votre sœur ne pouvait plus rester
longtemps. Et pour quelques minutes vous avez tout
perdu! Cela ne vous ressemble guère, Bruno. »

Elle sentait bien qu'il y avait quelque chose d'inconcevable. Mais, Dieu merci, elle était trop saine pour se
douter de la vérité — ou de la comédie jouée par ma
sœur. Elle avait probablement pris pour un sursaut de
Marité le geste qui m'avait fait bondir, et elle avait pu
croire que le tutoiement s'adressait à moi.

« J'étais à bout de nerfs, dis-je. J'ai agi d'une manière
absurde. »

Je ne mentais pas, car évidemment j'aurais dû demeurer
immobile dans la penderie, et je le pensais. On pouvait
croire que Jacqueline, si prompte à se défendre de moi,
eût été encore plus rebelle aux entreprises de Marité.
Comédie ou folle passion qui jette enfin le masque, la
tentative était d'avance condamnée, croyais-je. Et j'aurais

su. Je n'en serais pas réduit à fuir, à me raccrocher de
toutes mes forces sur la pente d'un abîme.

« Comment était ma sœur avec vous. ce matin? demandai-je.

— Comme d'habitude. Et il a fallu toute sa simplicité
et sa bonne humeur pour que j'aie osé la regarder. Elle
m'a apporté elle-même mon déjeuner dans ma chambre.

— Vous étiez couchée?

— Non. Levée et habillée. Je désirais partir le plus
tôt possible.

— Que vous a-t-elle dit?

— Rien de particulier. hormis que vous aviez pris l'autobus pour le Buys, et elle m'a parlé de vous assez... intimement. Elle vous aime beaucoup.

— Ah! je vous en prie. ne parlons plus d'elle : elle
est loin. elle va partir en vacances; nous ne la verrons
plus de longtemps. Il n'y a plus que nous deux. Oublions-
la.

C'était facile à dire. Et c'eût été peut-être facile à faire
si Jacqueline s'y fût prêtée. Comblé par son amour. j'aurais pu échapper à l'ombre turbulente qui me disputait à
sa clarté. Mais Jacqueline semblait avoir été confirmée
secrètement dans sa résistance par l'échec de cette nuit.
Il lui donnait sans doute de l'assurance et sûrement plus
de force matérielle contre mon désir divisé. attiédi de
toute la chaleur dont je brûlais malgré moi pour une
autre. De plus, tout au fond d'elle. Jacqueline devait
m'en vouloir un peu de l'avoir compromise. Peut-être
même savait-elle quelque gré à Marie-Thérèse de son
intervention.

Oh! elle restait charmante avec moi. J'allais la voir
tous les après-midi et elle m'accueillait affectueusement.
Nous passions des heures tendres dans le parc ou dans
l'orangerie ou dans le fond de la voiture — sans approcher
la maison où le colonel se renfermait à mon arrivée. Mais
elle ne donnait aucun signe de souhaiter autre chose
que cette tendresse.

Et aussi, pour me délivrer de Marité, ce n'était pas au

Buys que j'aurais dû fuir. Tout m'y parlait d'elle. Notre
affection trop vive, nos complicités et notre mutuelle
intolérance, nos querelles, notre jalousie et notre fatalité
réciproques me poursuivaient partout ici, au milieu de
mes souvenirs d'enfant. Quand j'étais avec mes parents
dans la salle commune au plafond bas entretoisé de
solives brunes, j'y retrouvais ma solitude après le mariage
de Marité. Sur le carreau rouge bien ciré nous jouions
jadis au « traîneau »; je la revoyais avec ses genoux nus
et ses boucles noires qui volaient. Quand j'allais à ma
chambre je passais devant la porte de la sienne. Il me
semblait que si je l'ouvrais, je la découvrirais, droite dans
l'ombre, silencieuse et brûlante. Elle me faisait horreur,
mais cette horreur avait la puissance d'un charme. Je ne
voulais pas penser à elle, mais toujours cette pensée, cette
même question hantait mon esprit : cette morsure à mes
lèvres, était-ce un geste de triomphe ou la plus diabolique des vengeances?...

Oui, j'aurais dû quitter le Buys, aller à Hendaye où
se trouvait Hélène. Je ne pouvais pas, Jacqueline me
retenait. Ce qu'elle me donnait me semblait être bien
peu de chose, et malgré tout c'était immense. C'est ce
que je regrette le plus maintenant. Ah! que ces après-
midi, décevants à ce moment, me paraissent aujourd'hui
riches et beaux! D'abord il y avait ma jeunesse. Et puis
aussi cette liberté des vacances, que je ne goûterai plus.
Il y avait ces courses à travers bois. En prévision de mon
séjour estival chez mes parents, j'avais étudié la carte
d'état-major pour voir s'il ne serait pas possible d'aller
du Buys chez Jacqueline sans passer par B..., ce qui
m'aurait pris des heures avec les moyens dont je dis-
posais. J'avais trouvé qu'en coupant à travers la forêt,
puis en empruntant des V. O. et des chemins de terre,
on devait rallier Lignère en s'épargnant plus de quinze
kilomètres. C'était ce trajet que j'avais suivi, le premier
jour, pour aller expliquer à Jacqueline ce qui s'était
passé entre elle, Marité et moi. Il ne pouvait se faire
qu'à cheval; mais ici, précisément, nous nous trouvions
au royaume des chevaux.

Tous les après-midi j'en sellais un et nous partions.
Nous traversions les pâtures, puis, soulevé sur les étriers,
pour décharger l'arrière-main de ma bête, j'escaladais avec
elle, d'un élan commun, les châtaigneraies. Leurs pentes
moussues résonnaient sourdement au martèlement des
fers. L'été bourdonnait sous leurs voûtes criblées que nous
crevions, et là-haut, une fois sur les crêtes d'où le paysage
déroulait sa tapisserie verte et bleue, Centaure ou la
belle Omphale aux longues jambes, ou Sultan, ou un
autre, hennissait en s'ébrouant avec fierté.

Je soutenais du mors ma monture et nous plongions
dans l'épaisseur des fougères luisantes comme la surface
d'un étang. Laissant derrière nous un sombre sillage, nous
emportions l'odeur amère des tiges écrasées. Puis c'étaient
les halliers au parfum d'humus, les étroites laies où le
cheval baisse la tête, où il faut se coucher sur l'encolure,
le coude levé pour repousser les rameaux. Nous débou-
chions dans des allées forestières dont le tapis de gazon
était doux au galop. Je coupais par les prés jusqu'à la
Sôgne secrète, sombre et cristalline sous son berceau de
hêtres. Dans la file des troncs, certains, que le soleil
atteignait, mettaient dans l'ombre du val de blondes
contorsions de nymphes surprises ou de baigneuses. Mon
cheval posait précautionneusement ses pieds parmi les
cailloux; l'eau atteignait à peine ses paturons, mais elle
était si froide qu'elle faisait frissonner toute sa peau : il
poussait une espèce de soupir en prenant une grande
battue pour s'élancer sur l'autre rive.

C'est là que j'aurais aimé venir avec Jacqueline : dans
ce vallon enfoui, plein d'ombre bleue. Nous aurions pu
croire que la lumière, l'herbe, le silence des arbres et la
petite chanson du ruisseau n'étaient faits que pour nous.
Ici mon amour déçu reprenait courage, je retrouvais des
désirs et des illusions. Alors je m'élançais à l'assaut de
la colline, impatient d'arriver, d'apercevoir Jacqueline,
espérant contre toute raison qu'elle aurait changé.

Elle ne changeait pas. Elle me semblait encore jolie
dans ses robes d'été dont la simplicité convenait à sa
grâce; mais cette grâce me devenait lointaine, peu à

peu étrangère. Et son amour ne s'humanisait pas : il
restait insaisissable autrement que dans le silence, dans
ces longs tête-à-tête immobiles où il paraissait suffire à
Jacqueline que je fusse là.

Je ne pouvais plus supporter cette passivité.

« Enfin, Jacqueline, lui dis-je, que pensez-vous de nous
deux? »

Elle me regarda, étonnée.

« Ce que je pense? Mais que je vous aime, que vous
m'aimez, que c'est merveilleux.

— Et qu'allons-nous faire? Quel avenir imaginez-vous?

— Aucun, répondit-elle après un long silence. Il n'y
a pas d'avenir pour nous.

— Comment! m'écriai-je, vous n'avez ni désir ni espoir
— ni même confiance! »

Elle baissa les yeux et me dit, de cette voix pathétique
que je n'avais entendue qu'une fois à L... B..., mêlée au
ronflement du torrent :

« Je voudrais vivre avec vous tous les instants de ma
vie.

— Eh bien?

— C'est impossible, Bruno. N'en parlons plus, cela me
fait trop mal.

— Mais pourquoi serait-ce impossible?

— Parce que je suis liée, vous le savez bien.

— Vous pouvez divorcer.

— A quoi cela servirait-il? Je n'en serais pas plus
libre. »

Je comprenais trop bien ce qu'elle ne voulait pas dire.
Pour elle, un seul lien comptait : celui de son mariage
religieux, et elle n'avait aucun motif valable pour en demander l'annulation.

« Ainsi, constatai-je amèrement, vous sacrifiez notre
amour à une superstition. Il n'y a pas pire folie.

— Je vous en prie, mon chéri, ne parlons plus de
cela, répéta-t-elle. Nous ne pouvons que nous faire du
mal là-dessus, et nous avons si peu de temps pour être
heureux.

— Heureux! Comment pouvez-vous l'être en sachant que nous ne serons jamais rien l'un pour l'autre! Mais, Jacqueline, c'est une hypocrisie sans nom de prétendre nous aimer, avec la ferme volonté de ne pas réaliser cet amour. Je ne vous comprends pas. N'êtes-vous donc pas faite de chair! Je n'aime pas seulement votre âme! Vous n'êtes plus ignorante : vous savez ce que c'est que l'amour et ce qu'il exige.

— Trop, dit-elle tout bas. Je le sais trop. »

C'était un mot profond, un mot-clef. Je ne le compris pas, je ne sus pas mesurer la puissance du dégoût et de la peur que son mariage avait répandus dans son corps déjà naturellement ombrageux. Je prenais pour de la timidité due à son éducation ce qui était en fait une horreur physique. Non seulement son mari n'avait pas éveillé ses sens, mais par sa brutalité, sa grossièreté, il les avait martyrisés et abolis. Le cas n'est pas rare.

« L'amour, ajouta Jacqueline, ne perd rien à être chaste.

— Mais le nôtre ne l'est pas. Pourquoi m'embrassez-vous?

— Ce n'est pas mal.

— Où commence ce que vous appelez le mal?

— Au moment où l'on a honte.

— Oui, dis-je. Le malheur, voyez-vous, c'est que votre honte et la mienne ne naissent pas des mêmes choses. »

Le lendemain même, par un singulier hasard, je reçus une lettre d'Hélène. Une longue lettre où elle me décrivait ses occupations à Hendaye, ses promenades jusqu'à Saint-Jean-de-Luz où elle rencontrait souvent ma sœur, et qui se terminait ainsi :

« Je ne m'ennuie pas, mais je végète. J'attends. Je vous attends. Je vous attendrai toujours. Surtout ne croyez pas que je cherche à me faire épouser. Quand vous voudrez, où vous voudrez et pour le temps que vous voudrez, je serai votre maîtresse. »

Persuadé que Jacqueline n'opposait à notre amour que des scrupules religieux et bourgeois, comment n'aurais-je point été frappé par ce contraste. Il fallait être insensé pour mettre en balance l'économie de Jacqueline et la générosité d'Hélène. Quelque chose de plus fort que ma raison, que mon admiration et mon affection pour elle, m'enchaînait cependant à Jacqueline, mais je m'en voulais. Par rancune contre elle, je fis une chose très vile : je lui montrai cette lettre, obéissant en cela, sans doute, à la volonté secrète de Marité. Si Hélène s'était décidée à m'écrire, c'est que ma sœur l'y avait encouragée. Marité comptait bien que la lettre arriverait, à un moment ou un autre, jusqu'à Jacqueline.

Tandis qu'elle lisait j'avais déjà envie de lui arracher ces pages et de les déchirer. Nous étions assis sur notre vieux banc, derrière une demi-lune de lauriers. Je me levai, marchai nerveusement. Jacqueline acheva sa lecture et me rendit les feuillets sans rien dire. Nous demeurâmes silencieux un long moment, éloignés l'un de l'autre. Un pivert tapait sur une branche creuse. Des *chrysis inflammés* tourbillonnaient dans un rayon de soleil.

« Je comprends, dit enfin Jacqueline tristement, je comprends combien vous devez me trouver froide, parcimonieuse, peut-être même ingrate. Et pourtant... »

Elle hésita puis reprit d'un ton timide :

« Si vous saviez ce que vos visites ici exigent de ma part et quelle constance il me faut pour les maintenir! Je ne devrais pas vous parler de cela, bien sûr, mais... Les sentiments de mon père, auxquels je me suis sacrifiée, je les sacrifie maintenant au bonheur de vous voir. Pour passer chaque jour quelques heures avec vous, je le rends très malheureux. »

Je savais que le colonel était ulcéré. Ma présence le chassait de son jardin. Il me fuyait en sifflant de colère entre ses dents et se terrait dans la bibliothèque. Sans la force d'inertie de Jacqueline, sans l'aide de sa mère surtout, Lignère m'eût été interdit depuis longtemps. Mais de mon côté il fallait tout mon attachement à Jacqueline pour me faire venir ici dans ces conditions.

« Aussi, dis-je, pourquoi ne voulez-vous pas que nous nous rencontrions en ville! Si vous craignez de vous montrer avec moi, nous pourrions nous retrouver chez vous, dans la remise, ou chez ma sœur; dans le quartier personne ne vous connaît. »

Je lui avais fait mainte fois cette proposition. Elle me répondit comme d'habitude qu'ici sa mère favorisait nos rencontres; il n'en serait pas de même si elle venait me retrouver en ville.

« Vraiment, vous savez, Jacqueline, m'écriai-je, nous nageons en plein ridicule! Vous auriez quinze ans ou nous serions encore au temps de la comtesse de Ségur, de telles choses se comprendraient peut-être. Mais nous sommes en dix neuf cent trente-huit et vous avez vingt-six ans. C'est plus qu'incroyable, c'est littéralement grotesque que vous restiez encore cramponnée aux jupes de votre mère ou qu'il vous faille demander à votre père la permission d'aller vous promener. Vous n'avez donc aucune fierté, aucun sens de votre liberté? A-t-on si bien réussi à détruire en vous tout l'instinct de puissance? Comment pouvez-vous supporter cet esclavage déshonorant!

— Est-ce mal d'aimer ses parents?

— Non, assurément. J'ai toujours eu une véritable adoration pour mon père. Seulement je n'accepterais pas qu'il me mutile. Je lui ai fait beaucoup de peine en refusant de lui succéder dans son métier. Il ne pouvait y avoir pour lui de déception plus amère; je le savais, mais une vocation tout autre m'appelait. Le devoir d'un individu, quelles que soient ses affections, lui commande de défendre contre n'importe qui sa personnalité. Mon père l'a compris : il m'a aidé à faire ce qu'il lui déplaisait que je fasse. Voilà un homme : je ne m'abaisse pas en l'admirant.

— Mais est-il nécessaire d'admirer pour aimer? Je serais peut-être moins désarmée devant mon père s'il était plus fort. Ce qui m'engage envers lui, c'est le triste pouvoir que j'ai de le rendre malheureux. Il dépend de moi, vous comprenez.

— Il dépend de tout le monde, non pas de vous mais de ce que l'on pense de vous et surtout de lui. C'est un homme sans caractère, sans personnalité, sans vertèbres, sans forme, flasque comme un crachat.

— Bruno!

— Excusez-moi : je ne suis pas maître de mon indignation. Je vous demande pardon, mais votre père est infiniment plus coupable encore que votre mari. Vous avez raison de lui pardonner le mal qu'il vous a fait, je vous aime pour cette bonté. Seulement ne le laissez pas gâcher une deuxième fois votre vie. Vous prétendez que vous le sacrifiez maintenant à notre amour. Ce n'est pas vrai. Vous êtes imbue de ses idées, de ses peurs, sa médiocrité vous investit; voilà d'où vous vient votre timidité devant un sentiment qui entraînerait toute autre femme. Voyez Hélène : a-t-elle peur, elle! Songe-t-elle à ménager qui que ce soit! »

Jacqueline avait fermé ses yeux. Ses longs cils, sa pâleur lui faisaient un visage de vierge martyre. Cependant sa beauté n'emportait pas ma pitié. Elle m'émouvait encore, elle ne me bouleversait plus. Ses lèvres tremblèrent mais un air de résignation imprégna ses traits.

« Eh bien, dit-elle, en me regardant avec effort, vous avez sans doute raison. Je suis esclave, je ne changerai pas, je sens que je n'ai pas le droit de vous disputer à Hélène : elle vous rendra heureux et moi je vous irrite. Ne pensez plus à moi, allez avec elle, Bruno. »

La rage me prit à la voir tendre ainsi la gorge au sacrifice — et peut-être trouver là un ténébreux plaisir.

« Au diable votre grandeur d'âme! m'écriai-je. Vous préférez m'abandonner que de faire un effort pour être heureuse. Fort bien. Je ne vous importunerai plus. »

Je courus à mon cheval, le détachai, sautai dessus et le lançai au galop. J'avais besoin d'action violente. Au lieu de descendre pour ouvrir la barrière, au bout de l'allée, je la franchis. Elle était trop haute : Ramsès, quoique brillant sauteur, toucha d'un sabot arrière et, déséquilibré, se reçut mal. J'eus beau lui relever la tête en le chassant en avant, il s'assit, en quelque sorte. Vexé, il poussa un hennissement amer. Des gens qui travaillaient dans les jardins montraient par-dessus les murettes leurs têtes curieuses. Déjà nous repartions au petit galop.

Il faut noter tous ces détails : ils ont leur importance.

L'incident m'avait un peu détendu, mais mon indignation contre Jacqueline demeurait entière. Je ne parviens pas à me rappeler mes pensées. Peut-être n'en formais-je pas. Il n'y avait probablement en moi qu'un soulèvement confus de désir aigri, de regrets, de tristesse et de mépris pour la veulerie d'une âme inapte à vouloir ce qu'elle désire. J'étais désespéré de voir gâcher par Jacqueline l'extraordinaire passion que j'avais eue pour elle. Je crois que j'éprouvais aussi un remords, non pas de ma brutalité mais à cause de cette lettre. Jamais je n'aurais dû la montrer à Jacqueline ni lui parler d'Hélène. A quelle vile impulsion avais-je cédé! J'allai jusqu'à en vouloir à Hélène de me l'avoir écrite. Après tout, s'il était lamentable de se refuser absurdement, comme Jacqueline, n'était-il pas en revanche effronté de s'offrir avec cette absence de modestie. Marité lui communiquait-elle son goût de la provocation! Loin de moi, là-bas et très proches l'une de l'autre, quelle conjuration ourdissaient-elles? Ma sœur essayait-elle à distance de continuer cet envoûtement équivoque auquel, par deux fois, en se servant d'Hélène, elle avait tenté de me faire succomber?... Encore Marité! Toujours elle! A travers Hélène, elle trouvait moyen, malgré ma fuite et mes précautions, de revenir me hanter.

Sitôt rentré, je brûlai rageusement ces feuillets. Puis, la tête dans mes mains, je voulus faire le silence en moi, oublier cette offre et ce refus. La maison était muette, vide comme je la retrouvais chaque soir, en rentrant du lycée, après le mariage de ma sœur. Les odeurs de la ville et les relents d'essence dans l'autobus me rendaient alors plus sensible la senteur mélangée de l'encaustique et des fruits qui mûrissaient sur la paille dans le grenier. En ce moment, les poires, les pommes, les coings de cette année étaient encore sur les arbres, mais les émanations de tant d'autres, pendant tant d'hivers, avaient imprégné le plafond en bois, et, après l'odeur verte de la forêt, l'odeur âcre des fougères, je sentais mieux ce remugle

fruité. Il s'associait autrefois au parfum d'œillet qui flottait dans la chambre voisine. A travers le mur, je percevais l'abandon de cet espace déshabité où il ne devait
même plus rester d'odeur.

Pourquoi rêvais-je tout à coup à des femmes dont
j'avais oublié jusqu'au nom? De charmantes images élégantes et lascives revinrent aux yeux de ma mémoire.
Voilà les créatures qui me convenaient. Pour quelle
ombre avais-je abandonné ces proies aimables!...

J'entendis passer sous ma fenêtre les juments que l'on
ramenait des pâtures. Leurs sabots faisaient sur le sable
un bruit sourd. Elles s'ébrouaient. La voix de mon père
morigénant un lad me donna envie de sortir. Je me levai
pour aller le rejoindre. Nous ferions ensemble le tour des
écuries, comme au temps où il m'emmenait en me tenant
par la main. Mais, dans le couloir, l'obscurité si semblable à ces ténèbres au milieu desquels un sceau ardent
avait été imprimé sur mes lèvres, m'arrêta et me saisit.
J'écoutais en moi une phrase de la lettre d'Hélène qu'il
me semblait entendre chuchoter à mon oreille : « Je passe
souvent l'après-midi avec votre sœur *si brillante* et *si
charmante*... » Brusquement, j'ouvris la porte interdite.
Mon cœur battait avec une violence qui m'oppressait et
que je reconnaissais.

La chambre était noire. Un seul rayon, entrant par
une fente dans le volet, traversait de part en part la
pénombre; il se brisait dans la glace. Le plancher désha-
bitué des pas craqua sous mes bottes. Je voyais, j'entendais tout cela, mais tout cela me restait étranger, je n'y
participais plus, je ne m'appartenais plus. Je voulais fuir,
et je m'avançais, les mains inconsciemment tendues vers
un fantôme qui m'attendait, droit et immobile à la tête
du lit, dans sa robe de satin en feu, avec la floraison
éclatante de ses épaules, ses bras profonds, et cette
bouche...

Si *brillante* et si *charmante*...

Tout s'abolissait dans le halètement de ma passion
éveillée. Son souffle qui me suffoquait s'élevait en tem-
pête, renversant les barrières, balayant les souvenirs an-

ciens, les habitudes, les soupçons, la peur du crime, brisant les chaînes de la tendresse. Il n'y avait plus en mon être ravagé que la fulguration de ce mirage dans le déchirement des nuées, cette figure de prodige, aux traits immobiles, aux yeux brûlants, cette femme inconnue, ardente et splendide, qui me tendait ses bras...

Mes mains touchèrent le couvre-lit, je reconnus le contact rêche de la cretonne, cette sensation me rendit à la réalité. Je m'enfuis.

Et le lendemain, je retournai à Lignère. Je m'y précipitai même.

Ce fut Mme Delignère qui me reçut.

« Ça ne va pas, vous savez! me dit-elle sans préambule. Le colonel a fait une scène à Jacqueline; elle s'est évanouie. Elle n'est pas bien du tout depuis quelque temps, et son père qui la tracasse encore! Ah! vous savez... J'ai eu bien peur. On ne pouvait pas la ranimer. Cette pauvre petite!... Elle va un peu mieux maintenant, mais elle est sur son lit et il ne faut pas qu'elle se lève. Vous allez venir dans sa chambre. Il dira ce qu'il voudra, tant pis! J'en ai assez. Je ne veux pas qu'on me la tue, ma princesse. Vous allez la réconforter, n'est-ce pas?

— Je ferai de mon mieux, dis-je. Mais que s'est-il passé exactement?

— Oh! c'est cette histoire avec votre cheval, hier. Elle a fait un peu de bruit dans le village, un voisin en a parlé à mon mari, il est rentré en piquant une de ses crises, vous savez, disant que c'est un scandale, que tout le monde sait pourquoi vous venez, que Jacqueline nous déshonore, que ça ne peut plus durer, qu'elle doit retourner près de son mari, qu'elle n'aurait jamais dû le quitter, que ce n'est pas la peine d'avoir vécu si longtemps estimé de tous, pour se faire mépriser et montrer du doigt sur ses vieux jours, qu'il n'ose plus affronter les regards, que Jacqueline et moi nous le trahissons... etc... etc... Et je ne sais quoi encore. Il était complètement... Vous savez, je me demande s'il ne perd pas un peu la tête quand il commence ses... Vous vous rendez compte : le trahir! Jac-

queline lui a tout sacrifié, et moi, je ne l'ai que trop aidé.
Si j'avais su!... Et il faudrait maintenant que cette pauvre
petite meure de chagrin pour lui faire plaisir!... Elle est
bien trop bonne avec lui; moi, à sa place, je l'enverrais
promener. Je ne l'ai pas mise au monde pour qu'on la
martyrise, et si mon mari veut exagérer, eh bien moi
aussi... Nous ne sommes pas des esclaves, tout de même!...
Je suis bien sûre que vous, vous ne voudrez pas lui faire
du mal. Entrez. »

Elle poussa la porte d'une chambre tendue de perse
bleue. Dans une alcôve, sur le lit tapissé de la même toile,
Jacqueline était étendue tout habillée. Elle me sourit
humblement.

« Vous voyez, je fais la malade.

— Tu es malade, dit Mme Delignère. Tu te rends sottement malade, mon petit poulet. Enfin, je t'amène un
bon docteur, j'espère que tu vas te consoler.

— Oui, mais papa...

— Ah! je t'en prie, n'est-ce pas! Je vais m'en occuper,
moi, de ton père. »

Nous restâmes seuls. Mme Delignère m'avait touché. Sa
confiance n'était pas sans soulever en moi bien des
remords. *Je suis sûre que vous ne voudrez pas lui faire
du mal.* J'en avais pourtant fait ma bonne part à Jacqueline. Mais les blessures que je lui avais infligées, je pouvais peut-être les guérir. Je lui pris la main.

« Je vous demande pardon; j'ai été odieux. C'est que
je vous aime trop. Je n'aime réellement que vous, Jacqueline · vous êtes la seule femme que j'aie aimée. »

Elle attira ma main, la posa contre sa joue.

« Mais pour vous il vaudrait mieux que vous en aimiez
une autre. Je ne suis pas née pour être heureuse ni pour
rendre heureux ceux que j'aime. »

Je la raisonnai doucement, lui disant qu'il n'y a pas
de fatalité si constante, que l'on fait soi-même son destin.
Elle ne me croyait pas, je le voyais dans ses yeux. J'insis-
tai — autant pour me convaincre moi-même que pour
la persuader, elle. J'avais besoin de m'affirmer qu'il n'y
a pas de vertige auquel on ne résiste si on le veut.

« Notre force ou notre faiblesse ne dépendent que de nous », dis-je (ce qui est faux).

Jacqueline me regardait sans répondre. Puis soudain : « Ecoutez, fit-elle, il faut que vous sachiez tout, même ce que je n'ai jamais confié à votre sœur — ni à personne. Oh! c'est un secret bien banal, mais pour moi... Enfin voilà : en Algérie, à dix-huit ans, j'ai connu un jeune homme et... pardonnez-moi, Bruno, je voudrais ne pas vous faire de peine... je l'ai aimé. Pas comme vous, non, parce que je n'avais pas encore souffert; cependant je l'ai aimé de toutes mes forces. La puissance de ce sentiment me stupéfiait et me ravissait, il me révélait un monde nouveau : le monde; j'étais prodigieusement heureuse.

— Puis-je vous demander quel genre de bonheur?...

— Le plus simple, le plus pur, vous n'en doutez pas, je pense. Il était officier. Nous nous rencontrions au bal, dans les fêtes, au tennis, mais maman me surveillait de très près. Elle ne fut pas longue à découvrir mon sentiment, elle m'interrogea, je ne lui dissimulai rien. Peu près, mon père me déclara que ce garçon ne pouvait être un mari pour moi.

« D'abord, me dit-il, il est beaucoup trop jeune. De plus, il a des aventures et des dettes. Tu me feras le plaisir de le tenir dorénavant à l'écart. »

« Alors commença une longue lutte entre mes parents et moi. Ils s'efforcèrent de me prouver que ce jeune homme était un coureur de dot, qu'il n'y avait aucune sincérité dans ses sentiments. Comme les miens ne changeaient pas, on m'interdit formellement de le voir. Je m'arrangeai avec une amie pour le rencontrer chez elle en cachette. Mes parents le surent; ma mère m'emmena à Paris, chez ma tante. J'y restai plusieurs mois et elle me présenta les *partis admirables* que je refusai obstinément. Une fois rentrée, je réussis à le revoir : ni lui ni moi n'avions changé et aucune force, aucune menace, ne m'aurait fait changer. Mais mon père n'en employa aucune : il semblait renoncer à me convaincre; seulement je lui voyais une figure ravagée, il ne parlait plus, il ne voulait plus voir personne, il pleurait. Quels jours, quelles nuits épouvantables j'ai vécus. J'étais déchirée, et pourtant je ne pouvais me résoudre, même pour mon père...

« Bref : il fut mis à la retraite et il me fallut suivre mes parents en France; je n'avais pas atteint ma majorité. Nous nous étions juré de nous écrire et de nous retrouver. Je lui écrivis, en effet, sans recevoir aucune réponse ni de lui ni de l'amie qui devait nous servir de truchement. Toutes les lettres à mon adresse, on les décachetait et ma mère me donnait, recollées, celles que l'on estimait sans importance. Cependant, on m'avait présenté M. Beaufort. Je résistai pendant près d'un an, jusqu'au jour où maman m'apporta triomphalement un faire-part : Jacques avait épousé mon amie Gabrielle, notre intermédiaire. »

Jacqueline se tut. Je ne dis rien. Nous demeurions engourdis. Des essaims d'oiseaux pépiaient dans le cèdre, devant la fenêtre, et la chambre était pleine de l'odeur miellée des tilleuls.

« Vous m'en voulez, Bruno? demanda enfin Jacqueline.

— Non. Il faut que vous m'aimiez beaucoup pour m'avoir fait cette confidence. Je le comprends, j'en suis touché et je vous plains. Mais...

— Mais?

— Eh bien, j'ai peur que ce drame puéril et lamentable ne vous ait profondément marquée. Il vous a donné des habitudes. Bien des choses s'expliquent maintenant. »

Oui, bien des choses, et d'abord je comprenais que ce n'était pas moi qu'elle aimait, mais une réincarnation de son premier amour.

Dans les jours et les nuits qui suivirent, peu à peu tout son comportement me parut s'éclairer. Avant même de me connaître, elle avait reconnu en moi, dans ce que ma sœur, imprudemment, lui en disait, une nature dont elle restait amoureuse. Ensuite, cette similitude s'était encore renforcée de la défiance que le colonel éprouvait à mon endroit. Elle lutta pour moi comme elle avait lutté pour le premier, avec la même et seule force d'inertie.

Peut-être m'aimait-elle plus pleinement parce que je

représentais son idéal *retrouvé*, parce qu'elle possédait un peu plus de connaissance, et parce que ma rencontre la sauvait de ce dernier cercle de l'enfer où son mariage l'avait fait descendre.

Mais justement l'horreur de cette expérience charnelle s'ajoutait à l'influence de son premier amour pour imposer au nôtre, chez elle, de rester essentiellement chaste. Avec son jeune officier, elle n'avait, dans sa pureté et peut-être à cause de la brièveté de leurs rencontres, connu que ces serrements de main, ces baisers furtifs dont elle gardait un souvenir ébloui. C'est pourquoi elle renouait si facilement avec moi cette chaîne, elle s'y était offerte d'elle-même. Et c'est pourquoi aussi elle résistait avec une telle force d'instinct à mes tentatives pour la faire passer de ce platonisme à la totalité de l'amour.

Ce n'était pas seulement la bienséance qui lui avait interdit de me laisser venir dans sa chambre, à L... B... Et sans doute ce n'étaient pas non plus seulement ses scrupules religieux ou son habitude de faiblesse devant son père, qui lui défendaient aussi bien d'être ma femme que ma maîtresse. C'était plus que sa volonté. C'était une prohibition subconsciente et peut-être une autopunition, comme disent les psychiatres.

Ah! je comprenais à présent tout le sens de ce mot prononcé presque involontairement : « Je le sais trop. » Jacqueline, par faiblesse, avait mutilé ses instincts : ils le lui rendaient en la frappant de stérilité.

Je le lui dis.

« Voyez-vous, vous avez trahi l'amour. Vous n'avez pas été créée pour vos parents mais pour devenir une femme, une mère. Parce que vous avez manqué à votre condition, vous n'êtes pas femme et l'instinct d'une maternité insatisfaite vous remplit envers votre père d'un sentiment maternel qui vous rend esclave. Sans doute êtes-vous victime d'un genre d'éducation heureusement à peu près disparu; mais surtout vous portez le poids d'une terrible erreur : vous vous êtes fait un monstre de la chose la plus pure. En réalité, vous n'avez aucune idée de ce qu'est véritablement l'amour. Tous ses actes sont aussi nobles et doux que nos baisers : c'est une ivresse avide mais tendre, c'est une communion où l'on donne et l'on reçoit à la fois... »

Telles furent à peu près mes paroles. Je ne m'étonne point qu'elles ne l'aient pas convaincue. C'était de la rhétorique, sincère mais froide, et ce n'est pas avec des raisonnements que l'on gagne une femme. Mais mon esprit, et un peu mon cœur, seuls s'intéressaient encore à elle; mon désir, elle l'avait lassé. Sans doute il eût pu renaître facilement. Il aurait fallu qu'elle le veuille. Elle ne le pouvait pas, et moi je ne la désirais plus assez pour lui en communiquer l'envie.

Etrange « décristallisation » de l'amour à son déclin. Alors que d'abord il ajoute, chaque jour, de nouveaux charmes à une créature, allant jusqu'à faire pour nous de ses défauts d'adorables vertus, plus tard il la dépouille, jour par jour, de ses grâces les plus réelles et un temps arrive où ses qualités mêmes deviennent les pires défauts.

Cette alchimie cruelle avait commencé, je crois, peu après que mon amour et mon désir eussent atteint leur paroxysme dans la chambre où j'attendais Jacqueline. Le point de rupture se situe exactement, me semble-t-il, à l'instant où j'ai senti que Jacqueline se faisait de Marité un rempart contre moi. D'ailleurs, il n'est pas douteux que le geste de ma sœur vers elle n'ait accéléré considérablement cette décristallisation. Jamais depuis ce moment Jacqueline n'était redevenue ce qu'elle avait été pour moi.

Elle ne possédait plus de *mystère*, et elle n'avait pas remplacé par l'attachement de la chair cet attrait dont elle se dépouillait. Je la connaissais, je l'estimais, la plaignais, et ne l'admirais plus. Chaque jour, malgré moi, je m'éloignais un peu plus d'elle. En vérité, je ne faisais que rentrer dans mon époque, la laissant à son temps à elle, qui était révolu depuis des générations. Elle me paraissait encore charmante — comme ses saxes élégants et mièvres dont on pouvait la croire contemporaine. Mais, peu à peu, ce style ancien, ses grâces désuètes, qui m'avaient si poétiquement ravi, devenaient à mes yeux les

preuves lassantes d'une nature irrémédiablement suran-
née. Je trouvais maintenant un rien d'excès à sa délicatesse et à sa minceur. Sa bouche me semblait par trop
enfantine.

Pourtant j'allais toujours régulièrement à Lignère, je
disais encore à Jacqueline que je l'aimais, j'argumentais
pour la convertir. Parce que cette habitude constituait
ma sauvegarde. Auprès de Jacqueline j'étais déçu, un peu
amer, mais en sécurité. Et peut-être aussi parce que,
auprès d'elle, je retrouvais une Marité inoffensive. Je ne
sais comment, peu à peu, nous en étions venus à parler
beaucoup d'elle. Sans doute y poussais-je Jacqueline sans
m'en rendre bien compte. Elle me raconta par fragments
l'histoire de leur amitié.

C'est étrange que deux personnes puissent en voir si
différemment une autre. Pour Jacqueline, Marité n'était
que douceur, simplicité, patience et bonté.

« Si j'ai pu supporter si longtemps, me dit-elle, l'existence à G..., c'est grâce à votre sœur. Sans elle, je n'y
aurais pas tenu quinze jours.

— Cela eût mieux valu. Elle ne vous a pas rendu service, en l'occurrence.

— Je ne suis pas de votre avis, car si elle était restée
j'aurais pu rester, moi aussi.

— Il me semble pourtant que, vers la fin de son séjour
à G..., vos relations s'étaient refroidies. En somme, c'est
le hasard qui vous a remises en contact. Vous veniez
chez vos parents et vous ne tentiez pas de la voir. »

Jacqueline croisa ses jambes. Sa cheville, sur laquelle
tombait le soleil, était fine, mais elle n'avait pas cette
force nerveuse de ciselure... Et ses bras laissés nus par
la robe de toile me semblaient un peu grêles.

« Non, nos relations ne s'étaient pas refroidies. Marité
ne venait plus guère chez moi parce que, je pense, la
carrière de votre beau-frère l'occupait beaucoup; mais
quand j'allais chez elle, elle me recevait toujours très gentiment. J'aurais essayé de la revoir, à B..., si j'avais été
capable de faire quoi que ce soit; seulement une entreprise aussi simple dépassait de beaucoup mes capacités.

D'ailleurs, que lui aurais-je apporté? Mes larmes et mes lamentations! Je ne voulais pas l'en importuner. Et puis le malheur pousse à se renfermer en soi-même... »

Nous étions assis sous les tilleuls — car nous avions délaissions notre retraite de lauriers au cœur du parc — sur la terrasse qui dominait les prés descendant vers la Sôgne. On la voyait luire par endroits à travers les feuillages, dans le fond du vallon, et par-dessus les arbres s'arrondissaient les collines bleues. La chaleur engourdissante montait des prairies comme une buée. Je contemplais distraitement cette espèce de scintillation, et tout à coup je demandai malgré moi :

« A quel moment ma sœur a-t-elle cessé d'aller chez vous? Cela n'a-t-il pas succédé à quelque instance à laquelle vous n'auriez pas consenti?

— Non. Je ne vois pas. Marité ne m'a jamais rien demandé.

— Sans doute, répliquai-je, mais son amitié n'était-elle pas devenue pressante? Sa tendresse, affamée?

— Je ne comprends pas ce que vous voulez dire. Affamée de quoi? »

Ma réponse — deux mots — était sur mes lèvres. Je la retins en considérant Jacqueline. L'étonnement et l'incompréhension la plus pure imprégnaient à ce moment son visage; ses regards allaient de ma bouche à mes yeux, cherchant le sens de ma question. Tant d'innocence faisait un peu pitié.

« Rien, dis-je, et je baisais ironiquement la main de cette femme condamnée à une perpétuelle enfance. Rien; je m'imaginais que peut-être vous l'aviez involontairement déçue.

— En quoi? Je l'aimais bien et je ne crois pas lui avoir manqué en rien. D'ailleurs, si je l'avais froissée elle n'aurait pas été si amicale avec moi en me retrouvant!

— Bien sûr. Encore qu'elle ait pu espérer vous conduire, cette fois, plus loin qu'elle n'avait réussi à vous entraîner précédemment.

— Vous parlez d'une manière étrange, Bruno. M'entraîner où?

— Mais je ne sais pas. Disons poétiquement au royaume de l'oubli.

— Ah! vous voulez dire qu'elle espérait me faire oublier mes ennuis! Eh bien, elle y a presque réussi.

— Presque?

— Oui, car vous seul pouviez me consoler tout à fait. »

Je me tournai vers elle. Elle souriait doucement, d'un air si tendre. Rien n'était encore absolument tranché dans mon cœur.

« Vous êtes charmante, Jacqueline, soupirai-je. Quel dommage que vous soyez si naïve, si... incomplète. Je vous ai tant aimée, et je vous aurais si follement aimée!

— Déjà ce passé!

— Oh! je vous aime encore, bien sûr : on ne rompt pas si aisément avec un si beau rêve, mais ne sentez-vous pas qu'entre vous et moi tout se dénoue? Laisse-riez-vous se perdre notre unique chance! »

Elle me regarda du fond d'un calme désespoir. Elle avait fini par assimiler le chagrin, elle s'y était fait sa place, comme certains organismes s'installent dans la maladie et y vivent — ou même en vivent — une exis-tence évadée des efforts, des risques, des agitations : une existence de larve. Jacqueline n'avait même plus envie d'être heureuse. En vérité, je crois que cet appétit s'était depuis longtemps desséché en elle. Marité n'avait pu lui communiquer qu'un élan artificiel, et je m'étais heurté à des habitudes autrement plus fortes que moi.

« Je vous ai dit, murmura-t-elle, qu'il n'y avait pas d'avenir pour nous. J'ai toujours su, hélas, que je vous perdrais.

— Pourtant, à L... B..., vous pleuriez à l'idée...

— J'étais nerveuse et c'était tellement brutal. Mais on ne peut pas vouloir une chose impossible. »

Cette monstrueuse résignation ne provoquait plus ma colère. Jacqueline était bien assortie à ses parents, bien ligne d'eux; je me demandais comment j'avais pu songer à la leur disputer.

Elle se retirait de plus en plus de moi et me laissait face à face avec ma peur. Septembre approchait. Albert n'avait qu'un mois de vacances. A son retour, il faudrait bien que Marité vienne au Buys. Et maintenant je possédais la redoutable certitude que ses violences à mon égard n'étaient pas l'effet d'une passion pour une créature ravissante, mais médiocre. La nuit du dîner Da Monti, elle jouait bien une comédie vis-à-vis de Jacqueline. La tragédie restait entre nous. Je le répète, j'avais peur — de moi. Elle était si forte et moi si vulnérable!

C'est pourquoi je m'accrochais à Jacqueline. Malheureusement, elle ne me défendait plus.

JACQUELINE était de ces femmes auxquelles il faut faire violence. Je sais que si j'en avais usé envers elle, dans les dispositions où elle se trouvait envers moi, je l'eusse éveillée. Dans mes bras, la révélation du plaisir insoupçonné pouvait la transformer — pour un temps, car ces métamorphoses ne sont pas très durables. Mais la nature du charme qu'elle avait exercé sur moi, et ce qui en subsistait, m'interdisait de concevoir ce genre de violence. Au plus fort de mon désir, je n'en éprouvais pas la tentation. A présent, il y avait assez de froideur en moi pour que je pusse penser à cette manœuvre. Seulement j'étais un escrimeur, non pas un stratège. De plus Jacqueline, ainsi prise, ne m'eût pas préservé — pas plus que toute autre femme. Mon instinct en cela ne me trompait point. Seule Hélène...

Je ne sais ce qui me retenait, me paralysait. J'avais écrit à Hélène en réponse à sa lettre. Elle m'avait à son tour répondu. Une correspondance régulière s'était établie entre nous. J'y prenais un plaisir très simple et très profond. Ses lettres la représentaient si bien : elles étaient pleines de spontanéité, de naturel et de sagesse.

Elle aussi me parlait de la gentillesse de ma sœur. Une véritable affection, une estime, une sorte de confiance réciproque semblaient se confirmer entre elles rapprochées par mon souvenir et libérées de cette fièvre que ma présence leur avait communiquée. A travers les messages d'Hélène, je voyais resurgir une Marité bien différente de la femme ambiguë et troublante qui m'obsédait; mais cette autre Marité était loin de me paraître nouvelle : je reconnaissais en elle celle que, depuis toujours,

j'avais le plus foncièrement aimée. Entre elle et Hélène,
comme la vie pourrait être riche et belle! Pourquoi rester ici où rien de réel ne me retenait plus! L'envie de
les rejoindre me lancinait parfois. Et là-bas je n'aurais
qu'à dire un mot...

Mais j'avais peur.

Albert rentra seul : Marité restait quelque temps encore
à Saint-Jean-de-Luz où Hélène venait de s'installer avec
elle. J'étais rassuré et sourdement déçu. L'amour et l'été
pourrissaient en moi dans une stagnation chaude, somptueuse et triste. Je ne me doutais point qu'un monde
était en train de sombrer avec le dernier été de la liberté,
de ma jeunesse. Je partais tous les après-midi à cheval;
mais souvent ma course n'aboutissait pas à Lignère : le
soir tombant me trouvait encore dans la forêt.

C'est ainsi qu'une fois je me détournai à l'improviste
pour tâcher de découvrir la Fontaine des fées. Cette
source mystérieuse, toute embellie de légendes, avait
captivé notre enfance; son nom, les récits de la vieille
mère Laridon, pleins d'une magie merveilleuse et terrible,
nous faisaient rêver, et dans nos songes ce miroir d'eau
que l'on disait sans fond nous apparaissait comme l'œil
glauque, chatoyant et redoutable. de la forêt.

C'était là que les amours malheureuses prenaient congé
du monde. Là, toute une chasse, avec les valets et les
chiens, s'était engloutie en poursuivant le diable sous la
forme d'un dix-cors couleur de feu. Nourris de ces contes,
nous frémissions d'une terreur mystique quand, certains
soirs d'automne. le haut du ciel s'emplissait de plaintes
qui venaient lentement sur nous. « Tu entends les grues »,
disait mon père. Ma mère disait : « C'est le froid qui
arrive. » Mais Marité et moi nous ne pouvions croire
que ces voix de la nuit ne fussent pas à la fois humaines
et surhumaines. Pour nous, c'étaient celles des fées, du
drac, des jeunes mortes. Et, durant les tempêtes d'équi-
noxe, quand le vent fou substituait à l'odeur de la forêt
la senteur de la mer, que la pluie était salée. que les
cris des arbres et le tremblement de la terre nous empê-

chaient de dormir, dans ce fracas furieux, ce galop qui ébranlait le sol, nous reconnaissions la frénésie de la chasse infernale courant vers la fontaine, vers l'abîme au fond des bois.

Pendant des années, nous l'avions cherchée, cette source introuvable. « C'est loin d'ici, nous disait-on, bien trop loin pour vos petites jambes. » Quant à la mère Laridon, elle nous déclarait : « Vous ne la trouverez jamais : elle est partout et nulle part; on ne la voit qu'une fois, et quand on s'y voit, c'est qu'on mourra bientôt. » Mais pour des âmes de dix ans, mourir n'a pas de sens : ce n'est qu'un beau mystère. Nous le poursuivions au plus épais des halliers.

Puis étaient venues les années où d'autres magies effaçaient celle des légendes. Et maintenant, tout à coup, il me fallait découvrir enfin cette fontaine. Je me rappelais vaguement les contes menaçants de la mère Laridon. Si j'avais pu y croire encore, il ne m'eût pas déplu de voir se peindre dans ce fatal miroir le visage de mon destin.

Des charbonniers m'envoyèrent au-delà de l'Etoile. A la Réserve, un garde me mit sur ma route; il me donna d'amples explications. Néanmoins, je me perdis dans ce labyrinthe d'arbres, de taillis percés de sentes à peine tracées qui se confondaient avec les passées des bêtes et se ressemblaient toutes. J'étais au cœur de la forêt, au plus épais, au plus sauvage, de son ombre. Il n'y avait plus d'horizon, plus de ciel, plus de chemin, plus rien que le foisonnement de la verdure, les noires cavernes des feuillages, le tapis des feuilles pourrissantes, de la mousse humide et des branchettes mortes qui craquaient sous les sabots de mon cheval : il semblait piétiner de vieux os. L'air était froid comme la profondeur d'un étang et comme elle immobile, figé, eût-on dit, dans l'immensité du silence. Nul chant d'oiseau ne brisait de ses clairs éclats la ténèbre verdoyante, pas même le ricanement du pivert, cri habituel des solitudes. Les oiseaux cherchent le soleil; il ne plongeait pas jusqu'ici; parfois seulement je le voyais à travers un fouillis de charpentes dorer là-haut les dômes aériens. Et pourtant je n'étais point au royaume de la solitude mais de la vie secrète, des présences furtives, des pas mystérieux, des souffles, des soupirs. Dans des creux d'ombre je devinais des formes en arrêt. Un reflet faisait chatoyer entre les feuilles une robe frissonnante, pleine d'élan retenu, ou luire l'émail d'un œil fixé sur moi. Des froissements m'accompagnaient. Mon approche déclenchait des bonds, des fuites. Une biche déboucha, s'arrêta le temps de me couler de ses beaux yeux noirs un regard de princesse captive, et s'enfuit, éperdue.

Oui, ici on pouvait croire aux mythes, à tout ce merveilleux qui manque à notre vie. Ah! je sais maintenant pourquoi je ne suis pas cartésien!

Une fée railleuse m'égarait; je m'aperçus que je revenais sur mes pas en retrouvant sur le sol les empreintes de mon cheval. Alors je lui abandonnai toute la bride, le laissant aller à son gré : il avait soif et si la fontaine était dans ses parages, il irait probablement de lui-même.

Il prit tout droit, contournant seulement les ronciers et les enchevêtrements inextricables, en bon cheval de chasse. De son poitrail il refoulait les branches; je me protégeais la figure de mon coude. Nous enfonçâmes dans une épaisseur plus noire. Les feuilles n'étaient plus que des confetti décolorés par la pauvreté du jour, les troncs se contorsionnaient pour s'élancer vers les rares trous de lumière. Des fayards d'une blancheur de squelette avaient péri étouffés et ils restaient debout, leurs branches sans sève entrelacées aux branches vertes.

Mais bientôt, en avant une clarté parut, telle une aube, entre les mailles des feuilles légères, puis elle brilla, les troncs s'espacèrent, l'herbe succéda à l'humus, l'air s'attiédit, les frondaisons refluèrent en moussant comme une écume où la lumière étincelait. Nous débouchâmes dans une clairière, sur un tapis de gazon et de fines fougères. Au milieu, entre les glaives des iris et les digitales pourprées dont le calice contient l'oubli, luisait la nacre immobile de la fontaine. Une margelle circulaire de pierres larges et moussues, l'enserrait, coupée d'une

entaille par laquelle le trop-plein s'écoulait avec un bruit
tendre comme le roucoulement d'un rire amoureux. Centaure courut y boire. Je sautai à terre, étrangement ému
et heureux.

Il devait être tard. Le soleil ne touchait plus que le
haut de la futaie : ce que j'apercevais du ciel était couleur de perle et de lilas. Avec cette clarté tendre une
douceur descendait, ajoutant sa magie à mon émerveillement. Ce lieu était vraiment enchanté : la mère Laridon
ne nous avait pas menti. Une immobilité surnaturelle
fixait tout ici à jamais dans son immuable vertu; il n'y
avait pas un mouvement, pas un souffle, pas d'autre bruit
que ce murmure sur la pierre dans la fraîcheur vivante,
et dans cette éternité la nymphe dormait au cœur des
bois, ronde, pâle, toute teintée des roses du soir.

Mais quand je me couchai près d'elle, elle s'assombrit,
elle ne refléta plus que l'obscurité des frondaisons noircissantes, sans perdre en rien cependant sa confondante
pureté. Son cristal était si translucide que l'on voyait,
loin de sa surface, luire encore la blancheur d'un appa-
reil de pierres. Il s'enfonçait au-delà du regard. Mes
yeux se noyaient dans cette transparence sans fond,
comme mon cœur se perdait dans la profondeur de mes
songes. Tant de souvenirs revenaient à ma mémoire,
pareils à ces bulles qui montaient lentement du fluide
abîme : des souvenirs où nous étions entrelacés, ma sœur
et moi, ainsi que ces branches reflétées par l'eau : tant
de craintes émerveillées, les avidités sans nom, nos sourires, nos silences, nos disputes.

Cette fontaine dont nous avions rêvé, j'y découvrais
le symbole mystique de nos désirs. Tous deux, nous avions
voulu boire à sa pureté et frémir à la réalité de son
enchantement. J'y venais seul. Pourtant Marité n'était
pas absente. C'est elle qui m'avait poussé jusqu'ici. C'était
elle que j'y retrouvais. Non plus provocante et tenta-
trice, mais telle qu'Hélène dans ses lettres me l'avait
rendue. Elle aussi se fixait ici dans sa perfection, dans
l'éternité enfantine d'un amour sans chair. Et peut-être
était-elle ainsi, sans que je m'en rendisse compte, encore

plus redoutable parce que liée indissolublement à ce passé qui m'enlaçait comme un lierre. Il se nourrissait de ma force; il vivait d'une faiblesse dont la source resterait toujours pour moi dans la beauté, la singularité, le perpétuel mystère d'une créature si intimement mêlée à moi et pourtant à jamais inconnue.

Mes doigts distraits effleuraient la fontaine qu'ils faisaient frissonner. Je ne sais quoi m'avait retenu de m'approcher tout à fait d'elle. Je m'avançai, je me penchai pour goûter enfin à sa froide pureté. Mes lèvres la troublèrent. Quand j'eus étanché ma soif, je retins mon souffle pour rendre au miroir magique son immobilité et y lire peut-être, selon la légende, mon destin. Une image se forma dans l'ombre encore troublée puis se précisa à mesure que les rides de la surface s'effaçaient, et je vis monter vers moi du fond des eaux non pas mon visage mais celui de Marie-Thérèse.

ner vers les écuries, je vis une femme en robe blanche sur le perron du château. Même de loin, je ne pouvais la confondre avec nulle autre. C'était Marité qui parlait avec le baron.

J'avais tiré sur la rêne de bride si fort que mon cheval s'était cabré. Il retomba et demeura immobile tandis que, pétrifié sur la selle, je regardais ma sœur s'avancer vers moi, vive, légère, la figure toute éclairée, levant joyeusement la main. C'était elle, unique, inchangée. Sa réalité si belle, à elle seule si comblante, achevait d'effacer et même de rendre inconcevable le fantôme de mes songes.

Je sautai à terre, et aussitôt je la tins dans mes bras, elle me serra contre elle. Mais quelle différence avec notre dernière éternité! En cet instant, il n'y avait en moi, en nous j'en suis sûr, que du bonheur. Ce n'était pas sa belle, trop belle forme de femme, que je sentais, mais sa réalité vivante, le parfum de toujours, l'élan de sa plus profonde tendresse.

« Oh! mon chéri, mon chéri! » dit-elle.

Puis, passant son bras sous le mien, elle ajouta :

« Allons, raconte. Il me semble qu'il y a des siècles que nous sommes séparés.

— Oh! moi, tu ne m'as guère quittée. Et pourtant j'ai failli mourir d'ennui.

— Eh bien, tu es aimable! s'écria-t-elle en riant.

— Je veux dire que ton souvenir ne me suffisait pas.

— Mais j'ai bien compris, mon chou. Je t'adore.

— Moi aussi. »

Tirant mon cheval par la bride, j'entraînai Marité. Elle me dit qu'elle rentrait cet après-midi même et qu'aussitôt elle était venue me rejoindre.

« D'après tes lettres à Hélène, je m'imaginais dans quel ennui tu te morfondais.

— Comment! m'exclamai-je, tu as lu mes lettres.

— Tu ne t'en doutais pas?

— Peut-être.

— Hélène est très fine; elle savait bien que tu les écrivais aussi un peu pour moi.

Six heures; il fait encore clair : les jours s'allongent. L'hiver a passé lentement. Un frisson vert ranime les prés livides. Le tumulte des oiseaux qui se couchent recommence à crépiter, chaque soir, dans le noyer bourgeonnant. La terre à l'horizon n'est plus noire mais violette et la croix de ma fenêtre écartèle d'or brun un ciel où glissent des nuages crémeux. Au ras des collines pâles comme un mirage, la lumière détrempe une vaste bande d'un bleu lavé, imprégné de vert et miraculeusement léger.

C'est le ciel nuancé des saisons intermédiaires : il sort de l'hiver tel qu'il y rentrera après ses intensités estivales. En le contemplant, je me crois encore en cet été finissant, à Lignère où le soir, de grandes nuées mauves se rassemblaient ainsi sur le vallon, faisant paraître au-dessous d'elles le ciel plus vert que les prairies inondées d'une lumière jaune. C'est d'ailleurs à peu près le seul souvenir qui me reste de cet arrière-été monotone. Je n'en retrouve que les couleurs et les parfums. Le jardin sentait la prune blette et la poire mûrissante. Les nappes mauves des colchiques s'étendaient dans le parc. Les bouilleurs de cru distillaient leurs mirabelles sur la place du hameau : l'odeur des fruits fermentés, de l'alcool et de la fumée, venait par moments jusqu'à nous à travers les arbres. Jacqueline portait une robe bleu lin. Je ne me rappelle rien de plus — sinon que Mme Delignère était souvent avec nous et que sa présence ne m'importunait pas.

Puis un soir, en rentrant au Buys, comme j'allais tour-

— Ecoute, dis-je : pour ce soir laissons Hélène, laissons les autres, oublions-les, ne nous occupons que de nous. »

Notre père était sur le seuil de l'écurie. Un sourire en coin sous sa grosse moustache, il nous regardait venir. « Alors, les inséparables! fit-il. Vous voilà contents! » Il m'ôta la bride des mains, appela un garçon auquel il confia le cheval puis, nous prenant, Marité et moi, par les épaules, il nous emmena vers la maison. Albert ne lui plaisait pas beaucoup, encore qu'il appréciât ses qualités; il était heureux de nous avoir tous les deux, seuls, à lui. Nous l'encadrions, nous marchions ensemble lentement d'un même pas, en riant et en parlant de choses qui n'avaient pas d'importance. Ce qui comptait, c'était notre accord, ces puissantes mains sur nos épaules, notre vieille maison aux murs bleuis d'ombre. Par l'ouverture dans la haie qui la séparait de la cour, on voyait briller l'entrée et la fenêtre de la « grande salle » illuminée. Les ombres de ma mère et de la servante passaient sur le carrelage rouge. Des assiettes tintaient contre la table de chêne.

Après le dîner, comme nous nous promenions dans la nuit tiède, je racontai à Marité que j'avais trouvé notre fontaine et je la lui décrivis. Elle m'écoutait rêveuse.

« Je t'y mènerai, ajoutai-je.

— Bah! répliqua-t-elle, à quoi bon? Maintenant toutes ces choses ont perdu leur sens. Il ne faut pas gaspiller sa vie à retourner vers le passé. Ce qui nous a plu ne doit pas nous lier ni nous faire oublier qu'il y a d'autres choses pour nous plaire. Si cette exploration t'a diverti, c'est bien; mais je crois que tu es trop enclin à vivre en arrière. Je te l'ai déjà dit. Fais attention.

— Mais ce passé c'est ce qui nous unit, c'est toi et moi, c'est ce que nous avons de meilleur.

— Pourquoi? Ce qu'il y a de meilleur c'est maintenant, c'est demain, c'est le plaisir de nous retrouver un peu différents et toujours semblables. Tout change. Ou plutôt tout se renouvelle.

— Tu ne parles que de plaisir.

— Je parle aussi de bonheur, et notre bonheur n'est pas dans le passé ni du passé. Il est du présent et aussi de l'avenir, Dieu merci! A quoi me serait bon de savoir que je t'ai aimé, si je ne t'aimais plus? Moi je n'ai pas le goût de la mélancolie. Je suis heureuse de sentir que je t'aime et que dans des années, à travers tout ce qui viendra, tout ce qui changera, tout ce qui modifiera nos dispositions et nos sentiments, cette affection pleine de nuances et de variations dues aux circonstances, restera constamment notre ressource la plus profonde. »

Je comprenais Marité. Cette certitude, je l'éprouvais moi aussi. Mais...

« Te rappelles-tu? demandai-je : il n'y a pas si long-temps. tu m'as dit que tu me détestais!

— Et toi, n'as-tu pas été parfois jusqu'à me haïr!

— Peut-être.

— Oh! tu peux dire oui sans remords. Notre affection a pris tant de formes et elle en prendra tant d'autres avant que nous nous aimions comme des vieux. Elle n'au-rait pas été complète si elle n'avait quelquefois frôlé l'horreur. Ce sont ces métamorphoses qui font notre richesse. Nous sommes des privilégiés, Bruno. Nous avons beaucoup de chance. J'ai été assez folle, autrefois, pour croire que tu accaparais ma vie, que tu la rendais impos-sible. J'étais jeune et sotte. La vérité, c'est, au contraire, qu'à tout ce qui constitue le lot d'une femme ordinaire ton existence ajoute pour moi un trésor de sentiments et de sensations. Il en va de même pour toi, je présume. Oui, nous sommes de grands privilégiés. »

Ses paroles étaient justes, et la gravité de sa voix dans cette belle nuit qui prenait une intensité solennelle m'émouvait profondément. Nous avions, en effet, beau-coup de chance — plus, me semblait-il tout à coup, qu'il n'est permis. Soudain j'avais peur pour cette richesse inso-lente, peur de notre témérité, de ce défi à notre condition de misère. Cet atavisme qui fait obscurément sentir à l'homme riche ou heureux que son bonheur est volé, me travaillait sourdement. Malgré moi je revoyais la fontaine et ce visage apparaissant si singulièrement à la place de mon image au fond des eaux. Les contes de la mère Laridon étaient absurdes : il n'y a ni fées ni présages; les hasards font ce que l'on appelle après coup le destin, et rien ne saurait nous prévenir de leurs conjonctures toutes fortuites. Je n'en doutais pas; pourtant je ne pouvais m'empêcher de redouter vaguement je ne savais quelle foudre, tandis que je regardais les mains de ma sœur, pâles dans la nuit, jouer avec leur unique bague.

Nous rentrâmes. Avant de se coucher, Marité vint dans ma chambre. Elle me dit que le baron nous donnait le bouton à tous les deux, et elle rit.

« Il me l'a annoncé ce soir, au moment où tu rentrais. Papa n'en sait rien encore : il va être fou de joie.

— Mais toi-même, dis-je, tu n'en sembles pas peu triomphante! »

Ses yeux vernis par la lumière étincelaient, un afflux rose sous sa peau animait ses pommettes. Etait-ce ce succès mondain qui la rendait si vibrante lorsqu'elle m'avait serré dans ses bras?... Elle lut ce doute sur mes traits.

« Mon chéri, dit-elle, tu es insupportable avec tes perpétuels soupçons. Cette invitation me fait plaisir et même grand plaisir. Tu te souviens du temps où nous regardions de derrière les barrières partir les chasses? Que maintenant le baron puisse nous y convier *dans son équipage,* c'est pour moi la meilleure preuve de notre ascension. Mais je sais très bien que ce bouton c'est aussi, c'est même surtout, quelque chose comme une médaille des vieux serviteurs offerte, avec infiniment de tact, à notre père.

— Oui. J'en serais plutôt humilié.

— Ah! pas du tout. Nous avons au contraire toute raison d'être tranquillement fiers que le baron, avec beaucoup de chic d'ailleurs, nous reconnaisse comme ses égaux — et que nous lui ayons rendu possible de le faire, je te le répète. Je lui ai demandé, ajouta-t-elle, l'autorisation d'emmener une invitée.

— Une invitée! Qui donc?

— Une brillante cavalière dont il a entendu parler :
Mlle Da Monti. »

Nous nous dévisageâmes en silence. Marité souriait doucement, assise sur mon lit qui n'était pas ici un divan
mais un bon vieux lit bateau en noyer.

« Tu seras heureux de retrouver Hélène. »

J'hésitai, puis enfin :

« Oui. J'aurais mieux aimé attendre pour évoquer tout
cela; mais puisque nous y sommes et que ce soir la franchise nous est donnée, dis-moi sincèrement ce que tu
penses. Tu voudrais que j'épouse Hélène?

— Je le souhaite.

— Pourquoi?

— Parce que c'est la femme qu'il te faut. Parce qu'elle
te connaît, qu'elle t'aime patiemment. Parce que j'ai
confiance dans son intelligence et, en somme, son libéra-
lisme. Enfin parce que tu l'aimes, tu l'admires, tu la res-
pectes, et que tu n'as pas de passion pour elle. Si tu étais
fou d'elle, je te dirais : « fais-en ta maîtresse »; je ne
conseillerais pas, au besoin je t'empêcherais de l'épouser.
De même si elle était folle de toi. Mais elle ne l'est pas;
sa passion, ce n'est pas un orage, c'est une vocation. Voilà
ce qui convient au mariage. Tu comprends? »

Je comprenais très bien. Ces mots définissaient mieux
que je n'aurais pu le faire moi-même mes sentiments
pour Hélène et le domaine à part où elle se situait, avec
mes affections les plus sûres, à l'abri de toutes les fièvres
qui m'avaient agité. Mais ces grands mouvements de rêve
et de désir à travers mon être, n'avaient pas encore tout
à fait pris fin. Mon âme n'était pas étale. C'est pourquoi
je manquai à cette sincérité que je reclamais de ma
sœur.

« Le mariage ne me plaît pas beaucoup, dis-je d'un ton
maussade.

— Oh! je sais, tu es un révolutionnaire. Si ça t'amuse!
Mais à quoi bon? A quoi bon vouloir transformer la
société? Elle sera toujours monstrueuse, elle ira toujours
de plus en plus mal jusqu'à à ce qu'enfin la civilisation
se détruise d'elle-même : c'est son destin, et c'est tout ce

qu'elle peut faire de bien. En attendant, je ne vois pas
pourquoi nous ne nous arrangerions pas simplement de
ce qui existe. Le mariage n'est pas une chose tellement
mauvaise.

— C'est une hypocrisie, un attrape-qui-peut. Je n'ad-
mets pas qu'une loi, une règle, fournissent une prime à
la malhonnêteté.

— Tu penses à Jacqueline, répliqua Marité avec sa
froideur coutumière. Mais ce n'est ni une loi ni une règle
qui la dessert; c'est elle-même, parce qu'elle est sotte.
Tu en as fait l'expérience, je présume. Quant à moi,
j'aime assez que l'on ne tolère pas la faiblesse. Voilà,
remarque-le, la seule chose que notre société ne permette
pas; tout le reste demeure possible à qui sait se conduire.

— Tu es amorale.

— Non : franche. Je suis franche envers moi. J'ai une
morale; elle a pour fondement et fin mon univers : toi
et moi, les êtres qui me touchent. Toute créature qui
ne se ment pas sait bien que le monde est né avec elle
et finira avec elle. »

Je la savais anarchiste, mais elle ne m'avait jamais
exprimé si nettement ses idées.

« Si tu avais des enfants, dis-je, ils te continueraient.

— Pas sûr. Combien de parents et d'enfants se haïssent!
Au demeurant, je ne me soucie justement pas d'être conti-
nuée. Je ne suis pas égoïste, et ce n'est que par égoïsme,
ou par inconscience, que l'on a des enfants.

— Que tu es étonnante! soupirai-je rêveusement en la
contemplant. Comment peux-tu afficher toutes les apparences du conformisme le plus bourgeois, et être si essentiellement antisociale? »

Elle eut un de ces sourires sinueux qui allaient bien
à sa beauté mais qui me faisaient un peu peur autrefois.

« Si tu savais mépriser, mon petit Bruno, tu ne me
poserais pas cette question. Tu découvriras peut-être, un
jour, que l'hypocrisie, cette forme merveilleuse du mépris,
est la plus enivrante de toutes les voluptés... Cependant,
ajouta-t-elle d'un ton plus lourd, je ne souhaite pas que
tu la connaisses : elle fait très mal.

— Marité, murmurai-je, on ne sait jamais ce qui bouge soudain en toi. Tu me déconcertes sans cesse.

— Mais non : je te plais », dit-elle en reprenant son air joyeux et provocant.

Elle couvrit de sa main ma main posée près d'elle, laissant la tranquillité revenir entre nous. Le silence immense des bois enveloppait la maison endormie, comme il m'enveloppe en ce moment. Il entrait jusqu'à nous par la fenêtre, coupé par le cri syncopé d'un petit-duc qui tantôt se rapprochait et tantôt s'éloignait.

« Il était fatal que Jacqueline te déçoive », dit Marité.

Je regimbai sur le coup.

« Qui te dit qu'elle m'ait déçu!

— J'en suis sûre. J'ai eu tort de te dire qu'elle était un mystère. Mais à ce moment elle en était effectivement un pour moi.

— Tu l'as élucidé?

— Même pas : il s'est effrité de lui-même. Jacqueline, très exactement, ce n'est rien. Même sa joliesse ne compte pas. Dire que je ne savais pas si elle donnait envie de la protéger ou de la battre!

— Et maintenant tu as envie de la battre?

— Oh! non. Elle n'en vaut pas la peine.

— Elle souffre.

— Disons : elle a souffert. Mais sa douleur n'a pas plus d'importance que sa grâce. Vois-tu, poursuivit Marité d'un ton rêveur, à mon sens chacun reçoit, non pas dans un autre monde qui n'existe point, mais bien dans celui-ci, ce que son caractère mérite. Jacqueline a eu ce qu'elle méritait. Tant pis pour elle. Il ne suffit pas d'être jolie!... Tu l'aimes encore?

— Je ne sais pas, répondis-je vaguement.

— Si tu l'aimais, tu ne me laisserais pas te parler d'elle ainsi. »

Je ne répliquai pas. J'étais distrait. Je croyais sentir dans les paroles de Marité une amertume très proche de la mienne. Sa sévérité envers Jacqueline ne provenait-elle pas d'une déception comparable à celle que j'avais éprouvée?... La similitude de nos sentiments me frappait une fois de plus. Je savais depuis longtemps que Jacqueline était un lien entre nous, un lieu de rencontre. Mais brusquement il me semblait...

Que c'est difficile à dire! difficile de distinguer ce que je pressentis alors et ce que je ne comprends clairement qu'aujourd'hui. Ce soir-là, j'entrevis la source de cette *confusion* où nous avions été plongés, tout un temps, Jacqueline, Marité et moi; j'en reconnus obscurément certains effets; mais tout cela ne formait que quelques faibles points d'une clarté vacillante dans les ténèbres. La vérité a cheminé lentement. A force d'interrogations, de contradictions et d'erreurs, tout devient clair enfin.

Je sais à présent que notre drame ne fut point celui d'une passion coupable et de ses jalousies. Il n'eut que des rapports d'apparence avec les histoires de sœurs abusives. Certes, Marité n'a pas supporté sans peine mes amours, même mes amitiés. Dans la solitude à deux de notre enfance, trop longtemps nous avions été tout l'un pour l'autre; ensuite il ne fut pas facile d'accepter les partages. Moi aussi, je n'admis pas volontiers que Marité appartînt à un autre homme. Néanmoins j'ai pu vivre heureux avec eux, j'ai pu aimer mon beau-frère, comme ma sœur aurait aimé ma femme, même si j'avais épousé Jacqueline.

Le temps de notre exclusivisme ombrageux — le temps où Marité avait, *peut-être*, préféré mourir que vivre sans moi — était passé avec notre adolescence. Nous nous étions habitués aux compromis. Il fallut tous les sortilèges de cette *confusion* singulière, le champ soudain ouvert, par le hasard, à l'ardeur qui couvait entre nous, la fièvre insidieuse d'une erreur à la fois inconsciente et volontaire, enfin la nature de Marité, sa passion du jeu, du risque, pour que je me sois laissé abuser.

Je t'ai cru jalouse, ma Rose noire : tu n'étais que provocante. Savais-tu, comme j'ai fini par le découvrir, que Jacqueline servait de champ clos à notre désir? Elle était le lieu de notre rencontre charnelle, le seul domaine où pût se donner carrière le désir qui flottait depuis toujours entre nous. Le Désir — fatal parce que tu étais une

femme, très belle, et moi un homme — mais contraire à
notre affection et qui l'eût détruite si nous avions accepté
de le connaître. Jacqueline fut le théâtre — je dis bien le
théâtre car, malgré tout, là encore tu jouais un peu —
où il nous devint possible de nous toucher en ignorant
le sens de notre acharnement. Parfois cependant notre
violence faillit nous forcer à ouvrir les yeux. Je pense à
ce matin où, dressés l'un contre l'autre, dans ma chambre,
nous poussions des cris si profonds. Tu aimais ce risque.
Plus encore que tu n'aimais Jacqueline. Et notre rivalité
te convenait mieux que notre désir.

Nous étions seuls à brûler. La grâce de Jacqueline avait
provoqué entre nous cette bouffée de flammes qui l'enve-
loppaient, la traversaient et ne l'embrasaient pas. Quand,
déçue, tu t'éloignas d'elle, moi je demeurai pris à son
charme. Tes efforts pour me détourner vers Hélène res-
tèrent vains alors, car j'aimais vraiment Jacqueline, plus
que je n'ai jamais aimé personne — plus peut-être — ou
du moins autrement — que je ne t'aimais toi-même. Ah!
si elle avait pu vouloir... Mais tu savais qu'à mon tour
elle me décevrait. Le foyer de notre ardeur s'était éloigné
avec toi; Jacqueline manquait trop de chaleur pour en
allumer un autre. Elle laissa mourir l'étincelle lancée en
elle par nos feux. Loin d'elle qui les animait sans le
savoir, ces feux à leur tour s'éteignirent.

Ce soir, nous nous retrouvions, Marité et moi, tels que
nous étions avant la rencontre de Jacqueline. Comme
autrefois, j'aimais et j'admirais ma sœur, elle m'effrayait
un peu par ses excès, ses paradoxes m'agaçaient, et tout
entière elle m'attirait, elle me comblait.

Elle s'était à demi renversée sur le lit. Ses cheveux
serraient autour de ses tempes ce casque noir et luisant
qui, dans ses instants de sagesse, lui donnait un air de
Minerve. Peut-être était-ce le jeu qui lui plaisait, ce soir,
celui de la sagesse. Mais en moi du moins jamais paix
plus douce ni plus profonde n'avait régné.

C'est celle qu'il me semble rejoindre peu à peu, à présent. Le passé paraît se perdre et mon âme se laver dans
cette paix qui me rendra peut-être de nouveau disponible.

La nuit claire lutte à la fenêtre avec la lueur de ma lampe, comme elle luttait ce soir-là sur les blancheurs du lit, où allongé près de Marité, je m'efforçais de faire en moi la place d'une autre femme. Un sourire à peine saisissable errait sur les lèvres de ma sœur. Elle avait raison : tout se renouvelait, rien ne changeait. Elle me caressa les cheveux, et, à bouche close, se mit à fredonner tendrement notre vieille douce chanson.

POURTANT, lorsque je m'éveillai, le lendemain, au ramage des passereaux encore branchés dans les platanes où ils pépiaient en tumulte, je ne pensais pas à Marité ni à Hélène, mais à Jacqueline. Plusieurs fois, pendant la nuit, elle avait passé dans des rêves agités, confus et tristes. Il me semblait qu'un de ces songes continuait. Un cauchemar.

J'ouvris les yeux. Non mon malaise n'était pas un fruit nocturne qui se détache au premier rayon du jour. Il subsistait, il se précisait, il prenait toute la pesanteur d'un désespoir. Mes émotions de la veille, la joie de retrouver ma sœur, s'étaient amorties. Son retour la rendait à la réalité maintenant paisible de notre amour, et, libéré, tranquille, mon cœur était revenu à Jacqueline. Aucune place ne se faisait en lui pour une autre. Toutes les vertus d'Hélène, toute mon admiration, toute mon affection pour elle, ni même le désir de sa beauté, ne pouvaient me faire oublier la femme que j'avais cherchée follement dans l'ombre et les lumières mouvantes des rues. Jacqueline m'avait déçu; je n'en aimais que plus désespérément Mme Beaufort. Je revoyais son premier regard, levé vers moi avec tant de candeur, cette hésitation et cette pudique détresse qui m'avaient bouleversé. Je me souvenais de son renoncement à toute coquetterie, de son manteau noir et son affreux chapeau, puis de son éclosion, de mon éblouissement dans le salon de ses parents, de sa fraîcheur printanière, le beau matin où j'avais eu le bonheur de la trouver avec sa mère devant leur maison. Je me rappelais ses départs, les tourments de ses absences, ma joie tremblante quand elle m'avait donné sa main, au cinéma, les violences de ma jalousie, mon respect au seuil de sa chambre, nos heures miraculeuses, à Lignère, ma découverte de son corps, au retour de L... B... Tout me revenait en vagues; les souvenirs vivants déferlaient en moi; ils me soulevaient jusqu'à ce paroxysme d'adoration et de désir tendre que j'avais connu en attendant Jacqueline, la nuit du dîner Da Monti.

Comment avais-je pu dire à Marité que je ne savais plus si j'aimais Jacqueline. Comment avais-je pu supporter de l'entendre traiter de sotte! J'en voulais maintenant à ma sœur de sa franchise; j'avais honte de ma lâcheté. Personne au monde ne m'importait autant que Jacqueline. Et je consentirais à la laisser s'éloigner de moi!... Quelle puissance diabolique nous poussait loin l'un de l'autre, alors que nous nous aimions?...

Le portail de la petite écurie grinça : bruit familier qui précédait la galopade, sous ma fenêtre, des poulains lâchés vers les pâtures encore bleues de rosée. Je m'habillai rapidement. Mes bottes à la main pour que Marité ne m'entendît pas, je sortis.

La splendeur de cette matinée d'automne, fraîche, dense, veloutée et odorante, comme la capuche d'un cèpe, augmenta mon mal. A certains moments, la beauté est intolérable. Mon âme déchirée n'en supporterait pas le contact. Je rentrai dans la « grande salle » où ma mère me donna mon déjeuner. Quand j'eus fini :

« Voilà celui de ta sœur, dit-elle. Tu le lui portes?

— Non. Je m'en vais. »

Je sellai Centaure et courus vers Lignère.

Dans la forêt, parmi des frondaisons encore vertes, l'automne bistrait çà et là un hêtre ou touchait un chêne d'Amérique qui flambait de haut en bas, pourpre. Je ne voulais pas voir ces somptuosités ni le velours royal dont se vêtaient les collines. J'étais accablé et révolté par cette force inconcevable dont la malignité, malgré l'évidence intime de mon choix, malgré ma volonté, malgré la certitude de mes vrais désirs, me séparait de Jacqueline. Une puissance inexorable, sans rapport avec les conseils ni

les entreprises de Marité. Une espèce de sortilège démo-
niaque.

En vérité, ma conscience ne me trompait pas. Notre
drame, à Jacqueline et moi, fut celui de la Fatalité. Entre
nous ne se dressa réellement d'autre obstacle que Jacqueline même; notre amour n'eut d'ennemie qu'elle
seule.

Une cheminée fumait à Lignère, un fil roux montait
droit dans l'air calme. Les fers de Centaure sonnèrent
dans la cour, sur les pavés. Jacqueline sortit en hâte,
étonnée de me voir à cette heure.

« Que se passe-t-il? s'écria-t-elle en courant à moi.

— Je ne peux pas accepter de vous perdre, lui dis-je
vivement. Venez. »

Je l'entraînai vers le parc et lui expliquai pourquoi
j'étais là. Je lui pris les mains.

« Je vous en supplie, Jacqueline, essayez d'oublier tout
ce qui n'est pas nous. Mille choses nous séparent, sans
doute, mais il y a entre vous et moi des liens plus forts
que nos dissemblances. Nous avons laissé je ne sais quel
malentendu s'épaissir entre nous. Il faut absolument nous
reprendre. Je vous aime et vous êtes pour moi la femme
qu'aucune autre ne remplacerait. Je ne veux pas vous
quitter. Sans vous, jamais je ne serai satisfait.

— Et avec moi vous ne le serez pas non plus, dit-elle
lentement. Moi aussi je vous aime, vous le savez bien;
mais je ne suis pas faite pour vous, je ne suis pas digne
de vous.

— Je vous en prie! Ces mots sont absurdes.

— Ces mots, peut-être. Bruno, mais pas cette idée.
Ce que vous m'avez expliqué, l'autre jour, est vrai : je
ne peux pas aimer. je ne sais que me soumettre. Vous
l'avez dit justement : je suis esclave. Je n'ai fait que
vous rendre malheureux.

— Vous m'avez enivré!

— A L... B..., par exemple, répliqua-t-elle avec une
triste ironie.

— Je voudrais y être encore! »

Un pauvre sourire passa sur sa figure pâle et abandonnée. De nouveau, elle avait renoncé à la coquetterie. Elle ne souhaitait même plus de me plaire. Je la regardais désespérément, confrontant avec sa réalité irrémédiable l'image de ce qu'elle avait été pour moi. Il me semblait entendre les paroles prononcées, la veille, par Marité : *Tout se renouvelle*... Jacqueline ne possédait pas le pouvoir de se renouveler. J'aimais une morte — à laquelle Jacqueline ressemblait encore assez pour entretenir un reste d'illusion. Seuls, cette illusion, ce souvenir m'attachaient à elle. Elle le sentait, et moi je ne voulais pas, je ne pouvais pas, me l'avouer.

« Ne vous rappelez-vous pas les heures miraculeuses que nous avons vécues ici! m'écriai-je.

— Si », dit-elle, les yeux soudain pleins de larmes.

Je la pris impulsivement dans mes bras. Elle se raidit, fit un effort pour m'écarter, puis se laissa aller. Un instant, ce fut la Jacqueline d'autrefois que je tins contre moi, tendre, vivante. Je retrouvai sa bouche fraîche. Mais bientôt elle se dégagea doucement, et, touchant ses cheveux comme elle l'avait fait, dans ma chambre, la première fois que nous avions été seuls :

« Partez maintenant, dit-elle. Vous serez heureux avec Hélène. »

Les rênes abandonnés sur le pommeau de la selle, j'allai au hasard dans la forêt. Centaure me ramena vers le Buys. Mais en vue du château dont les toits d'ardoise luisaient entre les arbres, je ne trouvai pas la force de rentrer, de parler. Sur la mousse d'une châtaigneraie, un bras passé dans la bride, je me couchai, le visage enfoui au creux de mon coude.

Bien sûr, je serais heureux avec Hélène.

Que m'importait ce bonheur!

Comme le jour où Marité avait quitté notre maison, je pensais que ma blessure se fermerait — bientôt peut-être. L'oubli, le calme descendraient. Déjà, habitué à ne plus voir régulièrement Jacqueline, je ne souffrais pas du besoin physique de sa présence. Autrefois, son absence m'avait fait plus de mal. Mais ma douleur, c'était justement de savoir — ou de croire — que j'oublierais Jacqueline, de sentir qu'avec elle une part de moi-même, la plus pure et sans doute la plus riche, était déjà flétrie. Il y avait en moi le poids, le froid de ce fragment de mon cadavre. Car c'est ainsi que, par étapes et par morceaux, nous devenons peu à peu des corps sans vie. Malgré tous les pouvoirs qui me restaient, toutes les promesses, je sentais ma mort percer comme un bourgeon.

En vérité, je pleurais sur mon amour perdu, et non sur Jacqueline. Peut-être m'était-il plus cher qu'elle. Il n'est pas sûr que de nous deux ce soit elle qui n'ait pas su aimer...

Le sol vibra sourdement, martelé par des sabots. Centaure hennit. Le trot du cheval qui venait tourna vers nous, s'arrêta. Je levai la tête. Marité sautait à terre devant moi.

« Je te cherchais. Tu es allé à Lignère.

— Oui. »

Elle s'assit sans rien dire, puis lentement m'attira contre elle, soutint ma tête de son épaule, l'appuya enfin contre son sein gonflé de tendresse et de pitié. Cette douceur m'arracha une plainte.

« Mon chéri! murmura Marité. Moi aussi, ça m'a fait mal de me détacher d'elle. Reste ici, je te guérirai. Tu es mon petit. »

Elle n'ajouta rien, que des mots qui bercent, et ses lèvres sur mon visage, ses mains, sa chaleur, son parfum, m'endormaient. Nous demeurâmes ainsi, immobiles. Dans les feuilles mortes, des écureuils fourrageant à la recherche des premières châtaignes encore blanches, mettaient autour de nous un menu crépitement de flamme qui court. Ma douleur devenait douce et même un peu grisante, lorsque les tintements de la cloche appelant au déjeuner arrivèrent jusqu'à nous.

Alors, afin de me distraire, Marité s'efforça de ressusciter un passé pour lequel elle avait moins de goût que moi. Nous refîmes nos promenades enfantines dans la forêt, nous cherchâmes dans ses profondeurs blondissantes les souvenirs de nos émois, de nos craintes, de nos crédulités. Nous retrouvâmes le monde des frémissements, des murmures, des ombres et des lumières fugaces : sources réelles du fantastique dont la mère Laridon nous avait nourris. Le charme de ses contes ne perdait rien à ces découvertes, au contraire. Dans quelque clairière sonore, fermée autour d'une mare qui fumait dans la fraîcheur de la nuit tombante, les coups frappés sur un tronc par un pivert attardé nous apprenaient ce qu'étaient en réalité « les lavandières du diable » et d'où provenait le bruit de leurs battoirs. Ou bien, les soirs encore chauds, le gaz des marais s'enflammait au-dessus des tourbières d'Arnin, et c'est alors que l'on voyait courir sur la lande, entre les buissons, parmi la bruyère, les petits fantômes blancs, bleuâtres, des « eschantis » : âmes des enfants morts sans baptême.

Au cours de ces promenades où nous nous livrions l'un à l'autre avec le plus entier abandon, Marité me parlait de Jacqueline, d'Hélène. Je l'écoutais sans défiance, car je savais maintenant qu'elle aussi avait aimé Jacqueline et souffert de ne pouvoir lui conserver cette affection. Au contraire, elle estimait Hélène, elle l'enviait de posséder si naturellement les certitudes d'instinct qui lui manquaient, à elle, et qu'elle s'efforçait de remplacer par le mépris. Son admiration ranimait en moi l'éclat d'Hélène. Marité la rapprochait de mon cœur et de mes sens. Parfois, et de plus en plus souvent, j'avais une brusque envie de la voir, une faim de sa présence.

Cependant je n'étais pas délivré du mirage de Jacqueline. Je retournai chez elle. Mais, à chacune de ces entrevues, je la trouvai plus différente de la chère image qui ne voulait pas s'effacer.

Marité m'avait accompagné, plusieurs fois à Lignère, et, le dernier jour où j'y allai, ce fut aussi avec elle. Le colonel nous honora de son apparition. Il ne me fuyait plus : il avait gagné une dernière fois la partie. Devant lui, Jacqueline nous annonça qu'elle allait retourner à G...

« Oui, croyez-vous! fit Mme Delignère. C'était bien la peine!

— Mais si, répondit Marité, c'était la peine. Et après tout cette séparation n'aura pas été inutile : elle incitera Mme Beaufort et son fils à traiter Jacqueline avec un peu plus de tact. Elle vous fournira peut-être, mon petit, le moyen d'une entente avec votre mari.

— Peut-être », dit Jacqueline très doucement.

Elle s'isolait de nous dans la plénitude d'un désespoir qui la mettait à l'abri de tout trouble. J'étais à la fois excédé de la voir si passive, accablé de la sentir définitivement inaccessible, et tenaillé de remords car je me sentais responsable, en quelque manière, de cette passivité. Je n'avais pas su émouvoir assez profondément Jacqueline. Il me semblait obscurément que je l'avais trahie : je ne l'avais pas assez aimée.

Marité lut à mes yeux que je ne pouvais plus rester ici. Je ne pouvais plus supporter de voir cette femme perdue, à tout jamais loin de moi, ce vivant cercueil de mon plus beau rêve...

Jacqueline et sa mère nous accompagnèrent jusqu'à nos chevaux. Mme Delignère et Marité marchaient en avant. Jacqueline me dit à voix basse :

« Tout est fini, mais je vous jure que je ne serai jamais plus pour un homme ce que je n'ai pu être pour vous.

— Non, répondis-je vivement. Je ne veux pas de cette parole. Vous êtes libre. Toute votre faiblesse a été de ne pas le comprendre. Ma seule consolation tient dans l'espoir que vous découvrirez, un jour, cette liberté. Ne dites pas : tout est fini. Rien n'a jamais commencé pour vous. »

Marité m'attendait. Je me hâtai. Sitôt en selle, j'enlevai Ramsès. Dans une folle ruée je dépassai ma sœur, dévalai jusqu'à la Sôgne, la franchis. J'éperonnais mon cheval. Plus vite, plus vite. Qu'il m'emporte à jamais de ces lieux où je laissais la pire illusion et le meilleur de moi-même. Plus vite! Oublier ce vallon bleu et l'impossible espoir que j'y retrouvais chaque jour!...

Dans l'allée de l'Etoile, Marité me rejoignit. Elle ne

me dit rien. Nous courûmes botte à botte sur le gazon, entre les murailles des arbres, vers le carrefour et son grand lac de ciel.

Le rythme d'un galop plus lent, plus régulier, me berçait. Puis nos bêtes essoufflées prirent le pas. Marité parla.

« Que je déteste cette complaisance pour le désespoir! Il n'y a rien de plus répugnant. Même si le goût de la provocation, la révolte, le défi et le cynisme sont aussi un romantisme, celui-là exalte, au moins. Il aiguise les dents — et le cœur. La vie est abominable : c'est peut-être pour ça que je l'aime — âprement.

— Tu es une femme forte.

— Tu crois! dit-elle avec un de ses indéfinissables sourires. J'en ai surtout l'air. Hélène est autrement forte et autrement femme que moi. »

La tendresse, les soins, les habiletés de ma sœur ne me manquèrent pas dans ces jours difficiles. Loin de me pousser à revoir Hélène avant les chasses, elle me retint dans le monde ancien où je l'avais entraînée. Elle m'en satura adroitement, elle me lassa du passé, me donnant peu à peu le goût, l'envie, le besoin de m'évader vers l'avenir.

Dans la forêt battue au point que je commençais à être excédé de ses charmes, elle remplaçait les images de Jacqueline, et la sienne propre, par celles d'Hélène, Elle me racontait ce qu'elles avaient fait toutes deux à Saint-Jean-de-Luz.

« C'était amusant de voir Hélène à l'hôtel ou sur la plage, attirant les jeunes gens comme un miroir les alouettes, et de les considérer lorsqu'ils découvraient la profondeur de son indifférence. Les Lagarde nous avaient présenté un de leurs amis, le fils d'un armateur de Bordeaux, un garçon tout à fait charmant. Il est parti au bout de huit jours en me disant : « Mlle Da Monti me démoralise; si je restais, je finirais par croire que je suis mort depuis longtemps. »

Ainsi, tandis que nous chevauchions, que nous étions couchés dans les brandes ou assis sur des rochers près d'un ruisselet dont les rives gardaient les empreintes fourchues des chevreuils, un décor trop connu s'effaçait à mes yeux. Le désir d'Hélène remplaçait des sentiments flétris qui s'en allaient avec ma lassitude; et lui, au contraire, grandissait, porté par mon envie d'une existence nouvelle, d'horizons nouveaux, d'activité, de luttes, de victoires.

Ce besoin atteignait son paroxysme quand eut lieu, enfin, la première chasse.

Un détail d'équipement — question de selle ou de sangle, je ne me rappelle plus — m'ayant mis en retard, j'arrivai dans la cour d'honneur comme on sortait de la chapelle. Le curé d'Arnin bénissait la meute. L'équipage et les invités se tenaient de chaque côté des marches, en deux masses où les habits rouges dispersaient ou groupaient leurs taches éclatantes sous le soleil encore voilé. Je cherchais des yeux Hélène et ne vis que ma sœur, en amazone.

« Que fait Hélène? lui demandai-je en la rejoignant quand les piqueurs eurent terminé leurs assourdissantes sonneries et emmené les chiens.

— Elle n'est pas arrivée, mais bien des gens ne sont pas encore là.

— Pourquoi diable as-tu mis ce costume! Tu ne pouvais pas monter en cavalier! Ces selles à fourches ont toujours tendance à tourner. Ne saute pas trop, n'est-ce pas?

— Ne t'inquiète pas, dit-elle en souriant. Et ne pense pas à moi. Ce n'est pas la première fois que je monte en amazone! »

Bien sûr. En d'autres temps je ne me serais pas soucié de ce détail; mais malgré moi je me souvenais toujours sourdement de la fontaine et de son présage.

Laissant ma sœur aux mondanités, je sortis de la cour. Sur le terre-plein la file des voitures s'allongeait. Il en arrivait sans cesse. Le concierge les faisait se ranger sous les arbres. Les gens convergeaient par paquets vers les arcades de la cour d'honneur. Je fouillais du regard ces groupes, et soudain je vis une main se lever, s'agiter joyeusement. Une svelte cavalière en veste couleur de chaton de saule courut vers moi. Ses boucles volaient autour de sa « bombe » noire. Je m'élançai à sa rencontre.

« Bruno! fit-elle, haletante. Oh! Bruno... »

Ses yeux, son visage rayonnaient. J'avais oublié, ou n'avais-je jamais vu, à quel point elle était parfaite. Ses traits, ses contours, sa forme évoquaient à l'esprit la pureté juvénile et classique des statues d'Arthémis. Mais c'était une statue vivante, merveilleusement vivante.

« Merci, Hélène, d'être si belle, lui dis-je, gardant sa main dans les miennes. Et merci d'avoir eu tant de patience, de fidélité. »

Je la menai à Marité qui lui présenta le baron. Les trompes sonnaient. On monta à cheval. Je me souciais bien de la chasse!

« Si nous nous en allions tous les deux, n'importe où?

— Bien sûr. Où vous voudrez », répondit Hélène.

Mais Marité veillait. Elle mena sur nous sa jument.

« Eh bien, les enfants! dit-elle. On s'en va. N'oublie pas que tu es de l'équipage, Bruno. »

Il n'y avait plus qu'Hélène et moi à terre. J'allai prendre nos bêtes et nous nous mîmes en selle. La cavalcade sortait, au pas, précédée des hardes et des sonneurs. Je chevauchai botte à botte avec Hélène.

« Vous rappelez-vous, me demanda-t-elle, ce matin du printemps dernier où vous montiez le cob de René et où nous avons fait la course? Il me semble que c'était hier et qu'aujourd'hui tout continue sans aucune coupure.

— C'est certain. Mais pour moi il y a autre chose : il y a tout le chemin que vous avez fait pendant ce temps dans mon cœur. »

On s'arrêta. Nous étions au carrefour Saint-Jean. Les chasseurs l'envahirent. Le socle de la croix et les bords des allées forestières étaient garnis de curieux. Je voyais la jument noire et l'amazone rouge de Marité près du baron auquel le chef-piqueur faisait son rapport. Tout cela m'intéressait peu; je ne m'y arrêtai que le temps de penser : si elle veut suivre le maître d'équipage avec cette sacrée selle de femme et Omphale qui saute comme une enragée! Mais Hélène me parla de mes lettres; je ne songeai plus qu'à nous.

Les notes du laisser-courre résonnèrent. On découplait. Tous les chevaux dansaient et tiraient sur la main. La chasse partit au trot, en éventail à travers les halliers.

Nous suivîmes distraitement, plus occupés de nous que

des abois et des sonneries. J'entendis le débucher : la
bête devait être sortie dans les landes d'Arnin. Puis la
chasse tourna et le rembucher sonna très en avant de
nous, sur la gauche.

« Il faudrait peut-être, tout de même, aller un peu par
là, dis-je. Et Hélène me répondit en riant :

— Vous êtes merveilleux, Bruno. Je vous adore. »

Dans une laie encaissée, droite, nous prîmes un petit
galop berceur qui nous laissait bavarder en toute quiétude. Nous suivions à peu près les bruits du courre qui
tantôt s'éloignait, tantôt s'approchait, faisant dresser les
oreilles à nos montures.

Brusquement, à quelque cent cinquante mètres en
avant, la bête de meute, un cerf à sa troisième tête, coupa
la laie, s'arrêta, puis, nous apercevant, fit un bond pro-
digieux par-dessus un tronc couché sur le talus du chemin. Déjà la meute arrivait, les chiens se déversaient dans
la sente, se bousculaient en se ruant à l'assaut du talus
et se jetaient de nouveau sous bois. Un cheval déboucha :
l'alezan du maître d'équipage, suivi à une tête par le
bai-brun du commandant Lagarde. Le baron sauta en
évitant le tronc ; le commandant fit descendre son cheval
et prit une battue pour remonter. A ce moment, une
bête noire, son amazone rouge couchée sur elle, jaillit
s'envola comme une folle par-dessus la laie et le tronc.
Mon cœur s'arrêta. Elle touchait. Je voyais la bête bouler,
s'écraser dans les broussailles pêle-mêle avec sa cavalière.
Ses sabots frôlèrent le tronc, mais elle passa, rattrapant
le baron et disparaissant sous les branches, le commandant derrière eux. Nos chevaux enragés tiraient de toute
l'encolure sur les rênes.

« Eh bien, courons! » s'écria Hélène en rendant la
main.

Je la suivis, les éperons aux flancs de Ramsès. Mon sang
reprenait son cours, mon cœur se dilatait. J'aurais crié
de joie. Il me semblait que la frénétique témérité de ma
sœur effaçait le présage. Si elle avait dû mourir, c'eût
été ici, en cet endroit, dans ce risque insensé.

Hélène galopait devant moi. Je la poursuivais. Ce n'était

pas le cerf que je chassais : c'était elle, ma belle proie.
Dans l'allégresse de mon cœur et de mon corps délivrés,
mon désir volait à sa suite. Que j'étais loin, alors, du
monde triste, compliqué, désespérant, où j'avais plongé
avec Jacqueline! Peut-être son souvenir restait-il encore
au plus profond de moi, mêlé à un regret têtu. Mais mon
retour à la joie, à l'ivresse de vivre, m'emplissait d'une
exaltation où se noyait cet ultime vestige. Un sentiment
de gratitude augmentait mon amour pour Hélène. Elle
me rendait ma jeunesse. Avec elle, c'était ma propre
ardeur, ma force d'homme, qui courait devant moi et
que je voulais saisir à pleins bras.

La forêt s'ouvrait à nous, elle creusait ses profondeurs;
nous galopions dans un roulement de sabots qui faisaient
voler des mottes de terre; nous sautions l'un après l'autre
les mêmes obstacles; à chacun je gagnais un peu plus de
terrain et Hélène, poussant sa bête, se retournait, le
visage riant, faisait des changements de pied pour
m'échapper. La chasse était loin, on n'entendait plus ni
la chasse ni les cors; nous nous en soucions peu : nous
étions seuls dans la forêt, seuls dans la clarté de notre
joie.

Ramsès rattrapait peu à peu le cheval d'Hélène. J'arri-
vais assez près d'elle pour sentir de nouveau cette odeur
de lavande que le vent lui enlevait en la frôlant. Des
jambes, je demandai un ultime effort à ma bête. Encore
quelques foulées et nous fûmes côte à côte.

« Je vous tiens », dis-je en saisissant la main d'Hélène.
Je tirai sur ses rênes, puis je la ceinturai. Elle me prit
par le cou. Ramsès toujours courant l'arracha de sa selle.
Je l'assis devant moi tandis que nos chevaux s'arrêtaient.

« Je vous tiens. Vous êtes ma prisonnière. C'est pour
toujours, Hélène. »

Elle ne riait plus. Son visage avait pris une gravité
presque douloureuse. Elle me regardait intensément.

« De toute façon, c'était pour toujours », murmura-
t-elle en baissant ses paupières.

Notre baiser eut le goût du vent, de la forêt, des
bruyères.

« Pour toujours, répéta Hélène quand elle rouvrit les yeux. Lorsque je serai morte depuis cent ans, mes os seront encore imprégnés de toi. Dis-moi : Hélène, je t'aime. »

Elle regarda ma bouche former ces mots et poussa un soupir.

« Il y a cinq ans que je pense à toi, que je ne pense qu'à toi. »

Je la serrai plus fort.

« Ma fidèle, ma patiente!

— De la patience, je n'en ai plus beaucoup : je suis consumée. »

Elle se laissa glisser à terre. J'y sautai près d'elle. Elle s'assit, m'attira.

« Prends-moi dans tes bras. Donne-moi le courage d'attendre encore. Je suis heureuse à en avoir mal. Je n'ai plus la force de supporter mon bonheur. Quand est-ce que nous serons tout à fait réunis!

— Bientôt, mon amour, très bientôt. Moi non plus maintenant, je ne pourrais me passer de toi. »

Mais je comptais sur l'inconcevable démence qui paraît être le produit fatal des sociétés. Marité avait bien raison de les mépriser et de les haïr.

La semaine n'était pas écoulée que l'Allemagne occupait la Tchécoslovaquie. Je rejoignis l'escadron, à B... Chamberlain prit l'avion pour Munich et nous ne restâmes sous les armes que huit jours. Mais on ne pouvait plus nourrir d'illusions : nous étions en sursis.

Une sinistre certitude plana sur nos fiançailles, sur notre mariage. Pourtant je n'avais plus envie de jouer au soldat, je n'avais plus envie de jouer, j'avais à vivre, à édifier notre couple, à créer, non pas à tuer. Hélène était prodigieusement courageuse : son naturel restait impeccable; sa gaieté, son calme, ses ardeurs, ne laissaient paraître aucune faille. Mais que de fois, la nuit, bien qu'elle fût absolument immobile, je la devinais éveillée elle aussi par la menace. Je savais que, déchirée comme moi, l'angoisse à la gorge, elle écoutait battre mon cœur comme j'écoutais le sien dans la ténèbre.

Pendant huit mois nous assumâmes l'un vis-à-vis de l'autre ce rôle d'époux comblés, alors que la fragilité de notre existence commune était sans cesse présente à notre conscience.

Huit mois de cette vie ensemble, deux permissions, puis cinq ans d'absence.

Et quand je suis revenu, de tout ce que j'avais aimé que restait-il!...

Toute une part de moi-même, tout mon passé, est maintenant une tombe. Une tombe fluide : miroir de ciel et d'arbres, miroir sans fond où glisse l'ombre de

Marité disparue dans le bombardement du 6 juin. Mais si, le jour où je découvris la fontaine, le destin me donnait une prémonition, il aurait dû me montrer, à côté de ma sœur, mon père tué dans le massacre d'Arnin, et ma mère morte de ces deux morts.

Rien ne change, tout se renouvelle. Quand tu parlais du soutien que notre tendresse nous donnerait à travers les années et les variations, tu ne te doutais pas que les métamorphoses seraient si totales. On est toujours victime de sa confiance; aussi peu que tu en eusses, ce peu suffit à te tromper. Tu vois bien que tout change. Tout meurt au milieu même de la vie. La femme que j'entends se coucher dans la chambre voisine, quel rapport conserve-t-elle avec la cavalière que j'enlevai de son cheval, dans la forêt?... Moi aussi, je suis un autre homme. En cinq ans, j'ai pris l'habitude de vivre sans elle, et quand je suis rentré, malgré moi ce n'était pas vers elle que je revenais.

Jacqueline vivait — elle vit toujours — à G.... J'aurais pu la revoir. A quoi bon! Je n'aurais pas retrouvé en elle ce qui, lors de notre week-end à L... B..., était déjà irrémédiablement perdu.

De tout ce que j'aimais, rien n'existe plus.

Si je t'avais encore, Marité, sans doute triompherais-tu d'un souvenir obstiné. Mais, au contraire, tu donnes plus de force à ces images où, Jacqueline et toi, vous êtes si intimement associées. Son mystère, que nous avons cru élucidé, se renforce de ton propre mystère. Comme deux cariatides enlacées, vous portez ensemble cette grappe de rêves que mes lèvres ont frôlée et dont je n'ai pas satisfait ma faim. Si tu ne t'étais point glissée entre nous, le soir du dîner Da Monti, je ne penserais probablement plus à Jacqueline, aujourd'hui. C'est à cause de toi qu'elle reste si obsédante, et c'est peut-être à cause d'elle que je ne parviens pas à me détacher de toi. Car les souvenirs dont se fait ma hantise ne sont point ceux de notre enfance ni de nos troubles adolescents, mais ceux de notre triple *confusion*.

Qui effacera les tableaux de votre solitude silencieuse

dans le salon, au crépuscule, les correspondances admirables et troublantes de sa grâce et de ta beauté? Qui
me fera oublier le leurre merveilleux de notre violence?
Qui allumera en moi des ardeurs assez vives pour que
s'y perde le regret de ces feux? Quelle femme? Assurément pas la mienne. Car Hélène, comme toi, ma Rose
noire, comme la douce et pauvre Jacqueline, n'est plus
qu'une ombre — superbe et très chère, mais épuisée.

Et moi, d'ailleurs, que suis-je?...

Je n'aime pas cet homme amer et las qui ne peut plus
avoir confiance. Le pire des guerres n'est pas seulement
qu'elles martyrisent des corps; c'est qu'elles empoisonnent
les âmes. Je ne suis pas le seul de ma génération à porter
cette secrète et inguérissable blessure. Bien d'autres, comme
moi, qui, jeunes, ont cru à la « civilisation », à la « per-
fectibilité sociale », se souviennent plus ou moins conscient-
ment d'avoir cruellement payé leur naïveté. Notre drame,
au demeurant, n'a rien d'inédit : c'est un jeune homme
blessé par les suites d'autres guerres et le déséquilibre
d'un monde qui écrivit ces vers :

> *Quand notre cœur a fait une fois sa vendange,*
> *Vivre est un mal...*

Mais le cœur a-t-il jamais fini de faire sa vendange!

Je sais maintenant, Marité, pourquoi tu m'as choisi la
patiente Hélène, capable de tout comprendre, capable
d'être pour moi un peu ce que tu fus toi-même. Je lui
conserve ma plus profonde affection. Mais j'entends ton
plus discret conseil. *Ce qui nous a plu ne doit pas nous
faire oublier qu'il y a d'autres choses pour nous plaire.*

Je ne crois plus à la société et j'espère qu'elle se détruira
elle-même sous les coups de ses bombes qui représentent
la pointe du progrès. Serons-nous parmi les anéantis ou
du petit nombre des survivants rendus à l'état de nature,
à notre vérité, à la pureté première? Qu'importe! Il ne
s'agit pas de penser mais de vivre. Je crois encore — plus
que jamais — à la merveilleuse richesse des créatures.

Une seule chose peut changer toujours de forme et d'objet sans rien perdre de sa force : c'est mon amour des êtres et de l'amour.

Voici la dernière révélation que je te dois et mon plus clair regard sur moi-même.

Qu'il me guide!

Adieu, ombres, amours passées! Je vais quitter l'exil.

Déc. 1946-*mars* 1951.

si tenté du démon
tu dérobes à livre
saches que tout fripon
est indigne de vivre
car Boget est mon nom
est Jacques mon prénom.

BRODARD ET TAUPIN — IMPRIMEUR - RELIEUR
Paris-Coulommiers. — Imprimé en France.
6412-1-11 - Dépôt légal nº 6094, 4ᵉ trimestre 1966.
LE LIVRE DE POCHE - 4, rue de Galliéra, Paris.
30 - 11 - 0524 - 04

Littérature, roman, théâtre poésie

Le Livre de Poche historique

(Histoire, biographies)